I0733784

9 781989 880968

به نام آنکه هستی از او طعم گرفت

این کتاب،

هدیه‌ایست بزرگ

به خوبانی که از صمیم قلب

دوستشان دارید

سلام هم زبان

دستیابی ایرانیان مقیم خارج از کشور به کتاب‌های بسیار متنوع و جدیدی که به تازگی در ایران نگاشته و چاپ می شود، محدود است. ما قصد داریم این خدمت را به فارسی زبانان دنیا هدیه دهیم تا آنها بتوانند مانند شما با یک کلیک کتاب‌هایی در زمینه‌های مختلف را خریداری کنند و درب منزل تحویل بگیرند.

خانه انتشارات کیدزوکادو تحت حمایت گروه کیدزوکادو این افتخار را دارد تا برای اولین بار کتاب‌های با ارزش تألیفی فارسی را در اختیار ایرانیان مقیم خارج از ایران قرار دهد.

از اینکه توانستیم کتابهای جدید و با ارزشی که به قلم عالی نویسندگان و نخبگان خوب ایرانی نگاشته شده است را در اختیار شما قرار دهیم و در هر چه بیشتر معرفی کردن ایران و ایرانیان و فارسی زبانان قدم برداریم، بسیار احساس رضایتمندی داریم.

این کتاب‌ها تحت اجازه مستقیم نویسنده و یا انتشارات کتاب صورت گرفته و سود حاصله بعد از کسر هزینه‌ها، به نویسنده پرداخته می‌شود.

خانه انتشارات کیدزوکادو در قبال مطالب داخل کتاب هیچگونه مسئولیتی ندارد و صرفاً به عنوان یک انتشار دهنده می‌باشد. شما خواننده عزیز می‌توانید ما را با گذاشتن نظرات در وب سایتی که کتاب را تهیه کرده‌اید به این کار فرهنگی دلگرمتر کنید. از کامنتی که در برگیرنده نظرتان نسبت به کتاب است عکس بگیرید و برای ما به این ایمیل بفرستید. از هر ۴ نفری که برایمان کامنت می‌فرستند، یک نفر یک کتاب رایگان دریافت می‌کند.

ایمیل :   info@kidsocado.com

سریال کتاب: P2245110048

سرشناسه: GLM 2022

عنوان: نیم کیلو باش اما خودت باش ۲

زیر نویس اثر: داستان های کوتاه و شگفت انگیز

پدید آورنده: سعید گل محمدی

شابک کانادا: ISBN: 978-1989880-96-8

موضوع: مهارت های شخصی، داستان های کوتاه

متا دیتا: Self-help, Short Stories

مشخصات کتاب: جلد صحافی مقوایی - رقعی

تعداد صفحات: ۱۷۲

تاریخ نشر در کانادا: آوریل ۲۰۲۲

تاریخ نشر در ایران: ۱۴۰۰

Kidsocado Publishing House

خانه انتشارات کیدزوکادو

ونکوور، کانادا

تلفن : +1 (833) 633 8654

واتس آپ: +1 (236) 333 7248

ایمیل : info@kidsocado.com

وبسایت انتشارات: https://kidsocadopublishinghouse.com

وبسایت فروشگاه: https://kphclub.com

برای کامل شدن باید ناکامل بود؛

برای بقا یافتن باید فنا شد؛

برای غنی شدن باید بخشید؛

برای تصاحب شدن باید آزاد کرد؛

برای دانستن باید به ندانستگی رسید؛

برای همه چیز شدن باید همه چیز را رها کرد؛

برای گویا شدن باید ساکت شد؛

برای سیر خوردن باید گرسنه شد؛

برای ارتقا یافتن باید عمیق شد؛

و برای مشهور شدن باید گمنام زیست!

نیم کیلو باش
ولی خودت باش!

جلد دوم

اثری دلپذیر و الهام‌بخش، برای آنان که می‌خواهند
به زبانی ساده به مفاهیمی بلند و عمیق دست یابند!

بعضی از کتاب‌ها قصه می‌گویند تا بخوابیم
و بعضی دیگر قصه می‌گویند تا بیدار شویم!

سعید گل محمدی

نظرات برخی از اساتید درباره‌ی کتاب

مطالعه‌ی کتابی که بتواند موضوعاتی متنوع، اما مرتبط با درگیری‌های گوناگون ذهنی، عاطفی، رفتاری و اجتماعی ما را با بیانی ساده و آموزنده باشد و کتاب "نیم کیلو باش اما خودت باش" که باهمت و تلاش آقای سعید گل محمدی تألیف شده است، شامل مطالب متفاوت و ارزشمندی است که مجموعه‌ای گیرا، گویا و رسا را به وجود آورده است. مطالعه‌ی این کتاب علاوه بر آرامش خاطری که به وجود می‌آورد، گاهی پرسش‌های تازه‌ای را که نیازمند پاسخ‌هایی جدید است مطرح می‌کند. داستان‌گونه بیان کند، می‌تواند جذاب. امیدوارم مطالعه‌ی این کتاب بتواند ما را نسبت به بعضی از نکاتی که به آن‌ها حساس نبوده‌ایم، حساس کند. زیرا خوشبختی و موفقیت حاصل حساسیت، توجه و تمرکز به بسیاری از موضوعات و نکات ساده و بدیهی است که نادیده گرفته می‌شوند.

دکتر احمد روستا

دکترای مدیریت از دانشگاه برادفورد انگلستان

رئیس شورای سیاست گزاری و دبیر علمی کنفرانس‌های ملی و بین‌المللی

از زمانی که بشر فاتح کهکشان‌ها و کرات آسمانی شده است، درحالی‌که زندگی رو به پیچیده‌تر شدن است و مجال فکر کردن و مطالعه بسیار کم شده، جای قصه و قصه درمانی بیشتر از همیشه در میان ما احساس می‌شود. می‌گویند کسی که خود را به خوابیدن زده است، با هیچ صدایی بیدار نمی‌شود، و اما اگر می‌خواهید با حکایات جذاب، الهام‌بخش و انگیزشی از خواب غفلت بیدار شوید؛ کتاب حاضر "نیم کیلو باش اما خودت باش" گزینه مناسبی می‌تواند باشد. به‌عنوان رئیس بنیاد سخنرانان حرفه‌ای ایران، بارها با داستان‌های آثار نویسندهٔ لطیف اندیش آقای سعید گل محمدی، اشک را به چشمان میهمانانم هدیه داده و از انرژی مثبت آن‌ها بهره برده‌ام. برای این نویسنده ژرف‌نگر و فرزانه — آقای سعید گل محمدی عزیز — که یک‌بار دیگر گل آفریده و شاهکار دیگری خلق کرده است، و همچنین برای تمام خوانندگان این کتاب، موفقیت و بهترین‌ها را آرزو دارم.

دکتر احمد حلت

روانشناس و مدیرمسئول و صاحب‌امتیاز مجله موفقیت

چگونگی انتقال دانش، نظریه‌ها، مهارت و تجربیات به دیگران از اهمیت زیادی در فرایند آموزش برخوردار است. این موضوع همیشه مورد توجه و علاقه‌ی ویژه‌ی اساتید، نویسندگان و مراکز آموزشی در زمان‌های مختلف بوده است. بی‌تردید ماندگاری آموخته‌ها نیز بی‌ارتباط به روش انتقال آن نیست. از طرفی علاقه‌مندان به فراگیری نیز دارای شرایط یکسان سنی، روحی و آمادگی نیستند، بنابراین انتخاب یک روش مناسب، فراگیر و تأثیرگذار که بتواند همه‌ی مخاطبان را تحت تأثیر خود قرار دهد، راز و رمز ماندگاری موضوع مورد انتقال از یاد دهنده به یادگیرنده است. بی‌شک بخشی از دلایل ماندگاری نام بزرگان علم و ادب و آثار آنان در ذهن و خاطره‌ی مردم در همه‌ی سطوح و در همه‌ی نسل‌ها ناشی از شیوه‌ی مناسب انتقال موضوع در آثار آنان است. کتاب **"نیم کیلو باش ولی خودت باش"** که حاصل زحمات دوست عزیزم جناب آقای سعید محمدی است، از این ویژگی ممتاز، یعنی به‌کارگیری روش مناسب انتقال مقاصد، برخوردار است. پس به لطف خداوند جایگاه خوبی را نزد مردم قدرشناس پیدا خواهد کرد.

دکتر خسرو صحت÷

مدرس، نویسنده و سخنران

دکترای فلسفه‌ی بازرگانی از دانشگاه بین المللی واشنگتن

یک‌جامعه‌ی موفق جامعه‌ای است که پیوسته در حال یادگیری است. گاهی حتی در جوامعی که درصد کتاب‌خوان‌آنان قابل‌توجه است، شرایط زندگی باعث می‌گردد آموخته‌ها را فراموش کنیم یا به کار نبریم. پس لازم است گاهی عواملی نو از جمله کتاب‌های جدید آموخته‌ها را به ما یادآور شوند. کتاب **"نیم کیلو باش اما خودت باش"** مواردی ساده و ثابت شده را به ما نشان می‌دهد که با به‌کارگیری آن در مجموع می‌توان تحولی مثبت را در زندگی هر شخصی به وجود آورد.

دکتر کوروش معدلی

بنیان‌گذاران ال پی آکادمیک، اناگرام و هیپنوتیزم اریکسونی در ایران

«داستان‌گویی» و «داستان» پدیده‌ای است که پیشینه‌ی آن، به قدمت پیدایش زبان و گویش آدمی است چنانکه پدران و اجداد ما که درجنگل‌ها و صحراها و بیابان‌ها زندگی می‌کرده‌اند و کار عمده‌ی روزانه‌شان، شکار و شاید پرورش حیوانات اهلی بوده است، روزها پس از فراغت از اشتغالات روزانه و شاید جنگ و ستیز با ایلات و اقوام همسایه، گرد هم می‌نشستند و در اطراف خدایان و کارهای روزانه و دیده‌ها و

شنیده‌ها و عقاید خود، داستان‌سرایی می‌کرده‌اند. همچنان‌که از ابتدای تاریخ، مادران نیز برای سرگرم کردن و گاه خواباندن کودکان خود، از داستان‌سود می‌جسته‌اند. در هزاره‌ی سوم میلادی با افزایش سرعت در همه‌ی ساخته‌های دست بشر، لزوم ایجاد داستان‌های کوتاه بر اساس حوصله و زمان‌اندک انسان امروزی و با توجه به تغییرات بزرگ این دوران و توجه به داستان کوتاه در دو دهه‌ی اخیر در ایران و جهان تا بدآنجا پیش رفته است که روز ۱۴ فوریه را به‌عنوان روز جهانی داستان کوتاه نام‌گذاری کرده‌اند. داستان کوتاه سرگذشت کوتاه و پندآموزی است که در پس نوشته‌ی کوتاه، با تفکر و دقت، معانی ویژه‌ای یافت خواهد شد. کتاب "نیم کیلو باش اماخودت باش" نیز به همت دوست عزیز سعیدگل محمدی، توصیه‌ای است بر آن‌آنکه در کوتاه‌مدت به دنبال معانی عمیق می‌باشند. امید است به معانی عمیق آن هرچه بیشتر دست‌یابیم.

دکتر کامران صحت

دکترای DBA گرایش بازاریابی از انگلستان

مدرس و مشاور سازمان‌های معتبر داخلی و بین المللی

«موفقیت» اصولی ساده و ابتدایی دارد که با آموختن، باور کردن و عمل نمودن دایمی به آن‌ها، پیروزی را در هر زمینه‌ای برای ما به ارمغان می‌آورد. مؤلف کتاب "نیم کیلو باش اما خودت باش." با زبانی ساده و حکایاتی شیرین به زیبایی بخشی از مهم‌ترین اصول موفقیت را در آن تجمیع کرده و به شما کمک می‌کند تا سریع‌تر به موفقیت‌هایی که آرزویشان را دارید، برسید. موفقیت موفقیت روزافزون آقای سعید گل محمدی و تمام خوانندگان این کتاب زیبا را از خداوند مهربان خواستارم.

دکتر مرتضی احمد یمنش

سخنران، مشاور و مربی مدیریت و موفقیت

بر پایه‌ی علوم ذهنی و روانشناسی مدرن

« مک میلان» می‌گوید: "در پنج سال آینده نیز همین که هستید، هستید. مگر آنکه با خواندن کتاب‌های خوب و اشنایی با اشخاص سرآمد سرنوشت خود را تغییر دهید." در چند سال اخیر کتاب‌های فراوانی در زمینه‌ی سوفقیت و راه‌های رسیدن به آن ترجمه و تألیف شده است. این میان نوسنده و محقق، جوان و با ذوق، جناب آقای سعید گل محمدی، آثاری جذاب و مؤثر را ارائه نموده‌اند که یکی از این کتاب‌ها، کتاب

«نیم کیلو باش اما خودت باش» است. نویسنده در این اثر با الگو قرار دادن گفتار بزرگان و داستان‌های جذاب و مؤثر، خوانندگان را به شاهراه موفقیت کتاب هدایت کرده است.

دکتر محمد سیدا

رئیس انجمن تقویت حافظه‌ی ایران

عصر حاضر دنیای پند و نصیحت نیست، بسیاری از بزرگان ما پای نقل و حکایت مادربزرگ‌ها و پدربزرگ‌ها نشسته که این‌گونه بزرگ‌شده‌اند؛ اما به مرور با صنعتی شدن و ایجاد خانواده‌های بسته و از طرفی مشغله‌های مختلف پدر و مادر دیگر خبری از داستان‌های شبانه هنگام خواب نیست و خواننده‌ها به علت ذیق وقت صرفاً به یک پند و اندرز سرپایی بسنده می‌کنند. بررسی‌های روان‌شناختی بیانگر اثرگذاری وافر داستان‌ها و حکایت‌ها در پذیرش و تغییر رفتار است. از طرفی حافظه داستانی بسیار ماندگارتر از حافظه فلسفی می‌باشد که بیشتر تأکید بر پند و نصیحت دارد. هر یک از ما ستاره‌ی در وجودمان داریم که می‌تواند مسیر زندگی ما را روشن‌تر نماید. ازاین‌رو تلاش دوست عزیزم جناب آقای سعید گل محمدی در کتاب حاضر برای تألیف داستان‌ها و حکایات الهام‌بخش، قابل‌تحسین است و این داستان‌ها و حکایات می‌تواند اثر زیادی دریافتن این ستاره وجودی داشته باشد.

دکتر احمدرضا فتوت

دکترای روانشناسی صنعتی سازمانی

داستان‌های کوتاه و الهام‌بخش همانند مثل‌ها و ضرب‌المثل‌ها به‌راحتی در اذهان توده مردم نفوذ کرده و اثرگذار هستند، درواقع می‌توان از طریق داستان اهداف و توصیه‌های مؤثر و سازند خود را به صورت غیرمستقیم به دیگران منتقل کرد. در این راستا، از مؤلف توانمند و ژرف‌نگر جناب آقای سعید گل محمدی می‌بایست ممنون بود که با تألیف و ترجمه حکایات جذاب و تأثیرگذار به رشد و مثبت اندیشی در شاهکار جدیدشان، کتاب "نیم کیلو باش اما خودت باش" کمک کردند.

دکتر میر عمادالدین فریور

مدیرمسئول مجله روانشناسی شادکامی و موفقیت

انسان‌ها برای تفهیم معانی درون خود به حکایات، داستان‌های کوتاه و ضرب‌المثل‌ها روی می‌آوردند و قطعاً برای افرادی که در پی درک و کشف. خویشتن حقیقی‌شان بودند نشانی‌های خوبی هستند. حکایات شگفت‌انگیز کتاب «نیم کیلو باش اما خودت باش» راه موفقیت و معرفت حقیقی را برای انسان هموار می‌کنند. همیشه قدرشناس زحمات دوست فرزانه‌ام آقای سعید گل محمدی هستم و مطالعه تمام آثار زیبای ایشان را به تمام مردم ایران‌زمین توصیه می‌کنم.

دکتر علی شمیسا

روان‌درمانگر و نویسنده

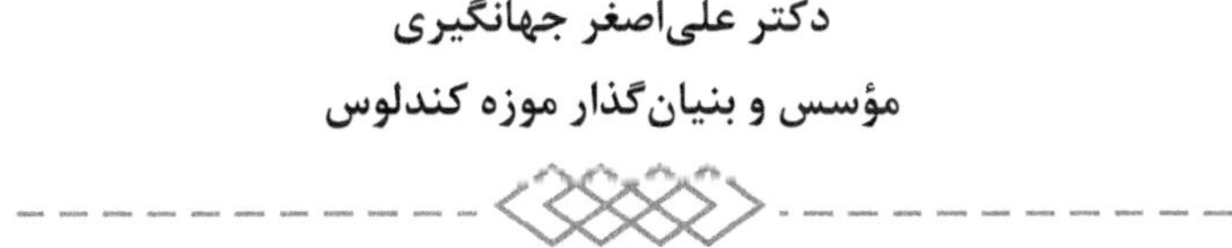

در روزگاری که کتاب و کتاب‌خوانی رنگ‌باخته و بی‌رمق شده است و حتی برگشت هزینه‌های کتاب، تألیف، تدوین و چاپ آن نیز میسر نمی‌شود، خوشحال هستم که نویسندهٔ فهیم و فرزانه‌ای چون آقای سعید گل محمدی، دل در گروی فرهنگ این دیار بسته و باهمه ناملایمات، همچنان پرتلاش نقش خود را در رسالت این آرمان مقدس ایفا می‌کند. این تلاش البته سزاوار تقدیر است، حتی اگر نقدی داشته باشیم که امری طبیعی است، ولی حضور جسورانه، آموزنده و بی‌وقفه انسان‌های برجسته‌ای چون آقای گل محمدی ستودنی است. داستان‌ها و جملات کوتاه و شگفت‌انگیز کتاب « **نیم کیلو باش اما خودت باش**» تلنگری است به ذهن دورافتاده از خود انسان‌های این عصر اما امید است ما را به خویشتن خود بازگرداند.

دکتر علی‌اصغر جهانگیری

مؤسس و بنیان‌گذار موزه کندلوس

ما فقط یک‌بار فرصت زندگی کردن داریم، اما این فرصت به‌اندازه‌ای نیست که همه چیز را خودمان به‌تنهایی تجربه کنیم. بدون شک نگاهی به گذشته و پندها و اندرزهایی که هرکدام حاصل تجربیات ارزشمند و گران‌بهای افراد و اقوام و ملت‌های گوناگون است، به ما این امکان را می‌دهد تا از این اندک فرصت زندگی، به‌گونه‌ای مؤثرتر بهره ببریم و با اطمینانی بیشتر در راه پرپیچ و خم کمال گام برداریم. کتاب «نیم کیلو باش اما خودت باش» که پس‌ازانتشار شصت عنوان، کتاب موفق و پرفروش، توست

دوست خوبم جناب آقای سعید گل محمدی به رشته تحریر در آمده است، پر است از داستان‌هایی جذاب و آموزنده که قطعاً می‌تواند در طی این طریق پر از ابهام به سوی موفقیت و کمال، چراغ راه خوانندگانش باشد. امیدوارم شما خواننده عزیز هم با استفاده از این کتاب و توصیه آن به دیگران، نقشی ارزشمند در راستای اشاعه این فرهنگ داشته باشید.

مهندس سعید وفایی

سخنران و مشاور در زمینه فروش و بازاریابی

مستر بین‌المللی ان ال پی(NLP Master)

در دنیای امروزی کلمهٔ « کارآفرینی» را زیاد می‌شنویم؛ اما به‌واقع شاید معنای اصلی آن در بعضی زمان‌ها برایم ملموس نبوده است. سعی بر آن داشتم تا تعریفی جدید جایگزین این واژه کنم و لذا رؤیت رفتار و کردار یکی از دوستان بسیار خوبم، تلاش‌های مستمر و بی‌وقفه‌شان، پینهٔ نقش بسته بر پایین مچ دست و نوک انگشتان این نویسنده جوان، تنها کلمه «ارزش‌آفرین» را جایگزین و صفت شایسته و بایسته در این راستا قرار داد.

سعید گل محمدی عزیز به‌عنوان دوستی فهیم و صمیمی و در رسته‌ای همکار، با نگرش و رویکرد متفاوت خود و با قرار دادن کلمه‌هایی نه چندان ساده و البته با عنوان داستان در این کتاب و سایر آثار زیبایش، اصل ارزش و ایجاد آن را برایم ثابت نمود و رسالت به دوش قرارگرفته از طرف هر انسان بر روی این کره خاکی را بدین گونه اثبات کرد. شاید برای بنده سخن و سخنوری، سعید عزیز قلم و نگارش و برای خیلی از افراد دیگر ابزار روش ارائه تفکر و تجربه‌شان بوده باشد، اما تاکنون و در زمان فعلی جهت این لطف سعید گل محمدی شصت عنوان کتاب با رشدی صعودی، خصوصا در این کتاب کاربرد ویژه صفت انسانیت با هر وزن و حجمی تنها حاکی از یک واژه باشد که همانا «انسانیت» است. (انسانم آرزوست)

مهندس فرخ دیبای اصفهانی

نویسنده و سخنران حرفه‌ای در حوزه‌های مدیریت بازاریابی و فروش

مشاور صنایع، برندها و کالاهای لوکس و لاکژری

حضرت علی (ع) فرموده‌اند: «ارزش هرکس به مقدار دانایی و تخصص اوست» همچنین در حکمتی دیگر از این بزرگوار می‌خوانیم که: « اندیشه‌ی پیر در نزد من از تلاش جوان خوشایندتر است » پس از خواندن این دو جمله‌ی بسیار ارزشمند، کمی فکر کنیم، آیا به‌راستی در زندگی‌مآنان‌قدر سرمایه‌ی زمانی و روانی و... داریم که بتوانیم همه‌ی تجربه‌ها را خودمآن‌کسب کنیم؟! بی‌گمان بهتر است اشتباهات تجربه شده‌ی بزرگان را دوباره تجربه نکنیم، بلکه ادامه دهنده‌ی راه آنان باشیم. با مطالعه و به‌کارگیری محتویات قوی، عمیق، به زبان ساده و کاربردی این کتاب، زحمات وسیع و عاشقانه‌ی هم‌وطن عزیزمان، جناب آقای سعید گل محمدی را ارج نهیم و در خلق زندگی شخصی، خانوادگی، حرفه‌ای و معنوی و بهبود کیفیت زندگی در جامعه‌مان سهمی‌داشته باشیم.

مهندس منصور هسایونی نژاد

رئیس هیئت مدیره و مدیر مسئول مجتمع سال ماندیشان خلاق

مربی، مشاور و پژوهشگر در حوزه‌ی مدیریت (بهبود کیفیت زندگی)

سخن نگارنده

سلامم به گرمای دستت ای دوست

دلم لحظه‌ای با دلت روبه‌روست

بگو عاشقی تا سلامت کنم

تمام دلم را به نامت کنم

شهین محمدی

برای نیل به موفقیت و کمال، راه‌های گوناگونی وجود دارد و جویندگان و پویندگان از دروازه‌های مختلف به این شهر قشنگ وارد می‌شوند. سخن گفتن و قضاوت درباره این‌که کدام‌یک از این راه‌ها بر دیگری برتری دارد و می‌تواند رهروآنان را زودتر یا بهتر به مقصد برساند، کار آسانی نیست. با نظری به اطراف، به نوشته‌ها و آثاری برمی‌خوریم که آکنده از اصطلاحات ناآشنا و نامأنوس‌اند و گاه موجب سردرگمی می‌شوند و رنجش خاطر مشتاقان این مباحث را فراهم می‌آورند. انتخاب راه و روش صحیح در چنین مواقعی برای رهروان جوان بسیار مشکل است و راهنمایی توانا و راه آشنا لازم دارد.

روش‌های نوینِ ارتقای سطح کیفیت زندگی سعی می‌کنند از طریق ایجاد الگوهای ذهنی نو و باورهای نیروبخش روحی تازه در کالبد فرسوده انسان‌ها بدمند و روحیه آن‌ها را از هر نظر تقویت کنند و به آن‌ها نشان دهند که می‌توانند در آینده نگرش و عملکرد بهتری نسبت به رفتار گذشته خود داشته باشند و از نیروی ذهنی و توان بالقوه خود استفاده مطلوب‌تر بکنند.

مطالعات و بررسی‌ها نشان داده که پذیرش و شکل‌گیری الگوها و باورهای نو از طریق بخش شهودی انسان، به‌مراتب مؤثرتر و کارسازتر از سایر قسمت هاست. تأثیر یک مثال زنده یا یک حکایت شیرین و پندآموز بر ذهن انسان یا اثر یک ماجرای تکان‌دهنده واقعی که عناصرش سلسله نکات بدیع و تجربیات ارزشمند است، بر روح انسان و نظام ارزشی و باورهای او غیرقابل وصف است. به همین سبب بیشتر کتاب‌ها، سمینارها، دوره‌های تخصصی اثربخش و ... مزین به این مثال‌ها و نمونه‌ها هستند که در رهگذر آن باورهای تازه و نیرومند در افراد علاقه‌مند ایجاد می‌شود.

برای مثال، هنگامی که در آغاز قرن بیستم نویسندگانی همچون «تولستوی» و «چخوف» روان و روح قهرمانان کتاب خود را مانند پزشکی روانکاو در قالب داستان تشریح کردند، دنیا به نقش سلامت فکر و اندیشه در شناخت آدمی پی برد و تجربه نشان داد که اگر رهبران برخی از کشورهای جهان در جنگ‌های جهانی اول و دوم بیمار نبودند، دنیا شاید جلوه‌ای دیگر و چشم‌اندازی زیباتر برای زندگی بشر در برداشت.

دکتر «اولیور ساکز» نویسنده و روانکاو معاصر اسپانیایی، یکی از پزشکان برجسته‌ای است که عقیده دارد آن‌ها که در نوشتن و سخن گفتن به روح و روان و درون انسان‌ها آگاهی دارند، بهتر می‌توانند زندگی بشر امروزی را در کتاب‌ها، سخنرانی‌ها و افکار عمومی تشریح کنند. او که پژوهش‌های قابل‌توجه و گسترد ه ای در این زمینه انجام داده اعتقاد دارد با نقل قصه و داستان به روش مؤثر (قصه درمانی)، می‌توان تأثیرات مثبت و قابل‌توجه در روحیه انسان‌ها و دیدگاه‌های جهانی آن‌ها نسبت به کار و زندگی به وجود آورد و پیام‌های سازنده و نیروبخش را به آنان منتقل کرد.

اثر پیش روی شما مجموعه‌ای از الهام‌بخش‌ترین داستان‌ها، جملات و اشعاری است که نگارنده در طول سال‌ها مطالعه و تحقیق در دنیای شگفت‌انگیز موفقیت با آن‌ها آشنا شده و از منابع مختلف گردآوری یا ترجمه کرده است؛ با این امید که این مجموعه بتواند همان‌طور که برای خود نگارنده مفید بوده، برای خوانندگآنان نیز قابل‌استفاده و اثرگذار باشد و شما هم بتوانید در مقاطع مختلف زندگی از خرد و پیام‌های نهفته در آن برای ساختن یک زندگی خوب، موفق و توأم با شادی سود ببرید؛ اما فراموش نکنیم که دانستن صرف کافی نیست، باید به آنچه می‌آموزیم متعهد باشیم و آن‌ها را در زندگی روزمره خود پیاده کنیم.

جملات و اشعاری که در بخش‌های مختلف کتاب ملاحظه خواهید کرد، از میان بیش از صدها کتاب با دقت و وسواس خاص انتخاب شده است، به نحوی که گاهی با مطالعه یک کتاب فقط یک عبارت! برداشت شده؛ ساعت‌ها خیره ماندن به صفحه مانیتور و امداد از اینترنت و جستجو در سطر سطر اشعار شاعران یا آثار منثور فیلسوفان، اندیشمندان و روان‌شناسان بزرگ دنیا چون مولوی، عطار، آنتونی رابینز، ژوزف مورفی، گاندی، مادر ترزا، لوئیز هی و ... در راستای تجسم

بخشیدن به یک تفکر بدیع و پویا بوده تا به نوعی احساس حرکت و رویش را در روح انسان پدید آورد و در نهایت تقدیم شما عزیزان می‌گردد.

اگر فقط یک جمله دل شما را بتکاند و بر نگاهتان نسبت به زندگی اثری مثبت گذارد، بی‌شک بهانه‌ای است برای شکر و رفع کننده تمامی خستگی‌های نگارنده! امیدوارم این کتاب که حاصل زحمات شبانه‌روزی چندین ساله نگارنده است، کتابی باشد که شما را به فراسوها ببرد، چون به قول نیچه:

" کتابی که تو را به فراسوی کتاب‌ها نبرد، به چه ارزد"

و همچنین امید دارم، این دست‌نوشته پلکانی از نور باشد که شما را به منبع نور راهنما و تعالی روحتان برساند، که بی‌شک چنین خواهد شد.

خلاصه این‌که به قول فهیم فرزانه، دکتر علی شریعتی:

"این تمام چیزی است که می‌توانستیم، نه تمام چیزی که می‌خواستیم"

در اینجا وظیفه خود می‌دانم از فرزانه‌ای اندیشمند که از سر فروتنی و بزرگواری مایل نیست نامش را ببرم، تشکر کنم. ایشان کم و بیش همه حکایت‌ها و جملات را خواندند؛ حکایت‌ها را با دیدن مدارک و منابع اصلی جرح و تعدیل نمودند و تعدادی را هم شایسته این مجموعه ندانستند و کنار گذاشتند؛ درواقع هرچه خوبی و حسن در این مجموعه می‌بینید از ایشان است و به هر نقص و اشتباهی که برمی‌خورید، از نگارنده است.

امیدوارم خوانندگان فاضل با تذکرات و یادآوری و رهنمودهای خویش موجبات رفع این ضعف‌ها را نیز فراهم آورند و این مجموعه را پیراسته‌تر سازند.

اگر تغییر روحی خویش را بعد از مطالعه کتاب برایمان بنویسید و ما را یاری کنید تا برای رسیدن به چکاد کمال، عیوب آشکار و پنهان خویش را بفهمیم، خوشحال می‌شویم.

برایتان دلی عاشق، ذهنی جستجوگر، روحی عصیانگر، نگاهی پرهیزگر و زبانی پرسشگر می‌طلبم.

در پایان چیزی برای گفتن ندارم جز، تشکر از خداوند متعال که هرچه دارم و داریم از اوست.

به امید روزی که هیچ فردایی

درجایی نباشید که دیروزش بوده‌اید

سعید گل محمدی

فهرست داستان‌های کتاب

عامل تغییر باشیم نه قربانی تقدیر! --------------------------------- ۳

نگرش خود را تغییر دهیم --- ۳

شیر هستید یا روباه؟ --- ۴

مجسمه -- ۶

مدیریت مؤثر -- ۷

عشق کور --- ۸

تفاوت عشق و نیاز--- ۱۰

تغییر --- ۱۲

این قایق هم خالی است ------------------------------------- ۱۳

خودخواه نباشید!--- ۱۴

خلاقیت -- ۱۵

سوپ خوشمزه -- ۱۶

حکایتی از ادیسون--- ۱۷

اول برادریات را ثابت کن------------------------------------- ۱۸

نیت درست -- ۱۹

زندگی چه می‌گوید؟ --------------------------------------- ۲۰

باور-- ۲۰

تغییر کنیم --- ۲۱

پشتکار جادو می‌کند --------------------------------------- ۲۱

عامل تغییر باش نه قربانی تقدیر! --------------------------- ۲۲

نفرت --- ۲۷

خودنمایی ----------------------------------- ۲۹

کم گوی و گزیده گوی ------------------------- ۲۹

سه سؤال مهم ------------------------------- ۳۱

خطر حمله سگ ------------------------------ ۳۳

کشاورز و مرغ ماهی‌خوار --------------------- ۳۴

خودت باش --------------------------------- ۳۶

تفکر عامه پسند ----------------------------- ۳۶

مشکل دارید؟ تبریک می گویم! ----------------- ۳۷

نجات از آتش------------------------------- ۳۹

خدا پشت پنجره ایستاده است ----------------- ۴۰

تفویض اختیار ------------------------------ ۴۲

غازها و عقاب ها --------------------------- ۴۳

معجزه باور --------------------------------- ۴۵

صندوق ------------------------------------ ۴۷

نتیجه اشتباه ------------------------------- ۴۹

همه سوار می‌شویم -------------------------- ۴۹

خدمت ------------------------------------ ۵۱

ایثار -------------------------------------- ۵۱

انتقاد ------------------------------------- ۵۲

بیماری نیاگارا ----------------------------- ۵۳

پنیر بدبو ---------------------------------- ۵۴

واگذاری قدرت ---------------------------- ۵۴

مردی که اجازه نداد شکست به درونش نفوذ کند --------- ۵۵

وسعت اندیشه ---------------------------- ۵۶

خرابه ------------------------------- ۵۷

راز خوشبختی چیست؟ ---------------------- ۵۸

هرگز زود قضاوت نکنید --------------------- ۵۹

پادشاه زندگی خود باش --------------------- ۶۰

از ترسیدن نترسید ------------------------- ۶۱

گذشته ات را از یاد مبر --------------------- ۶۱

موعظه ------------------------------- ۶۲

اهل معاشرت باشیم ------------------------ ۶۲

مرغابی‌هایی زندگی ----------------------- ۶۳

شجاعت اقتدار می‌آفریند -------------------- ۶۵

اسبی در رودخانه ------------------------- ۶۸

عشق بی قید و شرط ------------------------ ۶۹

حساب بانکی عاطفی ----------------------- ۷۰

فرصت را از دست نده رفیق! ------------------- ۷۳

بزرگ شمردن ممنوع! ---------------------- ۷۴

کار -------------------------------- ۷۵

شکرگزار باشیم --------------------------- ۷۶

پاکی خالص! ---------------------------- ۷۷

تغییر از من آغاز می‌شود -------------------- ۷۹

زنداني -- ۸۰

نخ و سوزن -- ۸۲

اولویت -- ۸۳

قلعه اسرارآمیز -- ۸۳

تشویق اکسیژن روح است --------------------------------- ۸۵

سؤال‌هاي مهم --- ۸۶

خشم و اندوه --- ۸۷

مدرسه عشق-- ۸۷

خودخواه نباشیم! --- ۹۰

اشتباه و فرصت --- ۹۱

رشد یعنی تغییر--- ۹۱

طوری زندگی کن که... ----------------------------------- ۹۳

بنی آدم اعضای یک پیکرند ------------------------------- ۹۳

سخن آخر -- ۱۵۱

عامل تغییر باشیم نه قربانی تقدیر!

پسر جوانی به نام اِد رابرتز در چهارده سالگی در اثر تصادف با ماشین از گردن به‌پایین فلج شد. او ناچار بود از دستگاه تنفس مصنوعی استفاده کند او و هر شب در ریه‌ای آهنی می‌خوابید. وی که چندین بار تا سر حد مرگ پیش رفته بود و می‌توانست تمام وجود و حواس خود را به دردها و رنج ها معطوف کند، اما تصمیم گرفت به‌جای این کار در زندگی دیگران تغییر به وجود آورد. او چه کاری انجام داد؟ در بیست سال گذشته تصمیم او برای رفع مشکلاتی که غالباً ناچار بود تسلیم آن‌ها باشد، منجر به بهبود زندگی بسیاری از افراد معلول شد. او توجه عموم را به خود جلب کرد و باعث شد در کنار پلکان ساختمان‌ها، سطوح شیب‌داری برای معلولین ساخته شوند و توقفگاه‌ها و تکیه‌گاه‌های میله‌ای خاص برای آنان نصب شوند.

او اولین معلولی بود که باوجود فلج چهاردست‌وپایش توانست از دانشگاه‌های کالیفرنیا و برکلی لیسانس بگیرد و سرانجام پست ریاست بخش توان‌بخشی دانشگاه کالیفرنیا را احراز کرد.

اد رابرتز انسانی بود که در صندلی چرخدار خود حبس شده بود و پس‌ازآنکه تصمیم گرفت محدودیت‌های ظاهری «غیرعادی» خود را درهم بشکند، به صورت انسانی «عادی» درآمد مشکلات افراد موفق کمتر از مشکلات افراد شکست‌خورده نیست. تنها یک دسته از مردم هستند که هیچ مشکلی ندارند، آن‌ها در گورستان خوابیده‌اند. تفاوت موفقیت و شکست در اتفاقاتی که می‌افتد نیست، بلکه تفسیر ما از این اتفاقات و عکس‌العمل ما در برابر حوادث است که این تفاوت را ایجاد می‌کند.

نگرش خود را تغییر دهیم

از زمان یونان باستان عده‌ای در تلاش بودند یک مایل را در چهار دقیقه بدوند، درواقع در روایت‌ها آمده یونانیان شیرهایی داشتند که دوندگان را دنبال می‌کردند؛ تصور هم این، بود که این کار باعث می‌شود آنان سریع‌تر بدوند. همچنین دوندگان سعی می‌کردند شیر ببر بنوشند. شکمشان را با چیزهایی که در فروشگاه‌های مواد غذایی پیدا نمی‌شد پر نمی‌کردند، بلکه چیزهای طبیعی واقعی می‌خوردند؛ اما هر چیزی را که امتحان می‌کردند، جواب نمی‌گرفتند به همین دلیل به این نتیجه رسیدند که دویدن یک مایل در چهار دقیقه یا کمتر برای انسان محال است و بیش

از هزار سال همه این موضوع را باور داشتند. می‌گفتند ساختار استخوان‌بندی انسان ناجور است، مقاومت باد بسیار شدید است، ظرفیت ریه انسان ناکافی است و یک‌میلیون دلیل دیگر.

سپس یک نفر، یک انسان، به پزشکان، مربیان، ورزشکاران و هزاران هزار دونده دیگر ثابت کرد که اشتباه کرده‌اند و سال بعدازاینکه معجزه معجزه‌ها به وقوع پیوست و راجر بنیستر رکورد یک مایل در چهار دقیقه را شکست، سی‌وهشت دونده دیگر نیز این رکورد را شکستند. چند سال بعد در مسابقات دوی انفرادی در نیویورک، هر سیزده نفر دونده یک مایل را در زیر چهار دقیقه دویدند. به‌عبارت‌دیگر، چند دهه قبل دونده‌ای که این رکورد را در نیویورک ثبت کرد، غیرممکن را ممکن کرد.

چه اتفاقی افتاد؟ هیچ نوآوری فوق‌العاده‌ای در آموزش رخ نداد. هیچ‌کس کشف نکرده بود چگونه بر مقاومت باد چیره شود.

استخوان‌بندی انسان و ساختار اندامی او یک دفعه اصلاح نشد اما شیوه نگرش انسان چنین کاری کرد.

چارلز سوییندول، نویسنده مشهور، می‌گوید:

هر چه بیشتر از عمرم می‌گذرد، بیشتر به تأثیر شیوه نگرش بر زندگی پی می‌برم. برای من شیوه نگرش بسیار مهم‌تر از واقعیت‌هاست؛ بسیار مهم‌تر از گذشته، تحصیلات، پول، ناکامی‌ها و آنچه دیگران فکر می‌کنند یا می‌گویند یا انجام می‌دهند؛ بسیار مه متر از ظاهر، خوش‌ذوقی یا مهارت و باعث به وجود آمدن یا از هم پاشیدن یک شرکت یا خانه می‌شود. ویژگی فوق‌العاده آن این است که هر روز با توجه به نگرشی که داریم، تصمیمی اتخاذ می‌کنیم که مختص آن روز است. ما نمی‌توانیم گذشته‌مان را تغییر دهیم. این حقیقت را هم نمی‌توانیم تغییر دهیم که مردم به روشی مشخص عمل می‌کنند. همچنین نمی‌توانیم مقولات اجتناب‌ناپذیر را تغییر دهیم. تنها کاری که می‌توانیم بکنیم، نواختن با تنها سازی است که داریم و این ساز، شیوه نگرش ماست. من معتقدم ده درصد زندگی را اتفاق‌هایی که برای من پیش می‌آید تشکیل می‌دهد و نود درصد بقیه را چگونگی واکنش من نسبت به آن‌ها. در مورد شما نیز همین‌طور است، شیوه نگرش ماست که ما را به پیش می‌برد .

شیر هستید یا روباه؟

روزی روزگاری مردی بود که به جنگل می‌رفت و با جمع‌آوری چوب و هیزم و فروش آن‌ها امرارمعاش می‌کرد. روزی که مشغول جمع‌آوری هیزم بود، ناگهان صدای غرش شیری را شنید

و درحالی‌که از شدت ترس به خود می‌لرزید، پشت درختی پنهان شد و دید که شیری حیوانی را درید و مشغول خوردن آن شد.

وقتی سیر شد به‌آرامی از لاشه حیوان دور شد. در این هنگام با صحنه‌ای شگفت‌انگیز مواجه شد. روباهی که نظاره‌گر کار شیر بود از پشت بوته‌ای بیرون پرید و شروع به خوردن ته‌مانده لاشه حیوان کرد.

مرد جوان از این بذل و سخاوتمندی جهان متعجب شد و تصمیم گرفت به‌جای این‌همه کار و تلاش برای به دست آوردن لقمه‌ای نان، اجازه دهد تا کائنات این کار را برایش انجام دهد. به خود گفت وقتی خداوند برای این روباه بدون هیچ‌گونه مشقتی غذا فراهم می‌کند، حتماً مرا نیز یاری خواهد رساند.

ازاین‌رو دست از جمع‌آوری هیزم کشیده و به خانه برگشت و منتظر ماند تا کائنات برایش غذا آماده کند. از فرط گرسنگی در حالت خواب، بیهوشی و مرگ بود که ناگهان ندایی از درون خود شنید که می‌گفت:

-    چرا به‌جای این‌که مانند شیر رفتار کنی، مانند روباه رفتار می‌کنی؟

با این ندای درونی از جایش برخاسته دوباره به جنگل رفت و با جمع‌آوری و فروش هیزم، غذای مفصلی خورد.

نکته: گاهی برخی افراد نیز این چنین رفتار می‌کنند. هیچ‌گونه تلاشی نمی‌کنند و منتظر هستند تا کائنات برایشان تمام امکانات را فراهم کند تنبلی بخشی از وجودشان است. کائنات نه تنها برای شما، بلکه برای همه سخاوتمند است، اما این «شما» هستید که باید با فکر مثبت تلاش کنید تا آن را به دست آورید.

وفور نعمت برای همه است؛ اما هر کس بر اساس نوع نگرش خود و میزان تلاشش (ذهنی و جسمی) از آن بهره‌مند می‌شود.

تفکر و تجسم مثبت هرگز به معنای تنبلی و در خانه نشستن نیست، بلکه چاشنی کار و تلاش شماست و سبب می‌شود بهتر و سریع‌تر به اهداف موردنظرتان دست‌یابید. جهان لقمه را برایتان آماده می‌کند، اما آن را در دهن‌تان قرار نمی‌دهد، بلکه این شمایید که باید آن را به دست آورید.

مجسمه

سال ۱۹۵۷ معبدی را در تایلند جابه‌جا می‌کردند و چند راهب مسئول انتقال یک مجسمهٔ سفالی بزرگ بودند. در میان راه یکی از راهبان متوجه تَرکی روی مجسمه شد. راهبان نگران شدند که مبادا آسیبی به مجسمه برسد و تصمیم به توقف گرفتند. یکی از آن‌ها با نور چراغ‌قوه به بررسی دقیق‌تر آن مجسمهٔ بسیار بزرگ پرداخت. همین که نور به شکاف روی مجسمه تابید، راهب با شگفتی درخششی را زیر آن دید. کنجکاوی او برانگیخته شد و مجسمهٔ سفالی را با قلم و چکش تراشید. هر چه گل‌ها بیشتر فرومی‌ریختند، مجسمه درخشان تر می‌شد تا سرانجام پس از ساعت‌ها کار، راهب با مجسمه‌ای از طلا روبه‌رو شد؛ گنجی بسیار باارزش که پیش‌تر دیده نمی‌شد. مورخین بر این عقیده‌اند که چند صدسال قبل از آن، راهبان تایلندی این مجسمه را با گل پوشانده بودند تا از آسیب لشکر برمه در امان بماند. راهب‌ها به منظور محافظت آن مجسمه را گل‌اندود کرده بودند تا توسط دشمنان ربوده نشود. همهٔ آن راهبان در جنگ کشته شدند و تا آن روز ارزش بی‌مانند این مجسمه کشف نشده بود.

نکته: پوستهٔ خارجی شما هم مانند پوشش سفالی آن مجسمه برای محافظت از جهان بیرون در نظر گرفته شده است؛ درحالی‌که گوهر ارزندهٔ واقعی، یعنی مقصود جانتان، در درون پنهان است. شما ندانسته طلای درونتان را زیر لایه‌ای از گلِ آدم پنهان کرده‌اید. برای کشف ارزش واقعی و طلای جان خود فقط کافی است شجاعت تراشیدن پوستهٔ بیرونی‌تان را داشته باشید. پوستهٔ بیرونی مانع از آن می‌شود که نور واقعی نهفته در درون را ببینید که ناب‌ترین گوهر، قدرت و ارزش واقعی شماست. تا وقتی نتوانید ببینید که در اصل کیستید و چیستید، به آن‌کسی که به‌عنوان خودتان می‌شناسید، بسنده می‌کنید و شاید بیهوده رنج فراوان ببرید. زندگی فرصت‌های بی‌شماری در اختیار شما می‌گذارد تا سرشت الهی‌تان را آشکار کنید. معمولاً این فرصت‌ها در ناملایمات و دشواری‌های زندگی پیدا می‌شوند. در این اوقات است که فرصت می‌یابید جهان درونتان را بکاوید و فرایند مقدس صمیمی شدن با کل وجودتان را آغاز کنید، صمیمیت با نقاط روشن و همچنین تاریک، با بردها و نیز باخت ها و با سربلندی‌ها و همچنین سرافکندگی‌هایتان. هنگامی که رنج‌تان را بررسی می‌کنید و با آغوش باز می‌پذیرید، آن رنج راهنمای شما می‌شود، راه‌هایی نو را نشانتان می‌دهد و سرانجام شما را به سوی آزادی عاطفی هدایت می‌کند و جانتان را آزاد می‌سازد.

مدیریت مؤثر

سال ۲۰۰۰ میلادی گزارشی روی میز مدیرعامل شرکتی سوئدی گذاشته شد که نشان می‌داد این شرکت در طول یک سال گذشته ۷۵ درصد از سهم فروش خود را ازدست‌داده است. زنگ خطر به صدا درآمد و کمیته‌ای متشکل از تمام مدیران و کارشناسان مأمور پیگیری علل این نارسایی شدند. پس از یک هفته، بیست صفحه تحقیق روی میز مدیرعامل قرار گرفت. مدیرعامل بی‌درنگ نامه‌ای به شرح زیر به این گزارش ضمیمه و به اعضای هیئت مدیره تسلیم کرد:

در بخشی از این گزارش آمده بود اگر همت نکنیم، به‌زودی مسئله به یک بحران جدی تبدیل خواهد شد.

این‌جانب در مقام مدیرعامل، تغییرات زیر را به صورت فوری و اضطراری خواهانم و من باید استعفا کنم و مدیری توانمند جایم را بگیرد. به مدیرعامل بعدی توصیه می‌کنم مدیران میانی را ارزیابی و مدیران شایسته و باتجربه را حفظ کند.

پس از چند روز مدیری نیرومند و باتجربه که سوئدی تبار بود و در شهر هوخست آلمان، سکونت داشت جایگزین شد. مدیرعامل جدید در نخستین روز کاری خود، نامه زیر را خطاب به اعضای هیئت مدیره نوشت:

اعضای محترم هیئت مدیره، در راستای تغییر و تحول موردنیاز شرکت، توجه به موارد زیر را ضروری می‌دانم:

- طراحی برنامه تغییر؛
- اجرای برنامه تغییر؛
- اصلاح و بهسازی تدریجی برنامه تغییر.

در ضمن بهترین کسی که می‌تواند مشاور من باشد، مدیرعامل قبلی است. به‌جز دو نفر از مدیران، سایر مدیران تغییر نمی‌کنند. همچنین کمیته‌ای متشکل از مدیران و کارشناسان باتجربه و باصلاحیت باید بر اعمال من در شرکت نظارت داشته باشند.

نکته: رؤسای خوب و کاردان در مقام خودآگاهی پیوسته از خود می‌پرسند

من چه چیز را به این مؤسسه عرضه می‌کنم؟

حضورم در این مقام بر موقعیت شرکت چه تأثیری دارد؟

چگونه می‌توانم بیشترین ارزش را به این سازمان ارمغان دهم؟

این قبیل افراد هرگز خود را به سازمان تحمیل نمی‌کنند و به‌محض این‌که حس کنند چنانچه کنار بکشند کارها بهتر پیش می‌رود، به یقین جایشان را به افراد شایسته‌تر از خود واگذار می‌کنند.

یک مدیر باید در مقام خودآگاهی همواره از خود بپرسد آیا برای آن کار مناسب است یا فردی دیگر از شایستگی بیشتری برخوردار است؟ یک کارمند ساده با ضعف و کاستی‌هایش نمی‌تواند زیان قابل‌توجهی به مؤسسه وارد کند؛ اما اگر مدیر تشکیلاتی بزرگ در شغلی و جایگاهی نامناسب قرار گیرد و خودآگاهی و نیروی وجدان نداشته باشد، قطعاً مؤسسه را به شکست سوق می‌دهد. بنابراین هر مدیر یا مسئولی باید همواره اطمینان پیدا کند که او و زیردستانش برای شغلی که در اختیاردارند مناسب و برازنده‌اند. به‌علاوه، او باید در وضعیت‌های اضطراری آماده باشد مقام، موقعیت و حتی جانش را برای مصلح شرکت و زیردستانش فدا کند. پس هرگاه چنین قابلیتی در وجودش مشاهده شود، آنگاه زیردستانش گرد او جمع شده و برای از میان برداشتن موانع و تنگناها از هیچ کوششی فروگذار نخواهند کرد.

عشق کور

جوانی شیدای عشق دختری زیبارو شد و به حال و روزی پریشان دچار شده بود. دختر باهمه دلربایی‌اش نامهربان و سنگدل بود. جوان بااین‌همه تلاش برای به دست آوردن دل دختر، حاصلی جز بی‌اعتنایی نصیبش نمی‌شد. باوجود این، سرانجام روزی نظر دختر به سوی او جلب شد به نظر می‌رسید که عشق آتشین و احساسات شدید جوان، بر دل دختر کارساز شده بود. دختر از او پرسید:

- یا زن دیگری زندگی تو وجود دارد؟

جوان با قاطعیت پاسخ داد:

- فقط مادرم که بسیار دوستش دارم.

دختر با شنیدن این سخن، فکری به سرش زد. به جوان گفت:

- قلب مادرت را از سینه بیرون بیاور و پیشکش عشق خود به من کن. قول می‌دهم ازآن‌پس از آن تو باشم.

جو آنکه شور عشق دیدگانش را بسته بود بر آن شد تا خواسته معشوق خود را عملی سازد. شب‌هنگام پنهانی وارد اتاق مادرش شد و او را در خواب به قتل رساند. باحالتی از خود بی‌خود شده، قلب مادر را از سینه بیرون کشید و شتابان در دل تاریکی شب درحالی‌که قلب گرم مادر در دست داشت، روانه خانه معشوق شد و آن را به معشوق خود تقدیم کرد. دختر که از دیدن آن صحنه تکان‌دهنده به خود آمده بود گفت:

- من چنین عاشق سست اراده‌ای را نمی‌خواهم. کسی که در برابر خواهش نادرست،
تاب «نه گفتن» نداشته باشد، لایق دل سپردن نیست

نکته: سه نابودکننده عشق عبارت‌اند از:

- احساسِ نیاز
- توقع
- حسادت

حتی اگر یکی از موارد بالا وجود داشته باشد، شما نمی‌توانید شخص دیگری را به‌راستی دوست بدارید.

احساس نیاز: قدرتمندترین نابودکننده عشق است. بیشتر انسان‌ها تفاوت عشق و نیاز را نمی‌دانند، درنتیجه این دو را باهم اشتباه می‌گیرند و این اشتباه را هر روز تکرار می‌کنند. احساس نیاز هنگامی پدید می‌آید که گمان می‌کنی چیزی خارج از تو وجود دارد که برای خوشبختی‌ات لازم است؛ اما آن را نداری. چون اعتقادداری که آن چیز لازم است و تو به آن نیاز داری، تقریباً به هر کاری دستمی‌زنی تا آن را بیابی. تو درصدد برمی‌آیی تا نیازهایت را به دست آوری. بیشتر مردم آنچه را گمان می‌کنند لازم دارند، با دادوستد به دستمی‌آورند. آن‌ها داشته‌هایشان را می‌دهند تا آنچه را می‌خواهند، به دست آورند و این روند را « عشق» می‌نامند. هیچ‌چیز بیرون نمی‌تواند با آنچه در درون توست، برابری کند. تو بی‌نیازی و برای دستیابی به خوشبختی کامل هیچ نیازی نداری، فقط گمان می‌کنی که نیاز داری. عمیق‌ترین و کامل‌ترین خوشبختی در درون تو یافت می‌شود و هنگامی که آن را بیابی، در بیرون از خود همتایی برای آن نخواهی یافت. هیچ عاملی نمی‌تواند این خوشبختی را نابود سازد. احساس نیاز به یک فرد، قوی‌ترین راه برای پایان دادن به یک رابطه است.

توقع: یعنی این‌که به نظر شما شخص دیگری باید به روشی خاص عمل کند یا خود را آن‌گونه نشان دهد که شما گمان می‌کنید او چنان است یا باید باشد. توقع نیز همچون نیاز، نابودکننده است. توقع از آزادی می‌کاهد و آزادی جوهر عشق است. هنگامی که کسی را دوست دارید، به او آزادی کامل دهید تا آن کسی باشد که هست، زیرا این ارزشمندترین هدیه‌ای است که می‌توانید بدهید. عشق همواره باارزش‌ترین هدیه را می‌دهد. عشق هیچ توقعی ندارد، مگر آنچه آزادی در اختیار می‌گذارد و آزادی به‌هیچ‌وجه با توقع آشنا نیست.

هنگامی می‌توانید توقع را کنار بگذارید که نخواهید شخص بنابر الگوی شما رفتار کند. در این هنگام توقع ناپدید می‌شود. آنگاه افراد را همان‌گونه که هستند، دوست خواهید داشت و این

احساس فقط هنگامی‌روی می‌دهد که خود را درست همان‌گونه که هستید دوست بدارید. هر چه نیاز تو به کسی کمتر باشد، بیشتر می‌توانی دوستش بداری.

هنگامی که کسی را دوست بدارید، به او می‌گویید باید شما را دوست داشته باشد و فقط شما را! چنانچه او کس دیگری را دوست بدارد، حسود می‌شوید؛ اما ماجرا به همین‌جا ختم نمی‌شود، زیرا شما نه تنها نسبت به دیگر افراد حسادت می‌ورزید، بلکه نسبت به شغل‌ها، سرگرمی‌ها، فرزندان و هر چیزی که توجه فرد موردنظرتان را از شما می‌گیرد و به خود معطوف می‌کند، حسادت می‌ورزید. اگر این نگرش را کنار بگذارید که برای خوشبختی به عاملی بیرون از خود نیاز دارید، از حسادت رها می‌شوید. عشق را بده-بستان ندانید که در آن چیزی می‌دهید و در مقابل چیزی می‌گیرید. این نگرش را رها کنید. آنگاه از حسادت رها خواهید شد. از ادعای مالکیت بر وقت، انرژی، امکانات و عشق دیگری دست بکشید. آنگاه از حسادت پاک خواهید شد. چگونه؟ با برهان جدید زندگی و درک کنید که هدف از زندگی به‌هیچ‌وجه این نیست که ازآنچه می‌گیرید، بلکه باید ببینید که به زندگی چه می‌دهید. همین نکته در مورد روابط نیز صادق است. هدف از آن این است که اندیشه‌های خود را عالی‌ترین تجلی از والاترین درکی بدانید که تاکنون در مورد کسی داشته‌اید.

هدف زندگی، تحقق بخشیدن و تجربه و شناختن خویشتن خویش است. برای این کار در زندگی به هیچ‌چیز و هیچ‌کس دیگری نیاز ندارید. برای همین است که می‌توانید دیگران را دوست بدارید، بی‌آنکه از آن‌ها درخواستی داشته باشید.

تفاوت عشق و نیاز

بیشتر مردم عشق را با نیاز اشتباه می‌گیرند. آن‌ها گمان می‌کنند این دو واژه و این دو تجربه مترادف هستند؛ اما چنین نیست. دوست داشتن ربطی به نیاز داشتن ندارد. می‌توانید ضمن آنکه کسی را دوست دارید، به او نیاز داشته باشید؛ اما بدانید برای نیاز نیست که او را دوست دارید. اگر کسی را برای آن دوست بدارید که به او نیاز دارید، در حقیقت او را دوست ندارید، بلکه آنچه را او به شما می‌دهد، دوست دارید. هنگامی که دیگری را در هر حالتی و فقط برای خود او دوست داشته باشید و تفاوتی نکند که او نیازتان را برآورده سازد یا نه آنگاه به‌راستی او را دوست می‌دارید. پس هنگامی که به او نیازی نداشته باشید، می‌توانید به‌راستی دوستش بدارید.

قوه تخیل قوی

چند ماه از استخدام یک مرد جوان می‌گذشت که روزی مدیر منابع انسانی شرکت او را به دفتر خود فراخواند.

مدیر پرسید:

- این یعنی چه؟ هنگام استخدام گفتی که پنج سال سابقه کارداری؛ اما حالا فهمیدیم که این اولین کار توست و هیچ سابقه کاری نداری.

مرد جوان پاسخ داد:

- خُب در آگهی گفته بودید که یک نفر با قوه تخیل قوی می‌خواهید

نکته: چارلز داروین اعتقاد داشت منطق بزرگ‌ترین توانایی بشر است، اما همچنین گفته بود که قوه تخیل بالاترین امتیاز بشر است و البته، حق با اوست، چون ما می‌توانیم هر زمان و به هر صورت که خواستیم قوه تخیلمان را به کار بیندازیم.

بی‌شک یکی از بزرگ‌ترین نعمت‌هایی که خداوند به انسان بخشیده توانایی او برای تصور و تجسم ذهنی است و در این موارد هم مثل سایر توانایی‌هایمان، هرچه بیشتر از آن کار بکشیم، کارایی آن بهتر می‌شود. توانایی افزایش قدرت تخیل و خلاقیت در دسترس همگان است.

هر دستاورد نتیجه خیال‌پردازی یک انسان از چیزهایی است که وجود نداشته‌اند اما با جمع‌آوری ایده‌ها، الهام و عمل می‌توان آنان‌ها را به واقعیت تبدیل کرد. شایان‌ذکر است که آن نوع خیال‌پردازی که ما در نظر داریم، خیال‌پردازی‌های باطل و بیهوده از روی تنبلی و بیکاری نیست. بلکه آن نوع خیال‌پردازی است که نویسنده مشهور ریچارد کوهن آن را **"وضعیت ذهنی به‌طور کامل هوشیار، شنوا و بسیار متمرکز"** می‌نامد.

او می‌گوید: «شما می‌توانید خود را برای الهام گرفتن آموزش دهید. الهام گرفتن می‌تواند برای شما به صورت عادت درآید»

اما هرکدام از ما به روش‌های مختلف الهام می‌گیریم. وضعیت و موقعیت زمانی و مکانی برای هر کس متفاوت است. شاید برای شما صبح‌های زود بهترین زمان باشد، آن زمانی که بیشتر مردم هنوز خواب هستند و همه‌جا آرام است. به پنجره خیره می‌شوید و همان‌طور که طلوع آفتاب را تماشا می‌کنید در مورد چیزی که می‌خواهید خلق کنید، فکر می‌کنید. برای دیگران شاید آخرِ شب زمانی مناسب برای خیال‌پردازی و گشت‌وگذار در افق‌های جدید ذهن باشد.

در حقیقت تخیل ما همیشه برای ما آماده‌به‌کار است، حتی وقتی در خواب هستیم؛ اما فقط گاهی اوقات همه چیز را کنار می‌گذاریم

و برای حل یک مشکل، تصویرسازی می‌کنیم و قوه تخیلمان را به کار می‌اندازیم؛ در این مواقع بهتر است قلم و کاغذ در دسترسمان باشد تا بتوانیم افکار و ایده‌هایمان را یادداشت کنیم.

ممکن است پاسخ شما برای رفع مشکلتان در یک جلسه خیال‌پردازی عینی به ذهنتان نیاید، اما موقع رانندگی، پیاده‌روی یا گوش کردن به موسیقی ناخودآگاه غافلگیرتان کند. حتی ممکن است اطلاعاتی را که می‌خواستید در خواب مشاهده کنید. با این‌که خیلی چیزها در مورد ذهن انسان هنوز کشف نشده‌اما می‌دانیم که قدرت آن برای حل مشکلات و دستیابی به هدف‌ها نامحدود است.

البته، این وظیفه ماست که برای ذهنمان طرح مشکل کنیم یا هدفی برای دست یافتن فراهم کنیم.

به همین دلیل خوب است که زمانی از روز را به کار کردن روی تقویت نیروی تخیل خود اختصاص دهیم. فقط کافی است کمی ذهنمان را بازکنیم، همین. پذیرفتن این ایده که هر چیز امکان‌پذیر است، کمی دشوار است اما در قلمرو ذهن این حقیقت دارد. شما می‌توانید هر چیز را تصور کنید و این امکان هم وجود دارد که با افزودن کمی الهام و عمل به آن، چیزهایی را که تصور می‌کردید به واقعیت تبدیل کنید.

تغییر

سال ۱۴۹۲ کریستف کلمب از پاولوس در جنوب اسپانیا برای یافتن راهی به هند در مسیر غرب، سوار کشتی شد. او متقاعد شده بود کره زمین گرد است و این در حالی بود که به‌طور تقریبی همه مردم اروپا فکر می‌کردند زمین صاف و مسطح است. حتی اغلب مردم بر این باور بودند که اگر کشتی در جهت غرب حرکت کند، از لبه زمین سقوط می‌کند.

کلمب آن مسیری را که می‌خواست پیدا نکرد، اما یقین پیدا کرد که زمین کروی شکل است. کلمب با از دست دادن یک کشتی بعد از ماه‌ها تفحص و کاوش، پانزده مارس سال ۱۴۹۳ به پاولوس برگشت. ازآن‌پس در عرض چند ماه نظر مردم اروپا درباره زمین تغییر قابل‌ملاحظه‌ای کرد. تغییر و تحولی در چشم‌انداز مردم درباره جهان ایجاد شد.

دیگر کلمب قهرمان به‌حساب می‌آمد؛ زیرا از ماجرایی بزرگ بازگشته بود؛ او سرزمین‌های جدیدی یافته بود. روزهای اول که تازه بازگشته بود، نظر مردم هنوز درباره زمین تغییر نکرده بود. بر

اساس نوشته دیوید بایلس در کتاب هنر و تر سوقتی کلمب از سرزمین‌های جدید بازگشت و مدعی شد که زمین گرد است، بیشتر مردم فکر می‌کردند که زمین صاف است اما وقتی آن نسل از بین رفت و نسل بعد وارث زمین شد، به این نتیجه رسید که کره زمین مدور است.

مارک تواین، رمان‌نویس، می‌گفت: تنها کسی که خواهان تغییر است بچه‌ای است که خود را خیس کرده و نیازمند تعویض است.

همه در برابر تغییر مقاومت می‌کنند. تغییر برای همه دشوار است.

به‌راستی تغییر یکی از بزرگ‌ترین موانع موفقیت است که ممکن است با آن روبه‌رو شویم. چرا این‌گونه است؟ مگر غیرازاین است که پیشرفت نیازمند تغییر است؟ آیا رشد نیازمند تغییر نیست؟ نمی‌توانیم هم بر سر جای خود بایستیم و هم به جلو حرکت کنیم و بااین‌حال در برابر تغییر مقاومت می‌کنیم. چرا مقاومت می‌کنیم؟ دلایل مختلفی دارد:

اشخاص برای این‌که چیزی از دست ندهند، در برابر تغییر مقاومت می‌کنند.

مردم در برابر تغییر مقاومت می‌کنند؛ زیرا از ناشناخته‌ها می‌ترسند.

اشخاص در برابر تغییر مقاومت می‌کنند، زیرا ممکن است زمانش نامناسب باشد.

اشخاص در برابر تغییر مقاومت می‌کنند؛ زیرا برایشان آزاردهنده است.

اشخاص به دلیل رسم و رسوم و سنت در برابر تغییر مقاومت می‌کنند.

برای این‌که تغییری موفقیت‌آمیز ایجاد کنید، باید در قبال آن نگرشی خوب داشته باشید و خودتان را برای تغییر آماده کنید.

جان ماکسول

این قایق هم خالی است

وقتی جوان بودم قایق‌سواری را خیلی دوست داشتم. یک قایق کوچک هم داشتم که با آن در دریاچه قایق‌سواری می‌کردم و ساعت‌های زیادی را در تنهایی می‌گذراندم. شبی بدون آنکه به چیز خاصی فکر کنم، نشستم و چشم‌هایم را بستم، شب خیلی قشنگی بود. در همین زمان قایق دیگری به قایق من برخورد کرد. عصبانی شدم و خواستم با شخصی که با کوبیدن به قایق آرامش من را بر هم زده بود دعوا کنم؛ ولی دیدم قایق خالی است. کسی در قایق نبود که با او دعوا کنم، خشم خود را به او نشان دهم. چطور می‌توانستم خشم خود را تخلیه کنم؟ هیچ کاری نمی‌شد

کرد. دوباره نشستم و چشم‌هایم را بستم. عصبانی بودم. در سکوت شب کمی فکر کردم، قایق خالی برای من درسی شد. ازآن‌پس اگر کسی باعث خشم من شود، پیش خود می‌گویم: "این قایق هم خالی است."

نکته: درواقع آن‌کس که شما را عصبانی می‌کند، فتحتان کرده است. اگر به خود اجازه می‌دهید از دست کسی خشمگین باشید و بخش عمده‌ای از عاطفه و ذهنتان را به او اختصاص دهید، درواقع به او اجازه تصاحب این بخش‌های وجودتان را داده‌اید.

خودخواه نباشید!

اسب و الاغی باهم سفر می‌کردند. الاغ به اسب گفت:

- اگر دلت می‌خواهد من زنده بمانم کمی از بار من را بردار.

اما اسب به او اعتنایی نکرد. الاغ که نمی‌توانست سنگینی آن همه بار را تحمل کند، به زمین افتاد و جان داد. آنگاه صاحب اسب تمام بارها، به اضافه پوست الاغ را پشت اسب گذاشت: اسب همچنان که زیر بار کمر خم کرده بود، ناله می‌کرد و با خود می‌گفت: "افسوس! من با چه حماقتی کردم. حاضر نشدم اندکی از بار الاغ را به دوش بکشم. حالا نه تنها مجبورم باری را که بر دوش او بود، بلکه پوست او را هم به دوش بکشم."

نکته: برای نتیجه‌گیری از حکایت بالا مطلبی از زیگ زیگلار می‌آوریم:

شنیده‌ام که در اندونزی درختی به نام « یوپاس » وجود دارد. این درخت سم ترشح می‌کند. «یوپاس» چنان‌انبوه و پر است که هر گیاهی را که در پای آن رشد کند، نابود می‌کند. این درخت پناه می‌دهد، سایه دارد و نابود می‌کند. متأسفانه باید بگویم که من کسانی را می‌شناسم که مانند این درخت هستند. فکر کنم که شما هم کسانی از این نوع را می‌شناسید. این آدم‌ها خودپسندند. آن‌ها همه چیز را برای خود می‌خواهند که مرکز توجه واقع شوند. هیچ علاقه‌ای به کمک دیگران ندارند، ولی از همه به نفع خود بهره می‌جویند. آن‌ها مثل درخت یوپاس خاصیتی برای اطرافیان ندارند و باعث شکوفایی، رشد و باروری دیگران نمی‌شوند.

از طرف دیگر، یادم می‌آید وقتی کوچک بودم سعی می‌کردم روی ریل راه‌آهن راه بروم. چند قدم بیشتر نمی‌توانستم راه بروم و تعادل خود را از دست می‌دادم؛ اما اگر با دوستم روی ریل قرار

می‌گرفتیم می‌توانستیم دست یکدیگر را بگیریم و تعادل خود را حفظ کنیم. در این صورت می‌توانستیم تا آن سر دنیا هم برویم.

من و تو حق انتخاب داریم؛ می‌توانیم مثل درخت یوپاس باشیم. فقط به خود و خواسته‌هایمان بیندیشیم. سم خودخواهی ترشح کنیم. در خودخواهی جا خوش کنیم یا این‌که هم‌زمان با رشد و زندگی به دیگران یاری دهیم. می‌توانی زندگی‌ات را در خدمت دیگران باشی یا با خودپسندی گمراه‌کننده آن را هدر دهی. یا باید از مردم سوءاستفاده کنی یا با آن‌ها دوست شوی؛ هر دو باهم ممکن نیست.

خلاقیت

کامیونی بزرگ که قصد عبور از یک پل زیرگذر خط راه‌آهن را داشت، بین سطح جاده و تیرهای سقف زیرگذر گیر کرد. تلاش کارشناسان مربوط برای ازاد کردن آن بی‌نتیجه ماند و ترافیک سنگین تا کیلومترها در هر دو سمت جاده‌ایجاد شد. پسرکی سعی کرد تا توجه سردسته کارشناسان را به خود جلب کند.

اما مرتب با فشار دست‌های افراد به عقب رانده می‌شد و عاقبت کارشناس که از دست سماجت‌های پسرک عصبانی شده بود، گفت:

- نکند تو می‌خواهی به من یاد بدهی که چه کار باید بکنم؟

و پسرک جواب داد:

- فقط کافی است مقداری از باد لاستیک‌ها را خارج کنید.

نکته: یکی از توانایی‌های فکری ما خلاقیت است. خلاقیت یعنی توانایی دیدن چیزها به شیوه‌های جدید، شکستن مرزها و فراتر رفتن از چهارچوب‌ها، فکر کردن به شیوه‌ای متفاوت، ابداع چیزهای جدید، استفاده از چیزهای نامربوط و تبدیل آن به شکل‌های جدید. سن، جنسیت و حتی تحصیلات عاملی مهم برای خلاق بودن نیستند، بلکه کوشش و نیروی محرک ما عاملی بسیار مهم است.

سوپ خوشمزه

مسافری خسته و گرسنه به روستایی رسید که ساکنانش بسیار فقیر بودند. او از روستاییان مقداری غذا خواست، اما آن‌ها گفتند که هیچ غذایی برای خوردن ندارند. او لبخند زد و گفت:

- هیچ اشکالی ندارد، تکه سنگی دارم که با پختن آن‌سوپی خوشمزه آماده می‌شود.

روستاییان ظرفی پر از آب برای مسافر آوردند. او دستمالی از جیبش بیرون آورد، آن را باز کرد، از میآنان سنگی خاکستری و شسته شده بیرون آورد و داخل ظرف آب انداخت و چنین گفت:

- بسیار خوشمزه است.

اندکی بعد درحالی‌که آب گرم می‌شد، مسافر مزۀ آن را چشید و با شگفتی گفت که:

- وای، چه سوپ خوشمزه‌ای! فقط اگر کمی پیاز به آن اضافه می‌کردیم، بهتر می‌شد

روستاییان پس از کمی فکر پی بردند پیاز دارند. آنان مقداری پیاز را داخل ظرف ریختند. مسافر پس از چند دقیقه هم زدن سوپ دوباره آن را چشید و از لذت‌بخش بودن آن سخن گفت و ادامه او گفت داد:

- فوق‌العاده است. فقط اگر کمی هویج به آن اضافه می‌کردیم، بهتر می‌شد.

روستاییان پس از کمی‌اندیشیدن و جستجو کردن پی بردند هویج هم دارند. آنان مقداری هویج نیز به غذا افزودند. ماجرا همچنان ادامه یافت. مسافر همواره از خوشمزه بودن سوپ تعریف کرد و در ادامه می‌گفت، اگر این یا آن ماده غذایی را به آن می‌افزودیم، بسیار بهتر می‌شد. به‌این‌ترتیب، در مدتی کوتاه، سوپی خوشمزه در روستایی تهیه شد که مردمانش باور داشتند غذایی برای خوردن ندارند.

نکته: باورهای نیرومند شما نشان می‌دهند که چگونه می‌اندیشید، چه احساسی دارید، چگونه عمل می‌کنید و با چه پیامدهایی روبه‌رو می‌شوید. اگر باورهایی نیرومند بر مبنای خوش‌بینی، اعتمادبه‌نفس و موفقیت نهایی در وجودتان شکل‌گرفته است، هیچ عاملی نمی‌تواند شما را از دستیابی به اهداف ارزشمندتان بازدارد. از سوی دیگر، اگر باورهای منفی را بر مبنای خودکم‌بینی و کمبود در وجودتان پرورش داده‌اید، هیچ عاملی نمی‌تواند به شما کمک کند تا موفق شوید. انسان‌های موفق باور دارند که موفق می‌شوند، بنابراین این افراد همچون مسافر داستان ما به‌شدت راه‌حل محور هستند. اگر بر یافتن راه‌حل متمرکز شویم؛ بی‌تردید راه‌حل مناسبی را می‌یابیم. از سوی دیگر، اگر همواره بر کمبودهای زندگی‌مان متمرکز شویم و باور داشته باشیم که همیشه با کمبود روبه‌رو خواهیم بود، پس بی‌تردید کمبودهایی را به زندگی‌مان جذب خواهیم کرد.

حکایتی از ادیسون

توماس ادیسون با مهار جریان الکتریسیته و اختراع ۱۳۰۰ وسیله برقی از جمله بلندگو، ضبط‌صوت و تجهیزات سینما به بالاترین درجه شهرت رسید و نامش در صفحات زرین مردان نام‌آور جهان ثبت شد. او هنگام تلاش برای کشف جریان الکتریسیته با رقیب سرسختش نیکولا تسلا، دانشمند صربی، به‌شدت اختلاف‌نظر پیدا کرد. ادیسون معتقد بود دستگاه مولد برق با جریان مستقیم به کار می‌افتد. حال‌آنکه تسلا اعتقاد داشت این دستگاه با جریان متناوب کار می‌کند و او آن را اختراع کرده است.

ادیسون در خلال یک مباحثه با تسلا به‌شدت خشمگین شد و کوشید مردم را متقاعد کند که دستگاه جریان متناوب خطرناک و مهلک است و تسلا با ابداع آن، جان مردم را به بازی گرفته است. آنگاه بااتصال جریان متناوب به چند جانور خانگی که به مرگشان منجر شد، نظریه‌اش را اثبات کرد. سپس برای این‌که جریان متناوب را مهلک نشان دهد و تسلا را برای همیشه از صحنه رقابت بیرون براند سال ۱۸۹۰ از دست‌اندرکاران زندان ایالتی نیویورک تقاضا کرد برای اولین بار اعدام با جریان برق را بیازمایند، غافل از این‌که فقط موجودات کوچک در اثر جریان متناوب کشته می‌شوند و این جریان برای از پای انداختن انسان بسیار ضعیف و نارساست. به‌هرحال فردی که قرار بود بااتصال جریان برق اعدام شود، فقط نیمه‌جان شد و صحنه اعدام به نمایشی محرز از بیدادگری مبدل گردید.

گرچه عاقبت ادیسون با اختراع صدها ابزار برقی آسیبی را که به شهرتش زده بود ترمیم کرد، اما با مبارزه‌ای که در آن برهه از زمان علیه رقیبش در پیش گرفت ضربه‌ای سنگین به او وارد آورد.

نکته: از این داستان می‌توان آموخت که هرگز اعتبار رقبایتان را مخدوش نکنید. این کار بیش از آنکه نظر مردم را نسبت به فردی که به او تهمت می‌زنید عوض کند، به پیش‌داوری و رأی ناجوانمردانه‌ای که درباره رقیبتان صادر می‌کنید، مهر تأیید می‌زند. پس‌ازآنکه به سبب ویژگی‌های مثبت و منحصربه‌فردتان شهرتی به دست آورید برای مقابله با رقبایتان به راهکارهای ظریف مانند طنزپردازی و مزاح بسده گیید. فراموش نکنید شیر با موشی که در راهش قرار می‌گیرد فقط بازی می‌کند و هر واکنش تندی از جانب او به شهرتش به‌عنوان سلطان جنگل لطمه می‌زند. ویژگی‌های مثبتی که در آن شهرت یافته‌اید مانند معدن الماس و یاقوت ارزشمند است. شما با زحمت و مرارت این معدن را حفاری و آن را استخراج کردید. پس با تمام قوا از آن محافظت کنید. مراقب باشید که این گوهر ارزشمند تحت تأثیر عمل یا سخنی ناصواب از جلا نیفتد و زنگار به خود نگیرد. شهرت شما همواره پشاپیش، شما حرکت کرده و چنانچه احترام و مبیت

برانگیزد بسیاری از امورتان به‌طور خودکار و پیش از ورودتان به آن موقعیت سروسامان می‌گیرد. بنابراین پیوسته بکوشید با یک ویژگی تأثیرگذار نظیر صداقت، کفایت، اقتدار، خونگرمی، وظیفه‌شناسی و انصاف زبانزد شوید. شهرت شما مانند کارت ویزیت در هر محفل و مجلس معرفتان است و روی دیدگاه مردم درباره شما تأثیر می‌گذارد. همچنین پس‌ازآنکه به صفتی مثبت و سازنده مشهور شدید با تمام قوا بکوشید از این سرمایه باطنی محافظت کنید. اعتماد چیزی نیست که یک‌شبه به دست آید، بلکه سال‌ها وقت می‌گیرد تا بتوان شهرت و آوازه‌ای قابل‌اعتماد در میان مردم به دست آورد؛ اما اعتبار به‌آسانی از دستمی‌رود. حتی اگر با سال‌ها زحمت صادقانه اعتماد مردم را جلب کرده باشید، یک دروغ یا لغزش می‌تواند آن شهرت و آوازه را به‌سختی فراهم آمده بر باد دهد. شهرت گنجینه‌ای است که باید به‌دقت از آن پاسداری کرد. اگر در اثر غفلت شهرت تان لکه‌دار شد تنها کاری که از دستتان برمی‌آید این است که برای مدتی با فردی معتبر ارتباط داشته باشید و به‌طور جدانشدنی به او گره بخورید تا بی‌اعتباری مقطعی‌تان ترمیم شود و این چالش را پشت سر گذارید. باید در این راستا مقاوم و ثابت‌قدم باشید و اجازه ندهید بی‌اعتمادی دیگران شما را متزلزل و ناامید کند. بعضی افراد برای سبقت گرفتن از رقبا شهرت آنان را تباه می‌کنند، غافل از این‌که با این کار به اعتبار خودشان نیز آسیب می‌زنند.

اول برادری ات را ثابت کن

روزی پیرمردی اعلام کرد که ثروتش را بین دوستانش تقسیم خواهد کرد به شرطی که بر دوستی آن‌ها واقف شود.

سال‌ها گذشت و پیرمرد در زمستانی سخت و پر از برف و کولاک دار فانی را وداع گفت. آخرین خواسته پیرمرد آن بود که او را ساعت چهار صبح به خاک بسپارند.

عده زیادی لاف دوستی با او زده بودند اما فقط سه مرد و دو زن در ساعت چهار صبح در مراسم تدفین او حاضر شدند.

موقعی که وصیت‌نامه پیرمرد خوانده شد معلوم شد وصیت کرده ثروتش را به‌طور مساوی بین کسانی تقسیم کنند که در مراسم تدفین او شرکت کرده‌اند.

یک مثل انگلیسی می‌گوید:

- دوستانت باید مثل کتاب‌هایی که می‌خوانی کم باشند و برگزید.

نیت درست

عبدالله خسته از کار روزانه در گوشه مسجدی در شهر مکه خوابیده بود. او با صدای دو فرشته که بالای سرش گفت‌وگو می‌کردند، از خواب پرید. وقتی خوب گوش داد، متوجه شد دو فرشته در مورد آماده کردن فهرستی از افراد معنوی صحبت می‌کنند. یکی از فرشتگان به دیگری می‌گفت:

-    دوست خوبم محبوب خان‌که در شهر اسکندریه زندگی می‌کند، نفر اول این فهرست است، اما او هیچ‌وقت به شهر مقدس مکه پا نگذاشته است.

با شنیدن این جملات عبدالله به فکر فرو رفت و با خود گفت:

"این محبوب خان کیست که این گونه مورد توجه فرشتگان است."

او متعجب بود که چطور محبوب خان با این‌که تابه‌حال به مکه پا نگذاشته نفر اول این فهرست است، بسیار کنجکاو شد. بار سفر بست و به اسکندریه رفت. پس از جستجوی فراوان بالاخره فهمید محبوب خان پینه‌دوز پیری است که در شهر کفش‌های مردم را تعمیر می‌کند.

عبدالله نزد محبوب خان رفت و با پیرمرد که از شدت فقر، ناتوانی و گرسنگی مشتی پوست‌واستخوان بود، به صحبت نشست و ماجرا را تعریف کرد. محبوب خان خندید و گفت:

-    من مرد فقیری هستم. پس از سال‌ها کار و تلاش مقداری پول پس‌انداز کرده بودم. روزی از روزها که همسرم باردار بود، تصمیم گرفتم برای او غذای خوبی تهیه و او را خوشحال کنم. وقتی در کوچه با ظرف غذا درحرکت بودم، صدای گریه کودک فقیری را شنیدم که به نظر می‌آمد بسیار گرسنه است. آشفته شدم. دیگر حتی نمی‌توانستم قدم از قدم بردارم. ظرف غذا را به کودک گرسنه دادم و خود کنار او نشستم و از لبخند رضایتی که بر چهره نحیف کودک نشسته بود، لذت بردم

محبوب خان به خاطر این کار مقامی بزرگ، نزد خداوند یافت، مقامی که هیچ زائری و هیچ بخشنده‌ای به آن دست نمی‌یافت.

افلاطون می‌گوید:

هر کس به فکر خیر و سعادت دیگران باشد، سرانجام سعادت خودش را هم به دست خواهد آورد

زندگی چه می‌گوید؟

امروز صبح که از خواب بیدار شدم از خودم پرسیدم "زندگی چه می‌گوید؟"
جواب را در اتاقم پیدا کردم.

کولر گفت:

- خونسرد باش.

سقف گفت:

- اهداف بلند داشته باش.

پنجره گفت:

- دنیا را خوب بنگر.

ساعت گفت:

- هر ثانیه باارزش است.

آیینه گفت:

- قبل از هر کاری، به بازتاب آن بیندیش.

تقویم گفت:

- به‌روز باش.

در گفت:

- در راه اهدافت، سختی‌ها را هول بده و کنار بزن.

زمین گفت:

- با فروتنی نیایش کن.

باور

مرد جوانی در یکی از سفرهای خود به خانه دوستش رفته و شب را آنجا می‌خوابد. میزبان برای پذیرایی از دوستش غذایی با گوشت ماهی قزل‌آلا تهیه می‌کند. هنگام صرف غذا مرد جوان سؤال می‌کند:

- آیا این غذا از گوشت قزل‌آلاست.

میزبان جواب می‌دهد:

- نه!

مرد جوان پس از صرف غذا خداحافظی کرده و به سفر خود ادامه می‌دهد. پس از گذشت چندین سال مجدد گذر مرد جوان به منزل دوستش می‌افتد. میزبان از وی سؤال می‌کند:

-   آیا خوراک قزل‌آلا دوست دارد. مرد جوان می‌گوید:

-   دکتر او را از خوردن این غذا منع کرده است.

میزبان می‌گوید:

-   اما غذایی که چندین سال قبل در اینجا صرف کردی هم قزل‌آلا بود.

ترس بر تمام وجود مرد جوان مستولی شده و شروع به لرزش کرده و در نهایت پس از بیست‌وچهار ساعت می‌میرد.

تغییر کنیم

چارلز دیکنز در مورد یک زندانی که سال‌ها در یک سلول بوده داستانی بدین مضمون نوشته که وی بعد از تمام شدن محکومیتش آزاد شد اما همه‌چیزهای او کارهای یک زندان را به دنیای آزاد و روشن بیرون آورده بود. او به اطراف خود نگاه کرده و بعد از چند لحظه چنان از آزادی به دست آورده جدید خود ناراحت شده بود که درخواست می‌کند او را به سلولش در زندان بازگردانند. داشتن لباس زندان، زنجیرها و تاریکی امن‌تر و راحت‌تر از پذیرفتن آزادی و دنیای آزاد بود.

نکته: طبیعت انسان به‌طورکلی در مقابل تغییر مقاومت می‌کند. تغییر ناراحت‌کننده است. صرف‌نظر از اثر منفی یا مثبت، تغییر می‌تواند فشارزا باشد. برخی مواقع ما با نگرش‌های منفی خودمان راحت هستیم، زیرا اگر تغییر برای ما مثبت هم باشد نمی‌خواهیم آن را به دست آوریم! طبیعت انسان دوست دارد که در منطقه امن عادت‌ها بماند. وقتی در زمینه به خصوصی به منطقه آسایش یا امن می‌رسیم، بدون این‌که متوجه باشیم تلاش می‌کنیم در این منطقه آسایش باقی بمانیم، هرچند ممکن است منطقه آسایشی که برای خود در نظر گرفته‌ایم تا حدود زیادی کمتر از قابلیت‌های ما باشد.

پشتکار جادو می‌کند

مرغ مورچه‌خوار که در کشور آرژانتین زیاد به چشم می‌خورد. این مرغ‌ها آشیانه خود را به شکل تنور می‌سازد و به همین دلیل این کشور به تنور مشهور است.

چند سال پیش یک جفت از این پرندگان بر بالای بنای یادبودی که زینت‌بخش میدان شهر در پایتخت (بوئنوس آیرس) بود، به ساخت لانه تنوری شکل خود از گل و برگ پرداختند؛ اما چند نفر از کارگران شهرداری لانه آن‌ها را خراب کردند. سال بعد همان پرندگان بازگشتند و دوباره در همان‌جا شروع به ساخت لانه کردند. بار دیگر کارگران شهرداری آشیانه را خراب کردند. پرندگان سالِ بعد بازهم پرندگان به همان‌جا برگشته و اقدام به ساخت مجدد آشیانه خود کردند. این بار شهروندان از کارگران شهرداری خواستند کاری به کار آن‌ها نداشته باشند!

نکته: عظمت و شکوه انسانی ما این نیست که هیچ‌گاه سقوط نکنیم، بلکه عظمت در آن است که هر وقت افتادیم، دوباره برخیزیم و تلاش را از سر گیریم.

فلورانس کدویک اعتقاد دارد:

برنده هیچ‌گاه تسلیم نمی‌شود و تسلیم شونده هیچ‌گاه برنده نمی‌شود.

جیمز کوربت می‌گوید:

یک راند دیگر مبارزه کن! وقتی پاهایت چنان خسته‌اند که به زور راه می‌روی، یک راند دیگر مبارزه کن! وقتی بازوهایت چنان خسته‌اند که قدرت گارد گرفتن نداری، یک راند دیگر مبارزه کن! وقتی‌که خون از دماغت جاری است و چشمانت سیاهی می‌رود و چنان خسته‌ای که آرزو می‌کنی حریف مشتی به چانه‌ات بزند و کار را تمام کند، یک راند دیگر مبارزه کن! و به یاد داشته باش مردی که همواره یک راند دیگر مبارزه می‌کند، هرگز شکست نمی‌خورد.

به یاد داشته باشیم:

بازنده‌ها وقتی شکست می‌خورند، کنار می‌کشند و برنده‌ها تا زمان پیروزی مدام شکست می‌خورند.

عامل تغییر باش نه قربانی تقدیر!

کلمنت استون، بنیان‌گذار شرکت الحاقی بیمه آمریکا، به سبب دیدگاهش که «بدگمانی معکوس» نامیده شد، مشهور است. او اعتقاد راسخ دارد که وقوع هر اتفاق بخشی از طرح و برنامه‌ای است که به او کمک می‌کند موفق‌تر باشد و هرگاه اتفاقی نامنتظره روی می‌دهد سپس آن موقعیت را بررسی می‌کند تا به‌خوبی دریابد نقطه مثبت آن چیست. می‌گوید:

- چه خوب!

برای مواجهه با تغییر شاید ارزشمندترین خصوصیتی که می‌توانید پرورش دهید انعطاف‌پذیری باشد. عادت کنید در مقابل اطلاعات و شرایط جدید روشن‌بین و سازگار باشید. زمانی که کارها

خراب می‌شوند به‌جای این‌که ناراحت یا سرخورده شوید در پی تغییر یا برگرداندن اوضاع به منظور استفاده از فرصتی سودی باشید که می‌تواند در آن وضعیت نهفته باشد.

مردان و زنان ممتاز همواره کسانی هستند که در کشاکش آشوب و پریشانی خونسردی خود را حفظ می‌کنند و حواسشان جمع است.

آن‌ها نفسی عمیق می‌کشند و در کمال آرامش موقعیت را به صورت عینی ارزیابی می‌کنند. وقتی اوضاع بر وفق مرادشان نیست، پرسش‌هایی مطرح می‌کنند و در پی دستیابی به اطلاعات هستند و بدین ترتیب، خود را آرام نگه می‌دارند و هیجان‌زده نمی‌شوند. برای مثال، اگر کسی به تعهد خود پایبند نماند، قرارداد فروشش فسخ شود یا معامله سر نگیرد، پرسش‌هایی مانند

"به‌طور دقیق چه اتفاقی افتاد؟"

مطرح می‌کند و با ذهنی آگاه و روشن پیش می‌رود. آن‌ها قبل از این‌که واکنش نشان دهند برگرفتن اطلاعات تمرکز می‌کنند و این‌گونه با تغییر مواجه می‌شوند و این توانایی را پرورش می‌دهند که آشفتگی را بشکافند و بپرسند

"چرا چنین شد؟ چگونه این اتفاق افتاد؟ چقدر جدی است؟ حالا که اتفاق افتاده، چه‌کارهایی می‌توانیم بکنیم."

رابرت فریتس در کتاب خود با عنوان راهی که کمترین مقاومت را دارد بین افراد مؤثر و افراد بی‌تأثیر وجه تمایزی روشن قائل می‌شود. او می‌گوید کسانی که اثربخش نیستند گرایش دارند بیشترِ اوقات در حالت واکنش‌پذیری و تأثیرپذیری باشند. آن‌ها به‌جای آنکه آگاهانه و به‌عمد مسیر خود را انتخاب کنند، به آنچه در اطرافشان می‌گذرد واکنش نشان می‌دهند و به هیجان خود پاسخ می‌دهند؛ به این صورت که گاهی از کوره در می‌روند و گاهی افسرده می‌شوند. آن‌ها سوار قطاری هیجان‌انگیز هستند و در این حالت، بالاترین امیدشان این است که به حالت یکنواختی، یعنی حالت پیش از ناراحتی، بازگردند.

بنابر گفته رابرت فریتس انسان ممتاز کسی است که توجه خود را بر «دیدن آینده» متمرکز می‌کند. هرگاه تغییر یا مشکلی غیرمنتظره روی می‌دهد نیز بی‌درنگ ذهن خود را به این معطوف می‌کند که می‌خواهد در آینده کجا باشد. این آیدسبیلی را او برنامه‌ریزی کرده و درباره‌اش مدت‌ها اندیشیده است، پس به‌آسانی می‌تواند آن را همان‌جا به ذهن بیاورد.

ازآنجاکه ضمیر خودآگاه شما در هر زمان می‌تواند فقط بر یک فکر متمرکز شود، پس وقتی به‌عمد بر تفکر درباره هدف یا آینده‌تان اصرار می‌کنید، سررشته اوضاع در دست شماست. افراد ممتاز همیشه آینده را به گذشته ترجیح می‌دهند و همیشه از خود می‌پرسند: "حالا چه کنیم؟" نه این‌که به دنبال کسی باشند تا او را مقصر بدانند و سرزنش کنند و به‌این‌ترتیب، وقت و توانشان

را هدر بدهند. بین آن‌ها با تفکر و گفتگو درباره آینده دلخواهشان خود را در سطح بهترین عملکرد نگه می‌دارند.

با معطوف کردن توجهتان به آینده بنابر جملهٔ معروف را و دیدنِ نیمه پر لیوان، می‌توانید تا حد چشمگیری توانایی خود را در مواجهه با تغییر بهبود ببخشید.

دو نفر از میله‌های زندان به بیرون نگاه می‌کردند؛ یکی گل‌ولای را دید و دیگری ستارگان را موضوع بسیار مهم در مواجهه با تغییر، احاطه است.

بسیاری از دغدغه‌ها، فشارها و ناراحتی‌های شما ناشی از این است که احساس می‌کنید در حوزه خاصی از زندگی‌تان سررشته امور را ازدست‌داده‌اید. اگر درباره زمان‌ها و مکان‌هایی که در آن‌ها بهترین احساس را نسبت به خودتان داشته‌اید فکر کنید، متوجه خواهید شد در آن‌ها احاطه کامل داشته‌اید. یکی از دلایل این‌که چرا دوست دارید پس از پایان سفر به خانه برسید این است که وقتی پا به خانه می‌گذارید احساس می‌کنید به‌طور کامل محیط را در اختیاردارید. می‌دانید هر چیزی کجاست و مجبور نیستید به همه جواب پس بدهید. ازاین‌رو در نهایت آسودگی استراحت می‌کنید. در این حالت دوباره سررشته را به دست گرفته‌اید.

روان‌شناسان این عامل را «پدیده تفاوت کانون احاطه درونی و کانون احاطه بیرونی» می‌نامند. کانون احاطه شما درجایی است که احساس می‌کنید اختیار بخش خاصی از زندگی‌تان را دارید. کسی که کانون احاطه‌اش «بیرونی» است، احساس می‌کند که به‌وسیله نیروهای بیرون از خود راهبری می‌شود. خیلی‌ها احساس می‌کنند رئیس‌ها، صورت‌حساب‌ها، روابط، تجارب دوره کودکی یا محیط بیرونی‌شان بر آن‌ها چیرگی دارند. وقتی کانون احاطه کسی بیرونی باشد، فشار روانی زیادی تحمل می‌کند. چنین فردی در مواجهه با هر نوع تغییری بسیار نگران و ناراحت می‌شود. تغییر نشان‌دهنده تهدیدی است که می‌تواند وضع او را بدتر از قبل کند. کسی که از کانون احاطه درونی برخوردار است، اراده‌ای نیرومند و مستحکم دارد و احساس می‌کند مسئولیت زندگی‌اش را بر عهده دارد. او در کارش مطابق با برنامه‌ریزی پیش می‌رود، مسئولیت‌هایی فراوان بر عهده می‌گیرد و اعتقاد دارد هر اتفاق دلیلی دارد و خودش، مهم‌ترین نیروی خلاق در زندگی‌اش است. ازآنجاکه تنها چیزی که بر آن چیرگی کامل دارید ذهنیت‌های ضمیر خودآگاهتان است، توانایی‌تان در مواجهه با تغییر، منوط به احاطه کامل بر چیزهایی است که در ذهن می‌پرورانید. همان‌طور که توماس هاکسلی می‌گوید:

"تجربه چیزی نیست که برای شما روی می‌دهد، بلکه چیزی است که با رخدادهای زندگی‌تان کسب می‌کنید. ازآنجاکه تغییر اجتناب‌ناپذیر و همیشگی است، نتایج آن از همه مهم‌تر است و

بستگی به این دارد که چگونه آن را تلقی می‌کنید و آیا از آن به نفع خودتان استفاده می‌کنید یا به ضررتان."

رنه دوبو در کتاب خود به نام جشن‌های زندگی می‌گوید:" امروزه به دلایل انگشت‌شمار بیشتر از گذشته از تغییر می‌ترسیم، زیرا نگرانیم مبادا وضعمان بدتر شود."

هیچ‌کس از تغییری که اوضاع را بهبود بخشد، نمی‌ترسد. برای مثال، اگر بدانید به یمن جایزه‌ای که در قرعه‌کشی برده‌اید می‌خواهید سبک زندگی‌تان را عوض کنید، با تغییری مواجه نیستند که از آن اجتناب یا آن را همراه با ترس و وحشت پیش‌بینی کنید. شما از تغییری که دربردارنده وضعیتی ناگوار و نامطلوب است می‌ترسید و نگرانید، چون باعث می‌شود احساس کنید اختیار امور را در آن بخش از زندگی‌تان ازدست‌داده‌اید.

هدف شما این است که «عامل تغییر» باشید. پس از تغییر استقبال کنید، در آغوشش بگیرید و سوار بر امواج آن شوید. شما با احاطه بر جهت تغییر در زندگی‌تان و اطمینان از این‌که آن تغییر در مجموع مثبت و در جهت پیشرفت‌هایی است که می‌خواهید، این کار را انجام می‌دهید. قایق سازان می‌دانند که هر چه ستون بادبان کشتی مستحکم‌تر باشد، در مقابل باد و بوران، طوفان و وزش تندباد مقاوم‌تر و محکم‌تر خواهد بود. همین سخن درباره شما نیز صادق است. هر چه ستون فقراتتان مستحکم‌تر و ریشه‌دارتر و عوامل تثبیت‌کننده خوشبختی در زندگی‌تان عمیق‌تر باشند، احتمال این‌که در زمان تغییرات ناگهانی واژگون یا از مسیر خود منحرف شوید کمتر خواهد بود. با تعیین اهداف بزرگ و تنظیم روشن و مکتوب برای عملی کردن آن‌ها می‌توانید ستون فقراتتان را تحکیم ببخشید و ثباتتان را افزایش دهید. اهداف به شما امکان می‌دهند جهت تغییر را معلوم کنید. اگر هدف داشته باشید تغییر منظم و عمدی می‌شود نه تصادفی و اتفاقی. اهداف به شما اطمینان می‌دهند تغییراتی که در زندگی‌تان روی می‌دهند در وهله نخست به دست خودتان تعیین و جهت‌گیری می‌شوند. اگر اهداف روشن و مشخص داشته باشید، تغییراتی که روی می‌دهند اغلب مثبت خواهند بود و به سمت چیزی رهنمونتان می‌کند که می‌خواهید به دست آورید، نه این‌که شما را از مسیرتان منحرف کند.

برای مثال، اگر در امر فروش مشغول به کار باشید، همواره با برخی اشکالات و شکست‌های کوچک و بزرگ روبه‌رو می‌شوید. این طبیعت بازی است که اجتناب‌ناپذیر و گریزناپذیر به شمار می‌آید. بعضی چیزها درست از آب درمی‌آیند و بعضی هم درست از آب درنمی‌آید. گاهی می‌برید، گاهی می‌بازید. با این‌که نهایت تلاشتان را می‌کنید، رویدادهای ناگهانی و پیش‌بینی‌ناپذیر بهترین برنامه‌هایتان را به هم می‌زنند. این فرایند بی‌پایان تغییر و مشکلات از همان لحظه که وارد دنیای

کار می‌شوید آغاز می‌شود و به سرتاسر زندگی‌تان تعمیم پیدا می‌کند. مشکلات و تغییرات مثل باران هستند، گاه و بی گاه از راه می‌رسند؛ اما اگر اهدافی روشن برای کارتان، زندگی خانوادگی و رشد فردی‌تان تعیین کنید، در هر وضعیتی می‌توانید ذهنتان را بر اهدافتان متمرکز کنید؛ دیدگاهی بلندمدت و فراتر از اوضاع کنونی داشته باشید؛ از چالش‌های حال به درآیید و چشم به ستارگان راهنمای زندگی و عزیزترین رؤیاهایتان بدوزید.

وقتی اهدافتان روشن باشند چند بعدی خواهید بود نه تک‌بعدی، چون در حوزه‌های متعدد دیگر مشغول هستید. هر مشکل یا شکستی که در هر یک از بخش‌های زندگی‌تان پیش آید خیلی زود جبران خواهد شد و شما به خودتان اجازه نخواهید داد انرژی احساسی فراوانی را در چیز خاصی که جای برنامه‌ریزی ندارد، سرمایه‌گذاری کنید. وقتی به‌طور دقیق بدانید به کجا می‌روید و می‌خواهید به چه برسید، توان بهبودپذیری خود را رشد می‌دهید؛ یعنی به‌جای این‌که بشکنید، فقط خم می‌شوید. درنتیجه صاحب چنان شخصیت مقاومی‌خواهید شد که از هیجانات منفی که روی افراد بی‌هدف تأثیر سوء می‌گذارند، ذره‌ای آسیب نمی‌بینید.

گام نخست در مواجهه با هر تغییر این است که آن را به‌منزله واقعیت بپذیریم. پذیرش نقطه مقابلِ انکاریا مقاومت است و ذهنتان را آرام و مثبت نگه می‌دارد. همان‌طور که ویلیام جیمز می‌گوید: "در مواجهه با هر مشکل نقطه شروع این است که تمایل داشته باشیم آن را همان‌طور که هست بپذیریم." همین که پذیرفتید تغییری روی داده و آبِ رفته را نمی‌توان به جوی بازگرداند، توانایی بیشتری در مواجهه با تغییر و بهره‌گیری از آن به نفع خودتان خواهید یافت. یکی از بهترین راه‌ها برای مواجهه با نگرانی که اغلب از تغییرات ناگهانی و دور از انتظار سرچشمه می‌گیرد، این است که بنشینید و به صورت مکتوب به این پرسش پاسخ دهید: "من دقیقاً نگرآنچه هستم."

بنابر اصول: علم پزشکی تشخیص صحیح نیمی از درمان است. وقتی می‌نشینید و نگرانی‌تان را به‌روشنی روی کاغذ می‌نویسید، دغدغه‌تان کم می‌شود و به مرور به صفر می‌رسد. درهرصورت، وقتی آن نگرانی را به‌خوبی تعریف کرده باشید، تشخیصش داده‌اید و حالا می‌توانید فکری به حالش بکنید.

گام دوم این است که از خود بپرسید: "محتمل‌ترین چیزی که می‌تواند در این وضعیت نگران‌کننده روی دهد چیست؟" بخش اعظم نگرانی و فشار روانی ناشی از این است که از مواجهه با آنچه که ممکن است درنتیجه مشکل یا مسئله‌تان روی دهد، می‌پرهیزید. وقتی بدترین نتیجه ممکن را به‌روشنی تعریف می‌کنید و آن را کنار تعریف مسئله می‌نویسید، درمی‌یابید که مسئله

هر چه که باشد می‌توانید از عهده‌اش برآیید. وقتی بدترین حالت ممکن را به‌روشنی تشریح و مشخص کرده باشید، نگرانی‌هایتان اغلب به‌سرعت برطرف می‌شود.

اینک تصمیم بگیرید بدترین نتیجه‌ای را که ممکن است روی دهد، بپذیرید. قبول کنید حتی اگر بدترین عواقبِ ممکن از این وضعیت ناشی شوند، دنیا که به آخر نرسیده است! شما آن را خواهید پذیرفت و ادامه خواهید داد. ممکن است اوضاع خیلی بدتر شود.

خود پذیرفتنِ بدترین نتیجه ممکن، چرخه دغدغه و اضطرابِ مرتبط با آن وضعیت را از ذهنتان حذف می‌کند.

اینک شما آماده برداشتن گام سوم در مواجهه با تغییر هستید و آن، سازگار کردن رفتارها و اعمالتان با موقعیت جدید است. از خود بپرسید: "کارهایی که می‌توانم بکنم تا مطمئن شوم بدترین وضعیت ممکن روی نمی‌دهد، کدام‌اند؟"

گاهی این عمل را "تعدیل خسارت" می‌نامیم. در مکاتب تجاری این عمل بخش مهمی از تصمیم‌گیری است و «راه‌حلِ بیشینه، تأسف کمینه» نامیده می‌شود. چه کار می‌توانید بکنید تا بیشترین خسارتی را که می‌تواند به علت یک تغییریا مشکل دور از انتظار روی دهد، به حداقل برسانید؟ وقتی درباره همه کارهایی که انجام آن در توانتان است فکر می‌کنید، درواقع دارید ذهنتان را با اطلاعات جدید سازگار می‌کنید و آماده می‌شوید گام‌هایی برای مواجهه اثربخش با تغییر بردارید.

بخشِ پایانیِ روشِ چهار مرحله‌ای برای مواجهه با تغییر، بهبود وضعیت موجود است. تغییر در اغلب مواقع علامت می‌دهد که برنامه‌هایتان ناقص است یا دارید در جهت غلط پیش می‌روید. تغییرات جدی که مشکلات به‌ظاهر حاد ایجاد می‌کنند، اغلب علامت می‌دهند در مسیر غلط حرکت می‌کنید. یک ضرب‌المثل قدیمی می‌گوید: "بحران تغییری است که سعی می‌کند روی دهد" اگر به‌جای این‌که مثل درخت کاج در مقابل باد قوی مقاومت کنید مثل درخت بید خم شوید، اغلب متوجه می‌شوید تغییر گامی مفید و مثبت در جهت دستیابی به اهدافتان است.

نفرت

آرش هفتِ ساله است و عاشقِ بادبادک بازی. یک روز عصر مثل همیشه بادبادکش را بیرون آورد و در محوطه بی رون از خانه‌شان را هوا کرد. بادبادک به‌قدری بالا رفت که دیگر دیده نمی‌شد.

عابری که از آنجا می‌گذشت او را دید که نخی در دست دارد. از او پرسید چه می‌کند. آرش پاسخ داد: "بادبادک هوا می‌کنم."

عابر که هیچ بادبادکی نمی‌دید، هاج و واج از او پرسید: از کجا می‌دانی بادبادکت هنوز آن بالاست."

آرش گفت:"از آنجا که احساس می‌کنم من را به دنبال خود می‌کشد."

نکته: شما بادبادک نفرت چند نفر را در آسمان زندگی‌تان هوا کرده‌اید و آن‌ها شما را به دنبال خود کشیده‌اند؟

قاعده زندگی ما انسان‌ها این است؛ درصورتی‌که از اطرافیان و دوستان خود رنجیده‌خاطر و آزرده شویم برای جلوگیری از صدمات روحی با آن‌ها قطع رابطه می‌کنیم و حاضر به دیدن آن‌ها نیستیم. درحالی‌که فکر می‌کنیم نخ خود را از آن‌ها بریده‌ایم ولی با یادآوری خطاها و تقصیرات آن‌ها و پروراندن احساس نفرت و خشم به آن‌ها اجازه می‌دهیم همچنان در زندگی روانی ما حضور داشته باشند و هرچند آن‌ها را نمی‌بینیم ولی آن‌ها کماکان ما را به سمت خود می‌کشند.

دیوار براق نقره‌ای

روزی یک مرد روستایی با پسر سیزده‌ساله‌اش وارد یک مرکز تجاری می‌شوند. پسر متوجه دو دیوار براق نقره‌ای رنگ می‌شود که به شکل کشویی از هم جدا شده و دوباره به هم می‌چسبند، از پدر می‌پرسد: "این چیست؟"

پدر که تابه‌حال در عمرش آسانسور ندیده بود، می‌گوید "پسرم، من تاکنون چنین چیزی‌ام."

در همین هنگام زنی بسیار چاق را می‌بینند که با صندلی چرخدارش به آن دیوار نقره‌ای نزدیک شده، با انگشت چیزی را روی دیوار فشار داده، دیوار براق از وسط بازشده، آن زن به‌زحمت وارد اتاقکی شده و دیوار بسته می‌شود؛ پدر و پسر هر دو چشمشان به شماره‌های بالای آسانسور افتاد که از یک شروع و به‌تدریج تا سی رفت.

هر دو با تعجب بسیار تماشا می‌کردند که ناگهان دیدند شماره‌ها به‌طور معکوس و به‌سرعت کم شد تا رسید به یک. در این هنگام دیوار نقره‌ای باز شد و حیرت‌زده دیدند دختری بسیار زیبا و ظریف، با موهای طلایی و طنازی از همان اتاقک خارج شد.

پدر درحالی‌که نمی‌توانست چشم از آن دختر رو به پسرش کرد و گفت: "پسرم، زود برو مادرت را بیاور اینجا."

نکته: وقتی کسی تو را فقط به سبب زیبایی ظاهرت انتخاب کند، روزی می‌رسد که به همین علت نیز تو را کنار بگذارد.

خودنمایی

شخصی که در میان مردم زاهد شناخته‌شده بود روزی مهمان سلطانی شد؛ موقع غذا خوردن کمتر از معمول غذا خورد، اما نمازش را بیش از معمول طول داد. زاهد سالوس بعد از آمدن به خانه دوباره غذا خورد. پسر زیرک او متوجه شد که پدرش از غذای شاه به‌قدر کافی نخورده و وقتی علت را سؤال کرد، زاهد جواب داد: "در حضور شاه زیاد نخوردم تا وجهه پارسایی من حفظ شود و روزی به کار آید."

پسر گفت: "بنابراین نمازت را نیز قضا کن که در آنجا نماز درستی نخوانده‌ای تا روزی در درگاه خدا به کار آید."

نکته: تراژدی زندگی ما انسان‌ها این است که به علت کمبود عزت‌نفس دغدغه ارزیابی شدن داریم. به‌عنوان‌مثال، خوب به نظر رسیدن را بر خوب بودن، مهربان دیده شدن را بر مهربان بودن، احترام دریافت کردن را بر محترم بودن، قدرتمند تلقی شدن را بر قدرتمند بودن، آگاه به نظر رسیدن را بر آگاهی ترجیح می‌دهیم.

ازنظر روان‌شناسان اجتماعی حضور دیگران تمایل فرد را به ارائه تصویر از خود افزایش می‌دهد. سال ۱۹۸۸ روان‌شناسی به نام نورمن تریپلت متوجه شد دوچرخه‌سواران رشته‌های جمعی وقتی باهم مسابقه می‌دهند نسبت به زمانی که در رشته‌های انفرادی به تنهائی مسابقه می‌دهند به‌سرعت‌های بالاتر می‌رسند. این مسئله به صورتی دیگر در فیزیک کوانتوم مطرح است: بر اساس فیزیک عمل «مشاهده» موجب می‌شود آنچه مشاهده می‌شود تغییریابد. کوانتوم می‌گوید ذره یا موج بودن نور بستگی کامل به حضور بیننده دارد. صرف حضور تماشاگر بر رفتار نور (فوتون) اثر می‌گذارد.

متأسفانه آنچه هستیم ازآنچه دیده می‌شویم برایمان مهم‌تر است و این سرآغاز خیلی از مفاسد از جمله دروغ و ریاست.

کم‌گویی و گزیده‌گویی

گناس ماکیوز، مشهور به گوریولانوس، در نیمه اول قرن پنجم پیش از میلاد پس از پیروزی در چند نبرد بزرگ، قهرمان نظامی‌روم باستان شد و در قلب مردم نفوذ کرد و بین آنان قدر و منزلتی

ویژه یافت. او سال ۴۵۴ پیش از میلاد به این فکر افتاد با استفاده از محبوبیتش وارد دنیای سیاست شود و با به چالش کشیدن مسئولان طراز اول روم در این عرصه نیز مقامی مهم و کلیدی به دست آورد.

اما کوریولانوس به همان‌اندازه که درصحنه نبرد پخته و کارکشته بود در قلمرو سخن خام و ناتوان بود. اغلب بیش از ضرورت سخن می‌گفت و نمی‌توانست در مقام سخنوری، ظاهری حاکی از اقتدار به خود بگیرد. برای مثال در سخنرانی‌های پیش از انتخابات درباره شجاعتش در طول هفده سال جنگ بیش‌ازحد اغراق کرد و یک‌بار برای تأثیرگذاری بر مردم، زخم‌هایش را به نشانه میهن‌پرستی عریان کرد، اتهام‌هایی ناروا به رقبایش نسبت داد و درباره رفاه و آسودگی و ثروتی که برای مردم رم به ارمغان خواهد آورد، مبالغه کرد. به‌هرحال سخنان سخیف و رفتار ضعیفش نه تنها او را فردی نیرومند جلوه نداد، بلکه اعتبار اولیه‌اش را در میدان‌ها جنگ نیز کمرنگ کرد و ازنظرها انداخت. مردم تا آن روز نمی‌دانستند فرماندهی که او را مقتدر و باکفایت به شمار می‌آوردند چقدر حقیر و زبون است. اخبار مربوط به سخنرانی کوریولانوس به‌سرعت در رم پیچید و همان‌گونه که انتظار می‌رفت به شکستش در انتخابات منجر شد. او سرافکنده از عالم سیاست برید و به میدان جنگ بازگشت؛ سپس با خود عهد کرد از مردمانی که علیه او رأی داده بودند انتقام بگیرد. به همین دلیل وقتی مجلس تصمیم گرفت گندم رایگان بین مردم توزیع کند در یک‌رشته سخنرانی‌ها استدلال کرد که این کار به زیان کشور تمام خواهد شد. او حتی استقرار دموکراسی را به صلاح مردم ندانست، علیه نمایندگان مجلس شورید و تأکید کرد اداره کشور باید به اشراف‌زاده‌ها سپرده شود؛ اما وقتی مانند گذشته هر بار پشت کرسی خطابه قرار گرفت عنان زبان از دست داد، بی‌حساب سخن گفت و به دشمنی و کینه مردم نسبت به خود دامن زد؛ تا آنجا که نمایندگان مردم در نشستی فوق‌العاده او را به دلیل تهمت و اهانت به مرگ محکوم کردند و دستور دادند از فراز صخره‌ای بلند در خارج از شهر به‌پایین انداخته شود. سرانجام با پادرمیانی اعیان با یک درجه تخفیف به حبس ابد محکوم شد و عمری را به تلخی در بیغوله‌ای سپری کرد. فردی که روزی به سبب رشادتش در میدان جنگ شهرتی افسانه‌ای یافته و در قلوب آحاد مردم جای گرفته بود با سخنان بی‌جا و نامناسب زمینه سقوط خود را فراهم کرد.

نکته: زبان آدمی به اسبی چموش می‌ماند که اگر بر آن لگام و مهار زده نشود، حصارها را می‌شکند و تباهی و فساد به بار می‌آورد. فردی که زبان و کلامش در کنترل نیست، از موضع عقل و اعتدال خارج می‌شود و سرانجام با دشمنی و کینه‌توزی اهداف و آرزوهای سازنده‌اش را به خاکستر تبدیل می‌کند. زبان را جانوری درنده تلقی کنید که پیوسته می‌خواهد قفس خود را شکسته و از آن بگریزد. اگر به او لگام نزنید، وحشیگری می‌کند و برایتان پشیمانی و اندوه به بار

می‌آورد. کسانی که نمی‌توانند زبان در کام نگه‌دارند و از گنجینه سخنشان محافظت کنند مقتدر نیستند. صدف‌ها هنگام کامل شدن قرص ماه باز می‌شوند و خرچنگ‌ها پس از مشاهده چنین صدفی بی‌درنگ با انداختن سنگریزه‌ای در داخل آن از بسته شدنش جلوگیری می‌کنند؛ سپس با آسودگی آن را می‌خورند. رفتار این صدف‌ها حکایت مردمانی است که دهانشان را بیش‌ازاندازه باز می‌کنند و با نشان دادن حساسیت‌ها، نقاط ضعف و گرایش‌هایشان از میان می‌روند. فردوسی با نگاهی ژرف در باب سخن گفتن چنین می‌سراید:

ز دانش چو جان تو را مایه نیست

به از خامشی هیچ پیرایه نیست

سه سؤال مهم

«سه سؤال» داستان پادشاهی را بیان می‌کند که مطمئن است در انجام هیچ کاری لئو تولستوی دریکی از داستان‌های کوتاهش به نام شکست نمی‌خورد به شرط آنکه پاسخ این سه سؤال را بداند:

"چه زمانی بهترین زمان برای عمل است؟"

"با چه افرادی باید ارتباط برقرار کرد و به سخنآنچه افرادی باید گوش سپرد؟"

"چه کاری همیشه مهم‌ترین کاربرای انجام دادن محسوب‌می‌شود؟"

ازاین‌رو اعلام کرد به افرادی که پاسخ این سؤالات را بدانند پاداشی بسیار چشمگیر خواهد داد. خردمندان بسیاری نزد پادشاه آمدند، اما همهٔ آن‌ها پاسخ‌هایی متفاوت بیان کردند. پادشاه با پاسخ هیچ یک از این افراد موافق نبود؛ بنابراین به هیچ یک از آن‌ها پاداشی داده نشد. پادشاه هنوز هم مشتاقانه می‌خواست پاسخ این سه سؤال را بداند، بنابراین تصمیم گرفت با انسانی فرزانه مشورت کند که آوازه دانش و خرد او در کل ناحیه پیچیده بود.

پیرمرد فرزانه فقط با مردم عادی گفت‌وگو می‌گرد، بنابراین پادشاه لباسی ساده پوشید. در میان راه از محافظانش جدا شد، از اسب پایین آمد و تنها برای دیدن آن پیرمرد حرکت کرد. وقتی پادشاه با ظاهر ساده به پیرمرد فرزانه رسید، سه سؤالش را مطرح کرد، اما پیرمرد به او پاسخ نداد.

پادشاه پی برد پیرمرد فرزانه اندامی لاغر و نحیف دارد. پیرمرد در آن لحظه زمین را برای کاشتن گل آماده می‌کرد. بنابراین پادشاه مسئولیت این کار را به عهده گرفت و ساعت‌ها زمین را بیل

زد. وقتی پادشاه دوباره سؤال‌هایش را مطرح کرد، ناگهان مردی را دیدند که از میان درختان بیرون آمد. مرد شکم آغشته به خون خود را با دستش محکم گرفته بود. پادشاه و پیرمرد فرزانه مرد زخمی را به داخل خانه بردند و از او پرستاری کردند.

صبح روز بعد مرد زخمی از پادشاه خواست او را ببخشد، پادشاه به حیرت فرو رفت، زیرا مطمئن بود هرگز این مرد را ندیده اما چرا و برای چه از او طلب بخشش می‌کند. مرد زخمی ماجرا را چنین توضیح داد:

شما مرا نمی‌شناسید اما من به‌خوبی شما را می‌شناسم. من یکی از دشمنانتان هستم و سوگند خورده‌ام از شما انتقام بگیرم، زیرا شما برادرم را اعدام کرده و دارایی او را به چنگ آورده‌اید؛ ازاین‌رو تصمیم گرفتم در مسیر بازگشت شما را بکشم؛ اما یک روز گذشت و شما بازنگشتید.

لذا از پناهگاهم بیرون آمدم تا شما را بیابم؛ اما به صورت اتفاقی با محافظانتان روبه‌رو شدم. آن‌ها مرا شناختند و زخمی‌ام کردند. من از دست آن‌ها فرار کردم؛ اما اگر شما زخم مرا پانسمان نمی‌کردید، از شدت خونریزی می‌مردم. من آرزو داشتم شما را بکشم اما شما زندگی من را نجات دادید. اکنون، اگر زنده بمانم و اگر شما بخواهید، همچون وفادارترین افرادتان به شما خدمت خواهم کرد. همچنین، خدمت کردن به شما را به فرزندانم نیز توصیه می‌کنم. خواهش می‌کنم مرا ببخشید!

پادشاه علاوه بر بخشیدن این مرد، به او گفت خدمتکاران و پزشک ویژه‌اش را می‌فرستد تا به وضعیت او رسیدگی کنند. همچنین پادشاه به مرد زخمی قول داد همه دارایی‌های برادرش را به او بازمی‌گرداند.

پادشاه بیرون رفت و پیرمرد فرزانه را دید که در حال کاشت بذر گل‌ها در زمینی است که او روز قبل بیل زده بود؛ تصمیم گرفت برای آخرین بار سؤال‌هایش را مطرح کند. وقتی پیرمرد به او گفت که سؤال‌هایش از قبل پاسخ داده شدند، پادشاه بسیار حیرت‌زده شد و پرسید:

"چگونه به این سؤال‌ها پاسخ‌داده‌شده؟ منظور شما چیست؟"

پیرمرد فرزانه پاسخ داد: "متوجه نشدی؟"

سپس در ادامه چنین گفت:

اگر دیروز با من همدردی نمی‌کردی و به سبب این‌که انسانی لاغراندام و ضعیف هستم زمین را برای کاشتن گل‌ها آماده نمی‌کردی و به مسیر خودت ادامه می‌دادی، آن مرد به تو حمله می‌کرد و تو پشیمان می‌شدی که چرا نزد من نماندی. به‌این‌ترتیب، مهم‌ترین زمان در حقیقت زمانی بود که به بیل زدن مشغول بودی، مهم‌ترین انسان برای تو در آن زمان، من بودم و مهربانی کردن نسبت به من نیز مهم‌ترین کار تو در آن زمان محسوب‌می‌شد. پس‌ازآن، وقتی مرد زخمی به سوی

ما دوید، مهم‌ترین زمان همان زمانی بود که از او پرستاری می‌کردی، زیرا اگر زخم او را پانسمان نمی‌کردی او می‌مرد بی‌آنکه رابطه‌ای دوستانه بین شما برقرار شود. به‌این‌ترتیب، مرد زخمی در آن زمان مهم‌ترین انسان برای تو بود و پرستاری کردن از او در آن زمان مهم‌ترین کار تو محسوب می‌شد. پس این نکته را به یاد داشته باش، فقط یک زمان است که مهم محسوب‌می‌شود و آن زمان حال است! زمان حال مهم‌ترین زمان برای ما محسوب‌می‌شود. زیرا ما فقط در این زمان می‌توانیم کاری انجام دهیم. مهم‌ترین انسان در هر **زمان** همان‌کسی است که در کنارش هستی، زیرا هیچ‌کس نمی‌داند آیا فرصت دارد با انسانی دیگر دیدار کند یا خیر. مهم‌ترین کار نیز این است که، در هر زمان مهربان باشی و کارهای نیک انجام دهی زیرا انسان آفریده شده است تا کارهای نیک انجام دهد.

خطر حمله سگ

یک مأمور سرشماری به منطقه‌ای روستایی رفت تا کارش را تمام کند. درحالی‌که سوار بر اتومبیل به سمت روستا می‌رفت، بر در بسیاری از خانه‌ها دید که نوشته‌اند:

"خطر حمله سگ"

به آخرین خانه‌ای که باید برای سرشماری می‌رفت، رسید. آنجا هم تابلویی روی در نصب بود

"خطر حمله سگ"

مأمور سرشماری که جرئت پیاده شدن از اتومبیل را نداشت دستش را روی بوق گذاشت؛ مردی از خانه بیرون آمد و سگ کوچکی نیز همراهش بود.

مأمور سرشماری به مرد گفت در حال عبور از روستا دیده روی در بسیاری از خانه‌ها تابلوی نصب «خطر حمله سگ» بوده، بعد از او پرسید:

"آیا منظور آن‌ها همین سگ، کوچک است"

و بعد از گفتن این حرف سگ کوچک را از زمین بلند کرد و میان دست‌های خود نگه داشت.

مرد روستایی جواب داد: «بله همین‌طور است»

مأمور گفت: "اما این سگ نمی‌تواند به کسی حمله کند."

مرد روستایی جواب داد: "بله نمی‌تواند اما این علامت متجاوزان را دورنگه‌ می‌دارد."

نکته: کسانی که اجازه می‌دهند مقهور ترس بشوند به‌طور فزاینده تحت تأثیر ترس‌های بیشتر قرار می‌گیرند.

ترس ممکن است مانع از آن شود که دست به اقداماتی بزنیم که برای ما مفید است. اقدام راهی است که به ناشناخته‌ها جلب می‌شویم.

این می‌تواند بسیار هول‌انگیز باشد؛ اما اگر تسلیم ترس خود شویم دیگر قدم به جلو برنمی‌داریم؛ از مزایای آنچه از آن اجتناب می‌کردیم، برخوردار نمی‌شویم و علم و اطلاع ارزشمندی را که در صورت انجام کار به دستمی‌آوردیم، کسب نمی‌کنیم. درنتیجه جاهل باقی می‌مانیم و جهل همیشه ترس بیشتر ایجاد می‌کند که تحت تأثیر آن حرکت به جلو و انجام کار دشوارتر می‌شود.

کشاورز و مرغ ماهی‌خوار

شکارچیان ماری را تعقیب می‌کردند. مار عاجزانه از زارعی خواست او را جایی پنهان کند و این‌گونه زندگی‌اش را نجات دهد. زارع چمباتمه زد و اجازه داد مار درون شکمش مخفی شود. پس از رفع خطر از مار خواست که بیرون بیاید؛ اما مار اظهار کرد که جایش گرم و ایمن است و از بیرون آمدن سرپیچی کرد. زارع در مسیرش با مرغی ماهی‌خوار روبه‌رو شد. به سویش رفت و ناجوانمردی مار را برایش گفت. مرغ ماهی‌خوار به او گفت سرش را پایین آورده و زور بزند تا مار از شکمش بیرون بیاید. همین که سر مار کمی بیرون آمد، مرغ ماهی‌خوار با منقار تیزش آن را گرفت، بیرونش کشید و کُشت. باوجود این زارع اظهار نگرانی کرد که مبادا سم مار هنوز در بدنش وجود داشته باشد. مرغ ماهی‌خوار به او توصیه کرد برای خنثی کردن سم مار باید شش مرغ سفید را بپزد و بخورد. زارع گفت: "تو مرغ سفیدی؟ بد نیست از خودت شروع کنم."

او دو مرغ ماهی‌خوار دیگر نیز گرفت، در کیسه گذاشت و به خانه برد؛ سپس ماجرا را برای همسرش تعریف کرد. همسرش با تعجب گفت: "مرغ به تو مهربانی کرد، ترا از شر جانور موذی شکمت رهانید و جانت را نجات داد، اما تو او را گرفتی و قصد کشتنش را داری؟ این نهایت بی‌عدالتی و ناجوانمردی است." سپس مرغ ماهی‌خوار را از چنگ زارع درآورد و رها کرد. مرغ به پرواز درآمد اما هنگام پرواز چشم زن را از حدقه درآورد.

نکته: بی‌تردید شما هنگام نیاز ترجیح می‌دهید از یاری و همکاری دوستانتان استفاده کنید، زیرا آنان اغلب در پستی‌وبلندی‌های زندگی یار و مددکارتان هستند و ناهمواری‌ها را برایتان هموار می‌کنند. به‌علاوه، چون ایشان را می‌شناسید دلیل ندارد وقتی در دسترس هستند به

غریبه‌ای متکی شوید که از او چیزی نمی‌دانید؛ اما مشکل اینجاست که شما اغلب دوستانتان را آن‌گونه که تصور می‌کنید، نمی‌شناسید.

اگر دوستانتان دو رو باشند، برای این‌که اوقات را به کامتان تلخ نکنند بر نقطه‌نظرهای واقعی‌شان سرپوش می‌گذارند و حتی به صورت تصنعی به لطیفه‌های بی‌مزه شما می‌خندند. ازاین‌رو اغلب از درک و احساسشان بی‌خبرید. گاه مدعی می‌شوند صدایتان دل‌نشین و موسیقی‌تان قابل‌تحسین است و گاه می‌گویند به سلیقه شما در انتخاب لباس غبطه می‌خورند. ممکن است در اظهارنظرشان جدی باشند؛ اما اغلب احساس واقعی‌شان را بروز نمی‌دهند. اگر چنین افرادی را در خدمت بگیرید به‌تدریج خلق‌وخوی پنهان خود را آشکارمی‌کنند، چنانکه شاید به این نتیجه برسید مساعدت شما تعادل کسب‌وکارتان را بر هم زده است. آنان در محیط کار کامیابی‌شان را ناشی از مهارت و کاردانی خود می‌پندارند و خیلی زود فراموش می‌کنند که به سبب لطف و همیاری شما به کارشان اشتغال یافتند. حتی ممکن است جدیت شما در کنترل و نظارت آزرده‌خاطرشان سازد و آنان را به واکنش‌هایی علیه تان برانگیزد. در این صورت سی‌بینید با پیش امدن کمی رنجش و دلخوری تا به خود بیایید دوستی‌تان کم‌رنگ شده است. هر چه برای احیای دوستی ملاطفت و بخشش بیشتری نشان دهید، قدرشناسی کمتری می‌بینید. نمک‌نشناسی در طول تاریخ قدمت داشته و نیروی مخربش را طی قرون متمادی به نمایش گذاشته است و شگفت آنکه انسان همچنان از اهمیت قدرشناسی غافل است و نمی‌داند هر چه را در زندگی محترم شمارد و شُکرش را به‌جای آورد، جانی تازه گرفته و به خدمتش درمی‌آیند. به خاطر بسپارید که در قلمرو کسب‌وکار مهارت، شایستگی و رفاقت برتری دارند. پس بین دوستی و همکاری تمایز قائل شوید و حریم این دو را تفکیک کنید. شما در محیط کار می‌کوشید به اهداف‌تان‌جامه عمل بپوشانید نه این‌که دوستی مهربان یا رفیقی شفیق بپرورانید. این واقعیت در دوستی‌ها اغلب نادیده گرفته می‌شود. بنابراین کلید دستیابی به اقتدار فردی مستلزم ارزیابی این نکته است که چه کسی می‌تواند منافعتان را به بهترین نحو تأمین کند. تجربیات نگاشته شده در صفحات تاریخ بر این واقعیت تأکید دارند که «رفقا را برای دوستی نگه دار؛ اما با افراد ماهر و شایسته کار کن» شما می‌دانید دست در دهان شیر کردن چه عواقبی دارد؛ اما چون ار بابت دوستان خاطرجمع هستید، از پشت خاک‌ریزهای دفاعی‌تان بیرون می‌آیید. این غفلت سوجب می‌شود دوستان کاذبتان از زیر بار تعهدات و مسئولیت‌هایشان شانه خالی کنند و از پشت به شما خنجر بزنند. از سوی دیگر رقبایتان معادنی بکر و دست‌نخورده‌اند که باید نحوه بهره‌برداری از آنان را بیاموزید. ما بدون مخالفت، منتقد یا رقیب ضعیف و سست‌عنصر بار می‌آییم و دشمن پیوسته ما را هوشیار و بیدار نگه می‌دارد.

خودت باش

روزی رئیس‌جمهور سابق امریکا، کالوین کولیج، تعدادی از دوستان محل زادگاهش را برای نهار به کاخ سفید دعوت کرد. مهمان‌ها نگران بودند که چطور آداب غذا خوردن را به‌جا آورند. سرانجام تصمیم گرفتند هر کاری که رئیس‌جمهور انجام داد، آن‌ها هم به تقلید از او همان کار را انجام دهند. همه چیز به‌خوبی پیش می‌رفت تا این‌که زمان صرف چای رسید. رئیس‌جمهور چای خود را در نعلبکی ریخت، دوستان هم همین کار را کردند، رئیس‌جمهور مقداری شکر به چای اضافه کرد، دوستانش نیز چنین کردند، رئیس‌جمهور خم شد و نعلبکی را روی زمین جلوی گربه‌اش گذاشت...

نکته: ما نباید مانند والدین، برادر، خواهر یا حتی دوستانمان باشیم، مگر این‌که او همان‌کسی باشد که ما می‌خواهیم باشیم. شاید ما رنگ چشم‌هایمان را به ارث ببریم اما تقدیر ما این نیست که کسی شویم که قبل از ما آمده است؛ تقدیر ما این نیست که مثل آن‌ها زندگی کنیم؛ زیرا تقدیر ما این است که همان شخصی شویم که خودمان تصمیم می‌گیریم باشیم.

تفکر عامه‌پسند

بنو مولر، استاد بخش ژنتیک دانشگاه کلن امریکا، می‌گوید یک روز صبح در حیاط دبیرستان در آخر صف چهل‌نفری دانش‌آموزان ایستاده بود. معلم فیزیک تلسکوپی را تنظیم کرده بود تا دانش‌آموزان بتوانند ستاره‌ها و سیارات را ببینند. اولین دانش‌آموز به سمت تلسکوپ رفت، با آن به آسمان نگاه کرد و وقتی معلم پرسید چیزی می‌بیند، گفت نه؛ چون نزدیک‌بینی بود. معلم آموزش داد که چگونه کانون را تنظیم کند، دانش‌آموز هم همان کار را کرد و بعد گفت می‌تواند سیاره و ستارگان را ببیند. دانش‌آموزان یکی یکی به‌طرف تلسکوپ رفتند و همان حرکات را کردند. سرانجام نوبت به دانش‌آموز آخر رسید، او هم با تلسکوپ آسمان را نگاه کرد اما گفت: "نمی‌تواند چیزی ببیند."

معلم فریاد کشید: "احمق، باید لنزها را تنظیم کنی."

دانش‌آموز تلاش کرد اما در نهایت گفت: "هنوز نمی‌توانم چیزی ببینم. فقط سیاهی است."

معلم با عصبانیت با تلسکوپ به آسمان نگاه کرد و با تعجب سرش را بالا آورد و دید، سرپوش لنز هنوز روی تلسکوپ است! هیچ یک از دانش‌آموزان نتوانسته بودند چیزی ببینند.

نکته: بیشتر افراد در تفکر همگانی به دنبال امنیت و آسایش هستند. آن‌ها گمان می‌کنند اگر افراد زیادی کاری را انجام می‌دهند، پس آن کار درست است. اگر بیشتر افراد فکری را قبول دارند، پس آن فرک درست است و احتمالاً مظهر انصاف، عدالت، مساوات، شفقت و توجه. این‌طور نیست؟ لزوماً نه. تفکر عوام می‌گفت زمین مرکز جهان است، اما کوپرنیک ستاره‌ها و سیارات را مورد مطالعه قرار داد و از منظر ریاضی ثابت کرد که زمین و دیگر سیارات در منظومه شمسی به دور خورشید می‌چرخند. تفکر عوام می‌گفت عمل جراحی نیاز به تجهیزات پزشکی ندارد، اما شخصی به اسم جوزف لیستر در مورد میزان بالای مرگ و میر بیمارستان‌ها تحقیق کرد و وسایل ضدعفونی‌کننده را معرفی کرد و بدین طریق افراد زیادی را از مرگ نجات داد.

باید همواره به یاد داشته باشیم که بین پذیرش و ذکاوت تفاوت چشمگیری وجود دارد. گاهی بسیار روشن است که تفکر عوام درست نیست. خوش‌فکربودن کاری دشوار است، اگر آسان بود همه مردم خوش‌فکر بودند. بسیاری از مردم دوست دارند راحت زندگی کنند؛ آن‌ها نمی‌خواهند سختی فکر کردن را به‌جان بخرند و بهای موفقیت را بپردازند. بسیار آسان است کاری را انجام دهید که امیدوارید دیگران جوانب امر را سنجیده‌اند.

اگر قرار باشد تفکر غیر رایج را در زندگی بپذیرید، به‌جای این که تصمیم بگیرید چه چیزی بیشتر مورد قبول است، بهتر است توجه کنید چه چیزی بیشترین کارآیی را دارد و مناسب شماست. این را بدانید که در سال‌های نخست به آن میزآنکه مردم فکر می‌کنند حق با شماست، حق با شما نخواهد بود و در تمام سال‌های بعد، بهتر از کسی خواهید بود که گمان می‌کردید می‌توانستید باشید.

جان سی ماکسول

مشکل دارید؟ تبریک می‌گویم!

هیچ‌گاه صحبت‌هایم را با آقای کلمنت استون، مدیر کل شرکت‌های بیمه امریکا، فراموش نخواهم کرد. ما درگیر انجام یک پروژه کاری بودیم که به مشکلی جدی و دشوار برخوردیم. من به او تلفن کردم و گفتم: "آقای استون، ما با مشکل مواجه شدیم"

او گفت. "تبریک می‌گویم"

با پاسخش کاملاً گیج شدم و گفتم: "خواهش می‌کنم شوخی نکنید؛ این مشکلی بسیار بزرگ است."

اما اصلاً اعتنایی نکرد و پاسخ داد: "در این صورت دوباره تبریک می‌گویم."

سپس افزود: "همیشه به خاطر بسپارید که در هر کاری، در برابر یک مشکل، امتیازی به هم‌اندازه وجود دارد. واقعاً آگاهانه و با دانش کافی مشکل را بررسی کرده‌اید؟ آیا به دنبال اطلاعات صحیح و مناسب درباره مشکلتان بوده‌اید؟ آیا همه چیز را درباره آن می‌دانید یا فقط چون سخت به نظر می‌رسد از آن ترسیده‌اید."

سپس گفت: "بیایید این وضعیت را باهم کاملاً بررسی کنیم. اجازه دهید ابتدا آن را تفکیک کنیم و ببینیم کجای کار اشتباه است. سپس می‌توانیم قطعات آن را دوباره به شکلی مناسب در کنار هم بچینیم. ما با همراهی یکدیگر تمام اجزا و اطلاعات مربوط به این موقعیت را بررسی کرده، کنار هم گذاشتیم و بالاخره نتیجه‌ای که در ابتدا بسیار نومید کننده و بی‌فایده به نظر می‌رسید، به راه‌حلی منطقی و مفید تبدیل شد.

نورمن وینسنت پیل

نکته: هر مشکل مانند مجموعه‌ای از ذرات است که هرکدام حلّال خاص خود را دارد. تقریباً تمام مردم هنگام مواجهه با یک مشکل بر بخت بدشان لعنت می‌فرستند، درحالی‌که مشکلات زندگی ممکن است ذاتاً خوب و مفید باشند. فکر می‌کنید اگر خداوند بخواهد نعمتی را به شما ارزانی دارد، چگونه این کار را می‌کند؟ آیا آن را در یک بسته‌بندی زیبا و رنگارنگ پیچیده و درون یک سینیِ نقره‌ای به دستتان می‌دهد؟ خیر؛ خداوند بسیار داناتر است. او این نعمت را در قالب یک گرفتاری بزرگ و دشوار به شما ارزانی می‌کند و با صبر و تأمل به انتظار می‌نشیند تا ببیند آیا شما برای دست‌یابی به مروارید درونش آن را می‌شکافید یا نه؟

وجود مشکلات نشانه زنده‌بودن است. هر چه بیشتر در زندگی مشکل داشته باشید، زنده‌تر خواهید بود؛ یعنی کسی که خیلی راحت می‌گوید با ده مشکل جدی و دشوار روبه‌رو است، دو برابر زنده‌تر از فرد بیچاره‌ای است که در برابر پنج مشکل ساده درمانده می‌شود.

اگر هیچ مشکلی در زندگی‌تان ندارید، به شما هشدار می‌دهم در معرض خطری بزرگ قرار گرفته‌اید، چون به بیراهه می‌روید و خود خبر ندارید. چارلز کترینگ، دانشمند فقید و محقق مشهور، گفته است: "خداوندا به من موفقیت مبخش، زیرا مرا سست می‌کند. پس به من مشکلی ارزانی کن تا مرا قوی‌تر سازد."

اگر واکنش کسی هنگام سختی‌ها این باشد که فوری به آه و ناله روی آورد یا از بخت بد خود شکایت کند و مرتب بگوید: "چرا من؟" مسلماً بدون کمک به دیگران نمی‌تواند مشکل را حل

کند؛ اما درصورتی‌که آرامش خود را حفظ کنید، مشکلات را همچون بخشی از زندگی خود بپذیرید، معتقد باشید که این مشکل ممکن است برایتان مفید واقع گردد و امیدوارانه بیندیشید که بر آن‌ها پیروز خواهید شد، حتماً روحی سالم خواهید داشت و بر هرگونه سختی غلبه خواهید کرد.

نجات از آتش

زوجی به نام جان و مری خانه‌ای مجلل و پسر و دختری دوست‌داشتنی داشتند. جان شغل خوبی داشت و از او خواسته بودند برای یک مسافرت تجاری چندروزه به شهر دیگری برود. مری نیز در این سفر همراهی‌اش می‌کرد. به همین دلیل پرستاری مطمئن برای بچه‌ها گرفتند و به سفر رفتند و زودتر از انتظارشان برگشتند.

همچنان که با شادی به‌طرف خانه رانندگی می‌کردند، متوجه آتش‌سوزی در آن حوالی شدند و ازاین‌رو به سمت جاده منتهی به محل آتش‌سوزی راندند تا ببینند چه اتفاقی افتاده است. دیدند خانه‌ای در آتش می‌سوزد. مری گفت: "خدایا شکر که خانه ما نیست، زود برگردیم خانه."

اما جان جلوتر رفت و گفت: "ولی آن خانه فرد جونز است که در کارخانه کار می‌کند. هنوز از سرکار برنگشته، شاید بتوانیم کاری برایش انجام دهیم."

مری با اعتراض گفت: " اصلاً به ما ربطی ندارد و تو هم با آن لباس‌های مرتب بهتر است زیاد نزدیک نشوی."

ولی جان نزدیک‌تر رفت و ایستاد. هر دو با وحشت دیدند کل خانه در آتش می‌سوزد. زنی روی چمن‌ها باحالتی عصبی جیغ می‌زد: «بچه‌ها، بچه‌ها را بیرون بیاورید. »

جان شانه‌های زن را گرفت و پرسید «خودت را کنترل کن و بگو بچه‌ها کجا هستند؟» زن با هق‌هق گفت: "در زیرزمین، راهرو سمت چپ."

علی‌رغم اعتراض مری جان شیلنگ را روی لباس‌هایش گرفت و خود را خیس کرد، دستمال خیسی را به سرش بست و به‌طرف زیرزمینی دوید که پر از دود آتش بود. در را پیدا کرد و بچه را مانند توپ فوتبال زیر بغلش گرفت و بیرون آمد. ناله‌های دیگری هم شنیده می‌شد. او بچه‌های وحشت‌زده را که در حال خفه شدن بودند، یکی یکی تحویل داد و ریه‌هایش را با هوای تازه پر کرد و دریکی از برگشت‌ها از پرسید

"چند بچه دیگر باقی ماندند؟"

گفت:"دو بچه دیگر."

مری دست‌های جان را گرفت و داد زد: " جان! نرو! این عمل تو نوعی خودکشی است! خانه تا لحظاتی دیگر فرو می‌ریزد."

ولی او دست‌های زنش را ول کرد و رفت. تا رسیدن به‌پایین، دود همه‌جا را پرکرده بود. زمان زیادی گذشت تا بچه‌ها را پیدا کرد و آن‌ها را بیرون آورد. هر سه سرفه می‌کردند. او خمیده راه می‌رفت تا بتواند راحت نفس بکشد. همان‌طور که پله‌های آخر را به‌سختی بالا می‌آمد به نظرش رسید چیز آشنایی در بچه‌هایی که به او چسبیده‌اند وجود دارد. وقتی به بیرون و هوای تازه رسیدند، متوجه شد بچه‌های خود را نیز نجات داده است. پرستار وقتی به قصد خرید بیرون رفته بود، بچه‌ها را به این خانه سپرده بود.

نکته: اگر نتوانی کاری برای دیگری انجام دهی، به‌منزله این است که نتوانسته‌ای برای خودت کاری انجام دهی. به‌گونه‌ای عمل کن که انسان‌ها همگی یکی هستند. همه را به صورت خود ببین، گرفتار در مسائل و مشکلات. همه را به صورت « خودت » ببین که تجربه‌ای متفاوت دارند. سعی کن از امروزبه همه با این دید نگاه کنی، با دیدی نو. امروزبه یاری یکدیگر خداوند را پیدا می‌کنیم و این همیشه بهترین راه یافتن خداوند بوده است، یعنی به‌طور گروهی. ما هرگز خداوند را در تنهایی پیدا نمی‌کنیم. منظور این است تا زمانی که از یکدیگر جدا هستیم خداوند را نخواهیم یافت. چون اولین شرط دور نبودن از او این است که بدانیم و به این واقعیت رسیده باشیم که از هم جدا نیستیم؛ و تا زمانی که متوجه نشویم و به این حقیقت پی نبریم که همه ما یکی هستیم، نمی‌توانیم درک کنیم که درواقع با خداوند یکی هستیم. قرن‌هاست شاعران و فیلسوفان می‌کوشند تعریفی از « عشق » ارائه دهند و هنگامی که می‌گویند عشق یعنی رفتن به فراسوی تجربه دوگانگی، به معنای حقیقی آن بسیار نزدیک شده‌اند. عشق تجربه یگانگی و اتحاد است، درحالی‌که جدایی اصلاً وجود ندارد، جدایی تصورناپذیر است. اعتقاد به دوگانگی توهم است و اعتقاد به یگانگی حقیقت، این حقیقت‌نمایی است. این همان روند حقیقی هر چیز است. شما از هم جدا نیستید و هرگز جدا نبوده‌اید. عشق اشتیاق انسان است برای به اثبات رساندن این حقیقت و تجربه آن.

هنگامی که منافع خود و دیگران را یکی می‌دانید، آگاهانه عشق را تجربه می‌کنید.

خدا پشت پنجره ایستاده است

جانی کوچولو همراه پدر و مادر و خواهرش سالی برای دیدن پدربزرگ و مادربزرگ به مزرعه آن‌ها رفتند. مادربزرگ یک تیرکمان به جانی داد که با آن بازی کند. جانی موقع بازی اشتباهاً

تیری به اردک دست‌آموز مادربزرگش زد که به سرش خورد و او را کشت. جانی ترسید و لاشه حیوان را پشت هیزم‌ها پنهان کرد. وقتی سرش را بلند کرد فهمید که خواهرش همه چیز را دیده است اما به روی خود نیاورد.

مادربزرگ به سالی گفت: "در شستن ظرف‌ها کمک می‌کنی؟"

سالی گفت: "مامان‌بزرگ جانی به من گفته که می‌خواهد در کارهای آشپزخانه به شما کمک کند." و زیر لب به جانی گفت: "اردک یادت هست؟"

جانی ظرف‌ها را شست. بعدازظهر آن روز پدربزرگ گفت که می‌خواهد بچه‌ها را به ماهیگیری ببرد، ولی مادربزرگ گفت: " متأسفانه من برای درست کردن شام به کمک سالی احتیاج دارم."

سالی لبخندی زد و گفت: "نگران نباشید، چون جانی به من گفته می‌خواهد به شما کمک کند."

و زیر لب به جانی گفت: "اردک یادت هست؟"

آن روز سالی به ماهیگیری رفت و جانی در تهیه شام کمک کرد. چند روزبه همین منوال گذشت و جانی سجبور بود علاوه بر کارهای خودش، کارهای سالی را هم انجام بدهد. تا بالاخره نتوانست تحمل کند و رفت پیش مادربزرگ و همه چیز را اعتراف کرد.

مادربزرگ لبخندی زد و او را در آغوش گرفت و گفت: " عزیز دلم می‌دانم چه شد، من آن‌وقت پشت پنجره بودم و همه چیز را دیدم. چون خیلی دوستت دارم همان موقع بخشیدمت. فقط می‌خواستم ببینم تا کی می‌خواهی به سالی اجازه بدهی به خاطر یک اشتباه، تو را به خدمت خودش بگیرد."

نکته: گذشته شما هرچه که هست، هرکاری که کردید، هرکاری که شیطان دائم آن را به رختان می‌کشد (دروغ، تقلب، ترس، عادت‌های بد، نفرت، عصبانیت، تلخی، ...) هرچه که هستند، باید بدانید که خدا پشت پنجره ایستاده و همه چیز را دیده است. همه زندگی و همه کارهایتان را دیده است. او می‌خواهد شما بدانید که دوستتان دارد و شما را بخشیده است. فقط می‌خواهد بداند تا چه زمانی به شیطان اجازه می‌دهید به خاطر آن کارها شما را به خدمت بگیرد! بهترین چیز درباره خدا این است که هر وقت از او طلب بخشش کنید، نه فقط می‌بخشد، بلکه فراموش هم می‌کند. همیشه به خاطر داشته باشید، خدا پشت پنجره ایستاده است.

تفویض اختیار

روزی لاک‌پشتی بر سر راهش با فیلی روبه‌رو شد. فیل بانگ برآورد: "ای موجود درمانده از سر راهم دور شو. ممکن است زیر پایم له شوی."

لاک‌پشت به هشدار فیل اعتنا نکرد و سر جایش ایستاد. فیل پایش را روی لاک‌پشت گذاشت، اما نتوانست به او آسیب برساند.

لاک‌پشت گفت: «جناب فیل، من از تو نیرومندتر هستم»

فیل به این سخن خندید. سپس لاک‌پشت از او تقاضا کرد تا صبح روز بعد:

روز بعد پیش از طلوع .برای یک مسابقه زورآزمایی به تپه‌ای حوالی محل زندگی او برود خورشید، لاک‌پشت هنگام عبور از تپه با یک اسب آبی مواجه شد که پس از خواب و خوراک شبانه‌اش قصد داشت وارد آب شود. لاک‌پشت گفت:

"آقای اسب آبی با یک مسابقه طناب‌کشی چطوری؟ شرط می‌بندم از تو قوی‌تر هستم."

اسب آبی به این فکر مسخره خندید. باوجود این موافقت کرد؛ سپس لاک‌پشت طنابی بلند را به اسب آبی داد و به او گفت پس از شنیدن کلمه "هی" با تمام قوا آن را بکشد؛ بعد لاک‌پشت به سمت دیگر تپه، جایی که فیل چشم‌انتظارش بود، دوید. او سر دیگر طناب را به فیل داد و گفت به‌مجرد شنیدن کلمه "هی" آن را با تمام قوا بکشد تا معلوم شود کدام‌یک از آنان قوی‌تر است. آنگاه به‌سرعت به پشت تپه دوید و در جائی ایستاد که از هیچ طرف قابل رؤیت نباشد؛ سپس با صدای بلند گفت: "هی" فیل و اسب آبی طناب را کشیدند؛ اما هیچ یک نتوانست دیگری را مغلوب کند. هر دو پذیرفتند که لاک‌پشت به‌اندازه آنان قوی است.

نکته: هرگز کاری را که دیگران می‌توانند برایت‌آنانجام دهند، انجام ندهید. با سپردن کارهایتان به دیگران از نیروی جسمانی، قوه ابتکار و کاردانی‌شان در جهت تحقق اهداف، طرح‌ها و نقشه‌هایتان‌سود ببرید. اگر بر این باورید که همه امور را باید خودتآنانجام دهید در راهی متروک گام برمی‌دارید که جز تحلیل نیروها و تضعیف قوای جسمانی و خسته کردن اعصابتان فرجامی نخواهد داشت. افرادی را پیدا کنید که از مهارت‌ها و خلاقیت‌هایی بهره‌مندند که شما فاقد آن‌ها هستید؛ سپس آنان را به خدمت گرفته یا دست کم از شیوه کارشان الگوبرداری کنید. به‌این‌ترتیب هنر و مهارتشان به شما تعلق می‌گیرد و ازنظر جهانیان نابغه به شمار خواهید آمد. اشتباه نشود! نمی‌گویم انگل‌وار از زحمات و مرارت‌های دیگرآن‌سوءاستفاده کنید، مقصودم آن است که ذهنتان را از دانش، حکمت و کاردانی اهل فن مشاوره و از مشاوره، همکاری و هدایتشان بهره‌مند

شوید. اسحاق نیوتن، فیزیکدآنانگلیسی، زمانی گفت: "مردی که بر شانه‌های غول دیدگاهی پردامنه‌تر از خود غول خواهد داشت."

این مرد بزرگ همواره اکتشافاتش را با بهره‌گیری از یافته‌های دیگران کامل نشیند، می‌کرد.

غازها و عقاب‌ها

همه غازها مثل هم فکر می‌کنند و همیشه هم ادعا می‌کنند درست فکر می‌کنند؛ افکارشان کپی شده است و خلاقیت ندارند. اکثر مواقع همگی باهم به نتایج یکسان می‌رسند، چون مانند هم فکر می‌کنند.

عقاب‌ها می‌دانند زمانی که همه مثل هم فکر می‌کنند درواقع کسی فکر نمی‌کند.

غازها همیشه می‌دانند غاز دیگر چطور زندگی کند بهتر است! هر کس جای کس دیگر تصمیم می‌گیرد و برای همین بیشتر آن‌ها یا دیر به بلوغ (فکری، جنسی و احساسی) می‌رسند یا بالغ نمی‌شوند.

عقاب‌ها به خلاقیت ذهن هر کس اعتقاد دارند و در زندگی به فرد ماهیگیری یاد می‌دهند، نه این‌که به او ماهی بدهند! در محله عقاب‌ها هر کس جای خودش باید فکر کند و کسی مسئولیت زندگی دیگری را به عهده نمی‌گیرد.

غازها از جسمشان بیش‌ازحد کار می‌کشند و تمام توان داشته و نداشته خود را به کار می‌گیرند و به نتایج دلخواه نمی‌رسند.

عقاب‌ها اول تمام جوانب کار را در نظر می‌گیرند، با توجه به تجارب قبلی و برنامه‌ریزی‌های ذهن خلاقشان، تصمیم می‌گیرند و بعد شروع به کار می‌کنند.

عقاب‌ها ایمان دارند که تلاش جسمی به‌تنهایی برای کار کافی نیست.

غازها حریم شخصی ندارند و بارها و بارها وارد حریم خصوصی عقاب‌ها می‌شوند، چون حرمت ندارند.

عقاب‌ها به حریم شخصی هر فرد احترام می‌گذارند و قاطعانه به افرادی که وارد حریم خصوصی‌شان شوند، تذکر می‌دهند.

غازها باید همه را راضی نگه‌دارند و تمام تلاششان را در روابط می‌کنند که همه از آن‌ها راضی باشند. به‌جای انجام وظایف و رسالت خود با زحمت فراوان رضایت همه اطرافیان را به دستم می‌آورند؛ چون اگر به دست نیاورند احساس خلأ می‌کنند. عقاب‌ها می‌دانند که به دست آوردن

رضایت همه افراد امکان ندارد و نیمی از مردم همیشه با نیمی از افکار آن‌ها مخالف‌اند و این وظیفه یک عقاب نیست که مخالفانش را راضی نگه دارد.

غاز نه نمی‌گوید و همیشه شکایت دارد که چرا باید این‌همه به دیگران توجه کند.

عقاب در مواقعی که لازم است، به‌راحتی نه می‌گوید.

غاز شرط اول ارتباط را صمیمیت بیش‌ازحد می‌داند.

عقاب شرط اول ارتباط را احترام متقابل می‌داند.

غاز نمی‌خواهد باور کند که دشمن دارد.

عقاب می‌داند که باید دشمنش را ببخشد ولی به او اعتماد نمی‌کند.

غاز از تجربیات درس نمی‌گیرد و فقط آزار می‌بیند.

عقاب بعد از گذراندن سختی مسئله، به فکر پذیرش مسئله و درس‌هایی که امکان دارد از آن مسئله بیاموزد، است.

غاز هیچ‌وقت از دلش حرف نمی‌زند.

عقاب با دلش زندگی می‌کند.

غاز در کل یا احساساتی است یا منطقی.

عقاب می‌داند که در دورانی از زندگی باید مغز را پرورش و ورزش داد و در دورانی دیگر باید دل را نوازش داد و به حرف‌های دل بها داد.

غاز اشتباه نمی‌کند.

عقاب می‌داند اگر هیچ‌وقت اشتباه نکرده، دلیلش این است که دست به عمل نزده است.

غاز جای دیگران زندگی می‌کند.

عقاب می‌داند که باید به دیگران کمک کند ولی نباید جای کسی زندگی کند، چون تجربه خود بودن را از آن فرد می‌گیرد.

غاز همیشه می‌تواند همه کاری انجام بدهد.

عقاب می‌داند چه‌کارهایی را می‌تواند انجام بدهد و چه جایی باید اعلام کند که از عهده‌اش برنمی‌آید.

غاز همیشه مجبور است.

عقاب همیشه مختار است و اگر به جبر روزگار مجبور به انجام کاری شد، آن را می‌پذیرد و می‌گوید ترجیح می‌دهم این کار را انجام بدهم.

زمان تفریح غاز مشخص نیست.

عقاب برای تفریحش برنامه‌ریزی می‌کند و می‌داند که فاصله خالی این نت تا نت بعدی در موسیقی، دلیل دلنشین بودن آن است.

غاز همیشه ناراضی و در حال شناخت عامل بدبختی‌هاست.

عقاب همیشه راضی است و می‌داند هر سختی پایانی دارد.

عقاب تکرار، عادت و روزمرگی را مرگ دل و پرستش می‌داند.

غاز نسبت به عقاب یا احساس برتری می‌کند یا احساس ضعف.

عقاب باور دارد که برتری وجود ندارد و اصل، فقط تفاوت است که البته باعث برتری کسی بر کس دیگر نمی‌شود.

غاز زیاد از مغزش کار می‌کشد، البته بدون بهره‌وری لازم.

عقاب مفید فکر می‌کند و از اشتباهاتش درس می‌گیرد.

غاز می‌خواهد غاز باشد؛ چون غاز بودن و نپریدن خیلی آسان‌تر از پرواز و اوج گرفتن است.

عقاب بر عقاب بودن اصرار دارد، حتی اگر بارها به مدرسه غازها رفته باشد و برای عقاب شدن بهای سگینی بپردازد.

کسی که می‌خواهد با عقاب‌ها پرواز کند، با مرغابی‌ها شنا نمی‌کند.

تی هارو اکر

معجزه باور

در گذشته‌های دور مردی زندگی می‌کرد، که در کسب‌وکارش مشکلی جدی روبه‌رو بود. او بدهی بسیاری داشت و چند مشتری مهمش را ازدست‌داده بود، هیچ‌کس حاضر نمی‌شد با او دادوستد کند و طلبکاران به‌شدت به او فشار می‌آوردند.

او نمی‌دانست آیا باید همچنان به تلاش و تکاپو ادامه دهد یا فقط باید ورشکستگی‌اش را اعلام کند و به کسب‌وکارش پایان دهد.

شبی به پارکی در نزدیکی محل سکونتش رفت تا اندکی قدم بزند و دراین‌باره بیندیشد و تصمیم بگیرد که چه کند.

در پارک، روی پلی کوچک ایستاد و به جریان آبی نگریست که از زیر پل می‌گذشت. در همین هنگام مردی سالخورده از دل تاریکی پدیدار شد. پیرمرد با مشاهده چهره اندوهگین آن مرد لحظه‌ای ایستاد و از او خواست تا علت ناراحتی‌اش را بازگوید.

آن مرد نیز به دلایلی درباره مشکلات مالی‌اش با پیرمرد حرف زد. او گفت کسب‌وکارش در آستانه ورشکستگی است، درحالی‌که اگر بتواند آن را حفظ کند چنین کسب‌وکاری آینده‌ای درخشان خواهد داشت. پیرمرد مشتاقانه به حرف‌های آن مرد گوش کرد و سپس گفت:" تصور می‌کنم می‌توانم به شما کمک کنم."

پیرمرد دسته چکی را از جیبش بیرون آورد، نام آن مرد را پرسید، چکی برای او نوشت، آن را در دستش گذاشت و گفت: "این پول را بگیر. قرار می‌گذاریم سال بعد درست در همین تاریخ و ساعت به اینجا بیاییم تا بتوانی پول مرا بازگردانی."

سپس پیرمرد بازگشت و در تاریکی ازنظر ناپدید شد.

وقتی آن مرد به دفتر کارش بازگشت، چک پیرمرد را دید و پی برد مبلغ آن پانصد هزار دلار است. او این موضوع را شوخی پنداشت تا این‌که امضای چک را دید؛ چک به نام جان. دی راکفلر امضاشده بود. او چکی نیم میلیون دلاری را از ثروتمندترین مرد جهان در آن روزگار دریافت کرده بود. راکفلر در آن زمان صاحب شرکت نفت بود و به سخاوتمندی و بخشندگی شهرت داشت.

مرد ابتدا اندیشید با نقد کردن چک می‌تواند همه مشکلات مالی‌اش را حل کند اما در نهایت تصمیم گرفت به‌جای نقد کردن چک، آن را همچنان نگه دارد و زمان نیاز از آن استفاده کند. او با این امید و آگاهی به کارش ادامه داد که نیم میلیون دلار پول دارد. به‌این‌ترتیب با اعتمادبه‌نفس بیشتر با طلبکاران و مشتریانش روبه‌رو شد و کسب‌وکارش را به‌کلی دگرگون کرد.

او با اشتیاق دوباره به کسب‌وکارش ادامه داد و با طلبکارانش به توافق رسید که بدهی آنان را به صورت اقساط یا طی مدتی طولانی‌تر بپردازد و همچنین موفق شد چند قرارداد مهم را برای فروش کالاهایش به سرانجام برساند. طی چند ماه کسب‌وکار او دوباره رونق گرفت و توانست بدهی‌هایش را بپردازد و درآمدزایی کند.

یک سال بعد دوباره به همان پارک رفت و درحالی‌که چک نقد نشده را در دست داشت روی همان پل کوچک ایستاد. دیگر نمی‌توانست منتظر بماند. می‌خواست هر چه زودتر به مرد سالخورده بگوید که برایش چه اتفاقی افتاده است. پیرمرد درست در زمان توافق شده بار دیگر از دل تاریکی پدیدار شد و درست در زمانی که مرد می‌خواست چک را به او بازگرداند و داستان هیجان‌انگیزش را درباره موفقیت و کامیابی‌اش در طی دوازده ماه گذشته تعریف کند، پرستاری از دل تاریکی بیرون آمد و بازوی پیرمرد را گرفت.

پرستار از مرد عذرخواهی کرد و گفت: "خوشحالم که به موقع رسیدم. امیدوارم این پیرمرد مزاحمتان نشده باشد. او همیشه از آسایشگاه فرار می‌کند، به این‌سو و آن‌سو می‌رود و به مردم می‌گوید راکفلر است." پرستار همچنان که بازوی پیرمرد را گرفته بود با او ازآنجا دور شد.

آن مرد حیرت‌زده همان‌جا ایستاد. او سراسر سال در شرایطی کسب‌وکارش را اداره کرده و دادوستدهای فراوان را به ثمر رسانده بود که اطمینان داشت پشتوانه‌ای پانصد هزار دلاری دارد و هنگام لزوم می‌تواند از آن استفاده کند.

ناگهان این اندیشه به ذهنش رسید که او بر مبنای باورهایش به موفقیت رسیده بود، باورهای مثبتی که بر مبنای اطلاعاتی نادرست شکل‌گرفته بودند. اعتمادبه‌نفس واقعی او در عملکردش سبب شد بتواند وضعیت کسب‌وکارش را بهبود بخشد.

نکته: باورهای شما به واقعیت‌های زندگی‌تان تبدیل می‌شوند. شما دیده‌های خود را باور نمی‌کنید، اما باورهایتان را می‌بینید. ویلیام جیمز می‌گوید: "باور به‌راستی حقیقتی واقعی می‌آفریند."

اگر باور و اطمینان نیرومند داشته باشید دنیای بیرونی شما نیز ساختاری **هماهنگ** با باورهایتان خواهد داشت. در حقیقت دنیای امروز شما در کل تصویری از باورهای درونی‌تان است. شما در دنیای بیرونی بر مبنای باورهای درونی‌تان رفتار می‌کنید و دنیای پیرامونتان را بر مبنای باورتان درباره واقعیت‌ها می‌بینید. چگونه می‌توانید باورهای واقعی‌تان را تعیین کنید؟ ساده است، با توجه به کارهایی که انجام می‌دهید یا نمی‌دهید، می‌توانید بگویید به معنای واقعی چه باورهایی دارید. با توجه به گفتگوها، تصمیم‌گیری‌ها و نگرشتان می‌توانید بگویید چه باورهایی را در ذهنتان پرورانده‌اید. وقتی به‌راستی باور دارید انسانی استثنایی هستید و توانایی‌هایی بی‌نظیر دارید، در این صورت باور و اعتقاد درونی شما به واقعیت‌های زندگی‌تان تبدیل خواهد شد.

صندوق

پیرمردی که بنیان‌گذار یک شرکت بود سال‌ها بعد به دلیل کهولت از کار کناره‌گیری کرد و پسر جوانش مدیریت آنجا را به عهده گرفت. خانه آن‌ها در منطقه‌ای در شمال لوس‌آنجلس بود. پیرمرد بعد از مرگ همسرش با پسر جوانش زندگی می‌کرد. هر روز عصر که مرد جوان به خانه بر می‌گشت، او روی صندلی مخصوصش لم داده و تکان‌تکان می‌خورد و از وضعیت شرکت می‌پرسید. مرد جوان از این گفت‌وگوها خسته شد و پیش خود فکر کرد:

"او به‌راستی خسته‌مان کرده، بچه‌هایم نمی‌توانند موسیقی گوش کنند و همسرم هم از این وضعیت ناراحت است."

چند سالی گذشت...

مرد جو آنکه از این وضعیت خسته شده بود روزی تصمیمی عجیب گرفت. صندوق قدیمی پدرش را به کمک یکی از دوستانش از زیرزمین بیرون کشید و به پدرش گفت:

"پدر می‌توانی توی این صندوق بروی؟ می‌خواهم کمی تفریح کنیم."

پیرمرد با ناباوری نگاهی به پسرش کرد و بدون هیچ صحبتی داخل صندوق رفت. سپس مرد جوان صندوق را به کمک دوستش داخل صندوق‌عقب ماشین گذاشتند و حرکت کردند تا نزدیکی‌های یک دره رسیدند. برای آخرین بار درِ صندوق را باز کرد و بدون آنکه به چیزی فکر کند، آن را بست. ولی صدای پدر پیرش را شنید، با تعجب در صندوق را باز کرد و دید که پدرش بارنگی پریده و صدایی لرزان می‌گوید:

"پسرم بعد از انجام این کارت، صندوق را نگه دار."

مرد جوان شگفت‌زده از این سخن پدر به او نگریست و پدرش ادامه داد:

چون تو سنت و روشی را پایه‌گذاری کردی که بعدها فرزندانت نیز با تو چنین خواهند کرد، به همین سبب گفتم این صندوق را نگهدار!

سوزان سیلیس در وصف پدر می‌گوید:

یک پدر کسی است که می‌خواهد

تو را بگیرد و نگه دارد و بالا بکشد

آن زمان که سقوط می‌کنی

لباس‌های خاکی‌ات را پاک می‌کند

و می‌گذارد که دوباره سعی کنی

یک پدر کسی است که می‌خواهد تو را بازدارد

زمانی که در حال مرتکب شدن خطایی هستی

زمانی که قلبش در سکوت می‌شکند

زمانی است که تو آسیب‌دیده‌ای

و زمانی که موفق می‌شوی

او از غرور می‌درخشد.

نتیجه اشتباه

روزی روزگاری پیرمردی با پسرش در دامنه کوهی در نزدیکی روستایی زندگی می‌کردند و با دوشیدن شیر گوسفندانشان و فروختن آن به مردم روستا روزگار می‌گذراندند؛ اما پیرمرد هر بار که شیر می‌دوشید مقداری آب در آن می‌ریخت و به مردم می‌فروخت؛ گرچه پسر به پدر اعتراض می‌کرد، اما پدر کار خود را می‌کرد.

سال‌ها گذشت و در یک شب پاییزی طوفانی شدید آمد و باران زیادی بارید و به دنبال آن، سیل از دامنه کوه سرازیر شد و خانه پیرمرد و پسرش را در نور دید.

پیرمرد هراسناک از خواب بیدار شد و فریاد کشید: "پسرم چه شده؟ این آب چیست که در خانه آمده؟"

پسر در جواب گفت: "هیچی! پدر، این همان آب‌هایی است که در شیر مردم می‌کردید و اکنون به خانه‌مان سرازیر شده است."

دنیس ویتلی می‌گوید:

اگر جلوی اشتباهات‌تان را نگیرید،

آن‌ها جلوی شما را خواهند گرفت.

همه سوار می‌شویم

زندگی مثل سفر با قطار است؛ سوار می‌شویم و سفر می‌کنیم. در این سفرها هم حادثه وجود دارد و هم تأخیر. در ایستگاه‌های معینی غافلگیر می‌شویم، بعضی حوادث را خاطرات شادی‌بخش و بعضی دیگر را اندوه‌بار به خاطر می‌سپاریم. وقتی متولد می‌شویم و برای اولین بار سوار قطار می‌شویم با کسانی آشنا می‌شویم که تصور می‌کنیم تا پایان سفر همراهمان خواهند بود؛ آن‌ها والدین ما هستند! متأسفانه چنین چیزی واقعیت ندارد. والدین فقط زمانی با ما هستند که به آن‌ها نیاز داریم. آن‌ها نیز سفرهایی دارند که باید به انجام برسانند. ما همواره با خاطرات عشق، مهربانی، دوستی، راهنمایی و حضور همیشگی‌شان زندگی می‌کنیم. کسان دیگری هم هستند که سوار قطار می‌شوند. آن‌ها برادران، خواهران، دوستان و آشنایان ما هستند که یاد می‌گیریم دوستشان بداریم و برایمان عزیز باشند. سفر بعضی‌ها مثل گردش سرخوشانه است؛ آن را با شادی و بی‌خیالی طی می‌کنند. بعضی دیگر در سفرشان با ناراحتی‌ها، اشک‌ها و از دست دادن‌های بسیار مواجه می‌شوند. بعضی دیگر هم تأخیر می‌کنند تا که بتوانند به نیازمندی دست همراهی دهند.

بعضی از مسافران هنگام پیاده شدن از خود اثری ماندگار به‌جا می‌گذارند؛ بعضی دیگر چنان به‌سرعت سوار و پیاده می‌شوند که انگارنه‌انگار هم‌سفر شما بودند و سر راهتان قرار گرفتند. گاهی غصه می‌خوریم از این‌که بعضی مسافران موردعلاقه‌مان ترجیح می‌دهند در کوپه دیگری سفر کنند و ما را در سفرمان تنها می‌گذارند و از طرف دیگر، هیچ دلیلی هم وجود ندارد که نتوانیم دنبالشان بگردیم. بااین‌حال بعدازآنکه به دنبالشان گشتیم و پیدایشان کردیم، گاه نمی‌توانیم کنارشان بنشینیم، زیرا ممکن است آن صندلی از قبل توسط کس دیگری اشغال شده باشد. مهم نیست... سفر هر کس پر است از امید، رؤیا، چالش، عقب‌نشینی و وداع؛ فقط باید سعی کنیم حداکثر استفاده را از سفرمان ببریم. هر چه که باشد باید همواره سعی کنیم باهم سفرانمان تفاهم داشته باشیم و خوبی آن‌ها را ببینیم. یادمان باشد که در هرلحظه از سفر ممکن است یکی از هم‌سفرانمان لحظه بدی را بگذراند و به کمک ما نیاز داشته باشد. ما هم ممکن است تأمل کنیم، مردد باشیم یا حتی زمین بخوریم اما امیدواریم کسی را پیدا کنیم که حمایت و درکمان کند.

بزرگ‌ترین معمای سفر ما این است که نمی‌دانیم آخرین توقف چه وقت خواهد بود، بغل‌دستی‌هایمان هم نمی‌دانند. جدا شدن از آن همه دوست و آشنایی که در طول سفر با قطار یافته بودیم، دردناک خواهد بود. ترک نزدیکانمان غم‌انگیز خواهد بود؛ اما از طرف دیگر باید بدانیم که یک روزبه ایستگاه اصلی خواهیم رسید و با آن‌ها ملاقات خواهیم کرد. همه‌شان بار و بنه‌ای همراه خواهند داشت که چه بسا در شروع سفر نداشتند. از دیدن دوباره آن‌ها خوشحال خواهیم شد. همچنین خوشحال خواهیم شد که در بلندکردن بارشان به آن‌ها کمک کنیم و زندگی‌شان را غنی‌تر کنیم، همان‌طور که آن‌ها هم ما را بلند کردند و به زندگی ما غنا بخشیدند. ما همه در سفر قطار باهم هستیم. مهم‌تر از همه این‌که همه باید سعی کنیم تا زمانی که هر یک به ایستگاه آخر خود می‌رسیم و قطار را برای آخرین بار ترک می‌کنیم، سفر را هر چه بیشتر برای یکدیگر لذت‌بخش و خاطره انگیز کرده باشیم. همه سوار شوید! سفر بخیر!

خدمت

روزی مسافری که با قطار مسافرت می‌کرد وقت ناهار به رستوران قطار رفت و نگاهی به فهرست غذاهای رستورآنانداخت. غذاهای موجود ساندویچ مرغ و همبرگر بود. او تصمیم گرفت همبرگر بخورد، اما از روی حواس پرتی روی برگه سفارش غذا، ساندویچ مرغ نوشت.

بعد از چند دقیقه پیشخدمت ساندویچ مرغ را روی میز گذاشت و مسافر با دیدن ساندویچ مرغ عصبانی شد و اعتراض کرد که من این غذا را سفارش نداده‌ام.

پیشخدمت‌ها در چنین مواقعی برگه سفارش غذا را به مشتری نشان می‌دهند تا ثابت کنند که اشتباه از طرف خود او بوده، اما پیشخدمت از انجام این کار خودداری کرد. او به‌جای این کار از مشتری بابت اشتباهی که پیش‌آمده معذرت‌خواهی کرد و ساندویچ مرغ را از جلوی او برداشت و چند دقیقه بعد با ساندویچ همبرگر برگشت. مسافر در حین خوردن همبرگر، نگاهی به برگه سفارش غذا که روی میز بود، انداخت و متوجه اشتباه خود شد؛ موقع پرداخت صورت‌حساب از پیشخدمت به سبب اشتباهش معذرت‌خواهی کرد و گفت که مبلغ هر دو ساندویچ را از او کسر کنند.

پیشخدمت گفت: "نه دوست عزیز، از این‌که شما اشتباه بنده را پذیرفتید، بی‌نهایت خوشحال هستم."

روح و جان با خدمت کردن بیدار می‌شوند.

اریکا یونگ

ایثار

نوعی عنکبوت وجود دارد که تخم‌های خود را بامهارت داخل پوسته درخت می‌ریزد و بعد با تنیدن تار همه را ازنظرها پنهان می‌سازد.

عنکبوت‌های کوچک پس از مدتی از تخم بیرون می‌آیند و عنکبوت مادر، بی‌توجه به خطراتی که خودش را تهدید می‌کند، به راه می‌افتد تا غذای موردنیاز بچه‌های خود را تأمین کند. زسانی که عنکبوت‌های کوچک به قدر کافی جان گرفته باشند و بتوانند به‌تنهایی غذای خود را تهیه کنند، عنکبوت مادر از شدت خستگی، و ناتوانی می‌میرد. زندگی عنکبوت‌های کوچک به ایثار، قربانی شدن و درنهایت از بین رفتن عنکبوت مادر بستگی دارد.

نکته: آینده نسل بعد بستگی به ایثار نسل امروز دارد. هیچ‌چیز رایگان به دست نمی‌آید و هیچ‌چیز تصادفی فراهم نمی‌شود. انسان هرچقدر بیشتر زمین را بکند، سوراخ عمیق‌تر می‌شود و به هر میزان سوراخ عمیق‌تر باشد، آب بیشتری از آن بیرون می‌آید. فرزندان ما میوه را از درختی خواهند چید که والدینشان کاشته‌اند. اگر درختی در میان نباشد، میوه‌ای برای چیدن نخواهد بود.

انتقاد

جادوگری قدرتمند که می‌خواست بنیان یک پادشاهی را نابود کند، معجونی جادویی را در چاهی ریخت که تمامی ساکنان شهر از آن می‌نوشیدند. هر کس از آن آب می‌نوشید دیوانه می‌شد. صبح روز بعد همه مردم از آب آن چاه نوشیدند و دیوانه شدند، به جز خود شاه و خانواده‌اش که چاه مخصوصی داشتند و جادوگر نتوانسته بود آن چاه را مسموم کند. شاه نگران شد و سعی کرد با صدور سلسله فرمان‌هایی برای حفظ امنیت ملی و سلامت عمومی، مردم را محافظت کند؛ اما پلیس‌ها و فرماندهان هم از آن آب‌خورده بودند و فکر می‌کردند تصمیم‌های پادشاه احمقانه است، درنتیجه هیچ توجهی به آن نمی‌کردند. وقتی ساکنآنان سرزمین فرمان‌ها را شنیدند مطمئن شدند که پادشاه دیوانه شده است و فرمانهای نامعقول صادر می‌کند. به‌طرف قصر تظاهرات کردند و خواستار کناره‌گیری او شدند. پادکشاه با ناامیدی تصمیم گرفت از تخت کناره‌گیری کند، اما ملکه جلویش را گرفت و گفت: "بیا و برویم از همان چاه عمومی بنوشیم. بعد ما هم مثل آن‌ها می‌شویم." همین کار را کردند. پادشاه و ملکه از چاه دیوانگی نوشیدند و بی‌درنگ شروع کردند به چرند گفتن و زیردستان بلافاصله توبه کردند چون فکر کردند حال که شاه دارد این اندازه خردمندانه سخن می‌گوید چرا نباید بگذارند بر کشور حکومت کند؟ آن کشور در صلح و صفا به زندگی خود ادامه داد، هرچند رفتار ساکنانش بسیار متفاوت از کشورهای همسایه بود. باوجود این پادشاه توانست تا آخرین روزهای عمرش بر آن کشور حکومت کند.

پائولوکوئلیو

نکته: شاید فکر کنید تمام مخترعان و دانشمندان همیشه افرادی قابل‌احترام در جامعه خود بودند؛ به‌ویژه هنگام اعلام اکتشافات، سیل جمعیت برای تبریک و قدردانی از زحمات و مقام علمی‌شان به سوی آن‌ها هجوم می‌آوردند، دست می‌زنند و هورا می‌کشیدند؛ اما در بیشتر موارد چنین چیزی صحت ندارد و کاملاً برعکس است. ازآنجاکه برای عموم مردم مِلاکِ تعقل « هم‌رنگ جماعت بودن » است و کسی که مثل بقیه فکر نکند دیوانه به شمار می‌رود، همگان همان‌طور که به نظریات آن‌ها می‌خندیدند نظرات آن‌ها را مشتی خرافه و یاوه‌گویی انسان‌های دیوانه قلمداد

۵۲

می‌کردند که می‌پندارند دانشمندند و چیزهای تازه عرضه کرده‌اند. انسان‌های بزرگ اغلب تا پیش از مرگشان مورد غضب جامعه و افکار عمومی قرار گرفتند، طرد شدند، به زندان افتادند، تبعید شدند و در پاره‌ای موارد جانشان را به سبب نظریات جدیدشان ازدست‌داده‌اند. گالیله به سبب اعلام نظریاتی که بعدها او را به بلندترین جایگاه‌های علمی تاریخ رساند، کارش به دادگاه کشید. همیشه به ندای قلبتان گوش دهید و کاری را انجام دهید که فکر می‌کنید و هیچ‌گاه از دریافت القاب دیوانه، احمق، کودن و ابله از سوی دیگران نهراسید.

بیماری نیاگارا

بسیاری از مردم طوری زندگی می‌کنند که من آن را بیماری نیاگارا می‌نامم. به نظر من زندگی شبیه رودخانه‌ای است که بیشتر مردم بدون این‌که مقصد معینی داشته باشند، وارد آن می‌شوند. درنتیجه زمانی نمی‌گذرد که خود را به دست جریان آب می‌سپارند، یعنی به دست وقایع و مشکلات جاری. وقتی به محل انشعاب رودخانه می‌رسند، نمی‌دانند کدام مسیر را انتخاب کنند و به کجا بروند بلکه خود را به دست آب رودخانه می‌سپارند و مانند خیل عظیم مردم به‌جای این‌که مطابق ارزش‌ها و اعتقادات خود زندگی کنند، توسط شرایط محیط به این‌سو و آن‌سو رانده می‌شوند؛ درنتیجه زمام زندگی خود را از کف می‌دهند. آن‌ها همچنان در ناآگاهی می‌مانند تا این‌که روزی صدای آبشار آن‌ها را از خواب بیدار می‌کند و می‌بینند در چند قدمی آبشار نیاگارا در قایقی بدون پارو نشسته‌اند. تازه به خود می‌آیند و متوجه سرازیری آب می‌شوند؛ اما خیلی دیر شده و در معرض سقوط هستند. اگر به مشکلات اصلی خود توجه کنید، درمی‌یابید که اگر قبل از رسیدن به مرحله سقوط تصمیم بهتری می‌گرفتید، از همه مشکلات جلوگیری می‌شد. وقتی دچار جریان تند و امواج خروشان رودخانه شدیم چه کاری از ما ساخته است؟ جز این‌که پاروهای خود را در رودخانه بیندازیم یا دیوانه‌وار بیهوده برخلاف جریان آب و در مسیری تازه پارو بزنیم یا تصمیم بگیریم که همچنان به پیش برویم. مقصد خود را پیشاپیش مشخص کنید و طرح و نقشه‌ای را در دست داشته باشید که در مسیر زندگی بتوانید درست تصمیم بگیرید.

آنتونی رابینز

پنیر بدبو

پیرمردی روی کاناپه به خواب رفته بود؛ نوه‌هایش تصمیم گرفتند با او شوخی کنند، بنابراین سراغ یخچال رفتند و یک تکه پنیر بسیار بدبو را برداشتند و آن را روی سبیل‌های پدربزرگ از همه‌جا بی‌خبر مالیدند. سپس گوش‌های مخفی شدند تا ببینند چه می‌شود. بعد از گذشت چند دقیقه پیرمرد در جای خود چندین بار وول خورد و سرانجام یک دفعه بلند شد و صاف نشست و با سگرمه‌های درهم رفته گفت: "یک‌چیزی اینجا بوی تعفن می‌دهد." و با گفتن این حرف به سمت آشپزخانه رفت و همه‌جا را بو کشید و دوباره گفت: "این بو اینجا هم می‌آید."
ازاین‌رو رفت بیرون تاکمی هوای تازه بخورد. پیرمرد در هوای آزاد نفسی عمیق کشید که دوباره آن بوی بد وارد ریه‌هایش شد و این بار به‌طور رقت‌انگیزی گفت: "تمام دنیا بوی بد می‌دهد."
نکته: برای کسی که پنیر بدبویی زیر بینی دارد، همه چیز بوی بد می‌دهد! بهتر بود که این پدربزرگ با آب و صابون پنیرهای روی سبیلش را می‌شست تا دوباره دنیا برایش بوی خوب بدهد اما برای کسی که یک ماده گندیده درون خود دارد، این کار دشوارتر خواهد بود؛ بنابراین تنها راه برای تغییر دید نسبت به زندگی این است که خود را از درون تغییر دهیم.

واگذاری قدرت

مدتی بود که مشکلات کاری و مدیریتی شرکت ماروین فکرش را مشغول کرده بودند. او از این نکته غافل بود که هم شرکت مشکلاتی برای او ایجاد کرده و هم خودش به رهبری ناکارآمد تبدیل‌شده است. یک سالی می‌شد که رهبری شرکت را عهده‌دار بود، ولی هنوز کارایی لازم را برای حفظ و پیشبرد شرکت نداشت. در عین حال دغدغه‌اش موضوعاتی بودند که احتمالاً به سقوط شرکت منجر می‌شدند. برای او پذیرش این واقعیت سخت بود که تغییر قبل از این‌که از بقیه شرکت شروع شود باید از خودش شروع شود.
این امر باعث شد مدتی فکر کند و به راه‌حل برسد؛ راه‌حلی که او را به بینشی دقیق رساند، راه‌حلی که گمان می‌کرد مفید است؛ یعنی واگذاری قدرت. ازآنجاکه او باور داشت همه باید اختیار و مسئولیت داشته باشند، چنین کرد. نُه ماه تغییری خاص صورت نگرفت؛ به‌ویژه این‌که گویی این واگذاری قدرت فقط در حد حرف باقی‌مانده بود.
او که مستأصل شده بود از سندی که مدیر واگذاری قدرت نامیده شده بود، کمک خواست. در ابتدا تردید داشت، چون به خیالش اگر از یک زن کمک بخواهد، اعتبارش نزد او خدشه‌دار

می‌شود؛ اما سرانجام این حقیقت را پذیرفت که به‌راستی به نظر و توصیه او نیاز دارد. گفتگوی آن دو برگزار شد و آموزنده‌ترین بخش آن، تعریف سندی از واگذاری قدرت بود: "واگذاری قدرت این نیست که به افراد قدرت بدهید، زیرا آن‌ها خودشان قدرت بسیاری، به شکل دانش و انگیزه دارند تا کارهایشان را عالی انجام دهند. واگذاری قدرت یعنی آزاد کردن قدرت."

سَندی با چنین دیدگاه روشن و انگیزه بخشی می‌توانست نگرش ماروین را در جهت مدیریت شرکت و کسب دوباره توانایی رقابت، تغییر دهد. اساس این داستان بر مدیریت و رهبری متمرکز بود، اما آنچه به ما مربوط می‌شود این است که قدرت به‌راستی چیست و چه کارکردی دارد. قدرت ذهن یعنی توانایی مدیریت خودمان، سپس مدیریت دیگران. بن ابراین، همان‌طور که مدیر واگذاری قدرت می‌گفت، ما همه در درونمان قدرت داریم. کاری که ذهن برای قدرت بخشی به ما می‌کند، آزاد کردن قدرت است که به ما مجوز می‌دهد تا از آن در مقیاس‌های مناسب استفاده کنیم. ذهن دو نوع فکر تولید می‌کند. اگر ذهن ما در مواجهه با زندگی روزمره سرشار اندیشه‌های مثبت باشد، شیوه تفکر ما مثبت می‌شود. به همین ترتیب، اگر بگذاریم اندیشه‌های منفی بر زندگی‌مان غلبه کنند، در دام تفکر منفی خواهیم افتاد. این دو تفکر هر دو بر ما سلطه دارند. حالا با ماست که انتخاب کنیم کدام تفکر به ما قدرت بدهد، زیرا هردوی آن‌ها آینده ما را شکل می‌دهند و سرنوشت ما را می‌سازند؛ فقط نتایجشان متفاوت است.

مردی که اجازه نداد شکست به درونش نفوذ کند

راجر کراو فورد مادرزاد ناقص و معلول بود. هنگامی که پزشکان او را به دنیا آوردند، متوجه شدند از محل بازوی راست، عضوی شبیه به دست و از محل بازوی چپ او، یک شست و انگشت بیرون آمده است. او کف دست نداشت؛ دست‌وپاهایش کوتاه بودند و پای چپش فقط سه انگشت داشت، سه انگشت به هم چسبیده. البته انگشتان پایش را وقتی پنج‌ساله بود از هم جدا کردند. بسیاری از پزشکان معتبر به پدر و مادر راجر گفتند که او هرگز نمی‌تواند راه برود، از خود مراقبت کند و زندگی عادی داشته باشد. پدر و مادرش پس از کنار آمدن با این، حقیقت تصمیم گرفتند شرایطی را به وجود بیاورند تا راجر زندگی‌ای عادی داشته باشد. آن‌ها راجر را طوری بزرگ کردند که: عشقشان را حس کند، قوی باشد و احساس استقلال کند. پدرش همیشه به او می‌گفت: "تو به‌اندازه‌ای معلول و ناتوان هستی که خودت می‌خواهی."

هنگامی که راجر بزرگ شد، پدر و مادرش او را به مدرسه معمولی فرستادند. آن‌ها او را در کلاس‌های ورزشی ثبت‌نام کردند و تشویقش کردند همان کاری را انجام دهد که قلبش می‌گوید

و مثبت فکر کند. راجر می‌گفت: "کاری که پدر و مادرم هرگز اجازه انجام آن را ندادند این بود که برای خودم متأسف باشم یا به خاطر ناتوانی‌ام، ترحم دیگران را به خود جلب کنم."

راجر تشویق و آموزش پدر و مادرش را تحسین می‌کرد، اما هنوز اهمیت کار پدر و مادرش را درک نکرده بود تا این‌که به دانشکده رفت و با افرادی ملاقات کرد که خواستار دیدن او بودند. یک روز فردی با او تماس گرفت که شرح موفقیت‌های او را در بازی تنیس خوانده بود. راجر با او در رستورانی ملاقات کرد. هنگامی که راجر بلند شد تا با او دست بدهد، متوجه شد دستان او نیز به‌اندازه دستان خودش است. راجر از این‌که می‌دید فردی با توانایی‌های خودش می‌تواند مربی او باشد، امیدوار شد؛ اما هنگامی که با او صحبت کرد، متوجه شد اشتباه کرده؛ راجر می‌گوید: "با فردی با نگرش منفی روبه‌رو بودم که مقصر تمام ناامیدی و شکست‌هایش در زندگی را وضعیت جسمانی‌اش می‌دانست. زود فهمیدم که زندگی و نگرش ما خیلی با یکدیگر متفاوت است. او هرگز نتوانسته برای مدتی یکجا کار کند و مطمئن است علت آن، تبعیضی است که بین او و دیگران قائل می‌شوند. او علت را تأخیر، غیبت و بی‌مسئولیتی خود نمی‌داند. او احساس می‌کند دنیا به او بدهکار است. او از دست من عصبانی شد چون مانند او فکر نمی‌کردم."

آن مرد به شکست اجازه داده بود به درونش رخنه کند، درحالی‌که راجر استاد موفقیت در شکست بود. شما این شانس را دارید. داستان او مثال‌زدنی است. راجر می‌گوید: "معلولیت فقط زمانی می‌تواند ما را ناتوان کند که خودمان به او این اجازه را بدهیم. این مسئله نه تنها درباره چالش‌های جسمانی، بلکه درباره مشکلات احساسی و ذهنی هم صدق می‌کند. به اعتقاد من محدودیت‌های واقعی همیشگی فقط در ذهنمان به وجود می‌آیند، نه در جسممان."

به‌عبارت‌دیگر، مهم نیست برایت‌آنچه اتفاقی می‌افتد؛ شکست اتفاقی درونی است.

وسعت اندیشه

مردی فقیر از جاده‌ای می‌گذشت که مسافری او را متوقف کرد و گفت: "رفیق می‌بینم که فقیری. بیا این طلا را بگیر و بفروش تا سراسر عمرت غرق ثروت باشی."

فقیر از این خوش‌اقبالی به وجد آمد و طلا را به خانه آورد. بی‌درنگ کاری یافت و چنان ثروتمند شد که هرگز طلا را نفروخت.

سال‌ها گذشت و او که مردی متمول شده بود روزی در راهی به مرد فقیری برخورد و گفت: "بیا رفیق! من از این طلا را به تو می‌دهم تا سراسر عمر غرق ثروت باشی."

مرد مسکین طلا را گرفت و نگاهی به آنانداخت و گفت: "اما این‌که برنجی بیش نیست."

نکته: هر انسانی در درون خویش صاحب یک تکه طلا است. این هشیاری آدمی از طلا و توانگری است که راه هر ثروتی را بر زندگی‌اش می‌گشاید. آدمی به هنگام طلب از پایان سفر خود می‌آغازد؛ یعنی ندا در می‌دهد که پیشاپیش ستانده است. سفر به سوی توانگری را باید از انتها آغاز کرد. یعنی این‌که اول خود را توانگر ببینید و برای این توانگری که خداوند به شما ارزانی کرده شکرگزاری کنید تا آن توانگری را به چشم ببینید.

خرابه

روزی سه دوست در سرزمین چین آوازه مدرسه کاراته بالای تپه را شنیدند و برای دیدنش به بالای تپه رفتند. هنگامی که به بالای تپه رسیدند، دیدند مدرسه به خرابه‌ای تبدیل‌شده و کسی در آنجا نیست. هر یک کوشیدند حدس بزنند علت مخروبه شدن مدرسه چه بوده است؟

یکی گفت: "حتماً دانشجویان جدید دیگر ثبت‌نام نکردند و درنتیجه با نداشتن دانشجو مجبور شدند مدرسه را تعطیل کنند."

یکی دیگر گفت: "حتماً استاد پیر شده و هیچ‌کسی برای جانشینی وی نبوده است. با نداشتن جانشین استاد محصل‌های جدید نیز در مدرسه ثبت‌نام نکرده و مدرسه را تعطیل کردند. حال مدرسه به مخروبه‌ای تبدیل‌شده است."

نفر بعدی گفت: "نه فکر می‌کنم به این دلیل باشد که مدرسه را تعمیر نکردند، ازاین‌رو به مخروبه تبدیل‌شده است."

اولی می‌گوید: "ممکن است هیچ‌وقت نفهمیم علت واقعی آنچه بوده ولی یک‌چیز مشخص است و آن این‌که این مدرسه شهرت بسیاری داشته و این به عهده ماست که بار دیگر آن را به دوران شکوفایی‌اش برسانیم."

دومی می‌گوید: "موافقید ببینیم هر یک از ما چه کاری می‌توانیم انجام دهیم. من در کاراته ماهرم و می‌توانم معلم کاراته بشوم. همچنین اشخاص بسیاری را می‌شناسم و می‌توانم دانشجویان جدید برای ثبت‌نام پیدا کنم."

سومین نفر می‌گوید: "من هم می‌توانم کارهای اداری مدرسه را انجام دهم."

سه نفر توافق کردند تا با کمک یکدیگر مدرسه را تعمیر کنند و وظایف مدرسه را به عهده بگیرند.

پس از تعمیر مدرسه با کمک یکدیگر، دانش‌آموزان شروع به ثبت‌نام کردند و پس از مدتی کوتاه به مدرسه خیلی موفقی تبدیل شد. یک شب سه‌نفری دورهم جمع شده بودند تا موفقیتشان را جشن بگیرند. یکی از آن‌ها گفت: "من هیچ‌وقت فکر نمی‌کردم این‌قدر موفق بشویم. فکر می‌کنید علت موفقیت ما چیست؟"

نفری که کاراته درس می‌داد گفت: "این‌که معلوم است، به سبب تدریس من است. من طوری درس می‌دهم که دانش‌آموزان زود یاد می‌گیرند."

نفری که مدیریت آنجا را به عهده گرفته بود گفت: "نه تو کاملاً در اشتباهی. موفقیت ما به سبب نحوه مدیریت و اداره من است، نه به سبب درس دادن تو."

نفر اول که مسئول پیدا کردن دانش‌آموزان بود گفت: "نه هر دو شما در اشتباهید. همه موفقیت ما ناشی از من است که توانسته‌ام دانشجویان جدید پیدا کنم."

برخورد آن‌ها روزهای بعد نیز ادامه یافت تا این‌که دانش‌آموزان این تضاد را در محیط مدرسه احساس کردند و یکی پس از دیگری از مدرسه رفتند.

آن‌ها یک روز متوجه شدند که هیچ محصلی در مدرسه ندارند. قبل از این‌که هرکدام به راه خودشان بروند، بر سر یک موضوع به توافق رسیدند و آن این بود که علت شکستشان عدم مهارت معلم، عدم تعمیرات، عدم اداره مدرسه و عدم توانایی برای پیدا کردن دانش‌آموزان جدید نبود، بلکه علت شکست آن‌ها عدم هماهنگی بین آنان بود.

راز خوشبختی چیست؟

تاجری پسرش را برای آموختن "راز خوشبختی" نزد خردمندی فرستاد. پسر جوان چهل روز تمام در صحرا راه رفت تا این‌که سرانجام به قصری زیبا بر فراز قله کوهی رسید. مرد خردمندی که او در جستجویش بود آنجا زندگی می‌کرد.

به‌جای اینکه با یک مرد مقدس و ساده روبه‌رو شود وارد تالاری شد که جنب‌وجوش بسیاری در آن به چشم می‌خورد: فروشندگان وارد و خارج می‌شدند، مردم در گوشه‌ای گفتگو می‌کردند، ارکستر کوچکی موسیقی لطیفی می‌نواخت و روی یک میز انواع و اقسام خوراکی‌های لذیذ چیده شده بودند. خردمند با این‌وآن در گفتگو بود و جوان ناچار شد دو ساعت صبر کند تا نوبتش فرارسد.

خردمند با دقت به سخنان مرد جو آنکه دلیل ملاقاتش را توضیح می‌داد گوش کرد اما به او گفت که فعلاً وقت ندارد که «راز خوشبختی» را برایش فاش کند. پس به او پیشنهاد کرد که گردشی در قصر بکند و حدود دو ساعت دیگر به نزد او بازگردد.

مرد خردمند اضافه کرد اما از شما خواهشی دارم. آنگاه یک قاشق کوچک به دست پسر جوان داد و دو قطره روغن در آن ریخت و گفت: در تمام مدت گردش این قاشق را در دست داشته باشید و کاری کنید که روغن آن نریزد.

مرد جوان شروع کرد به بالا و پایین کردن پله‌ها درحالی‌که چشم از قاشق برنمی‌داشت. دو ساعت بعد نزد خردمند بازگشت.

مرد خردمند از او پرسید: "آیا فرش‌های ایرانی اتاق نهارخوری را دیدید؟ آیا باغی را که استاد باغبان ده سال صرف آراستن آن کرده، دیدید؟ آیا اسناد و مدارک ارزشمند مرا که روی پوست آهو نگاشته شدند، دیدید؟"

جوان با شرمساری، اعتراف کرد که هیچ چیز ندیده، فکر او فقط این بوده که قطرات روغنی را که خردمند به او سپرده بود حفظ کند.

خردمند گفت: "خب، پس برگرد و شگفتی‌های دنیای من را بشناس. آدم نمی‌تواند به کسی اعتماد کند، مگر این‌که خانه‌ای را که در آن سکونت دارد، بشناسد."

مرد جوان این بار به گردش در کاخ پرداخت درحالی‌که همچنان قاشق را به دست داشت؛ با دقت و توجه کامل آثار هنری را که زینت‌بخش دیوارها و سقف‌ها بود، می‌نگریست. او باغ‌ها را دید و کوهستان‌های اطراف را، ظرافت گل‌ها و دقتی را که در نصب آثار هنری در جای مطلوب به‌کاررفته بود تحسین کرد. وقتی به نزد خردمند بازگشت همه چیز را با جزئیات برای او توصیف کرد.

خردمند پرسید: "پس آن دو قطره روغنی که به تو سپردم کجاست."

مرد جوان قاشق را نگاه کرد و متوجه شد که آن‌ها را ریخته است.

آن‌وقت مرد خردمند به او گفت:

"راز خوشبختی این است که همه شگفتی‌های جهان را بنگری بدون این‌که دو قطره روغن، داخل قاشق را فراموش کنی."

هرگز زود قضاوت نکنید

یک پسر بیست‌ساله سر میز شام به والدین خود خبر داد برای تشکیل یک کلاس آموزشی انتخاب شده است و از فردا کارش را شروع می‌کند. پدرش که یک افسر آموزشی ارتش بود با شنیدن

این خبر، گویی یک موقعیت جالب به دست آورده تا تجربیات ارزشمند خود را در زمینهٔ آموزش در اختیار پسرش بگذارد، گفت: "پسرم، روشی که ما برای آموزش در ارتش به کار می‌بریم این است: اهدافمان را بر اساس اعمال، موقعیت‌ها و حدود امکانات اجرایی خودمان‌انتخاب می‌کنیم. سپس تصمیم می‌گیریم انتظار انجام چه کاری را دانش‌آموزانمان داریم و می‌خواهیم آن‌ها آن کار را در چه موقعیت و در چه سطحی انجام دهند. پس همیشه به خاطر داشته باش: آموزش باید در مسیر اجرا باشد، بله! اجرا، اجرا، اجرا"

پسر بدون این‌که تحت تأثیر کلام پدرش قرار گیرد در کمال خونسردی گفت: "اما این کار عملی نیست!"

پدر گفت: "البته که عملی است، همیشه عملی بوده، چرا عملی نباشد؟"

پسر: "زیرا قرار است من کلاسی دربارهٔ مسائل جنسی داشته باشم."

نکته: قبل از تمام شدن حرف دیگران در مورد یک موضوع از پیش‌داوری راجع به آن پرهیز کنید.

پادشاه زندگی خود باش

پادشاهی از سلطنت به زیر کشیده شد و به زندان افتاد. پسر جوان او هم در اسارت کسانی بود که پادشاه را از تخت به زیر کشیده بودند.

آن‌ها معتقد بودند اگر بتوانند اخلاق فرزند جوان پادشاه را خراب کنند، او متوجه نمی‌شود که چه مسئولیت بزرگی به او به ارث رسیده است. پسر پادشاه را به نقطه دوردستی بردند، به او غذاهای عالی دادند تا او را برده و بنده غذا کنند. پیرامون او حرف‌های رکیک می‌زدند و مدت هشت ماه برای بیراهه بردن او تلاش کردند، اما او مقاومت کرد و اجازه نداد آن‌ها به خواسته‌هایشان برسند. ربایندگان چون ناامید شدند از او پرسیدند که چرا به آن همه خوش‌گذرانی تن نداده است؟ پسر جوان در جواب آن‌ها گفت: "زیرا من برای رسیدن به پادشاهی به دنیا آمده‌ام در میان‌جانداران حیوانی که برای کبوترشان به دنیا آمده، کرکس نخواهد شد؛ مگر انسان که کبوتر زاده می‌شود و ممکن است کرکس شود!

ویکتور هوگو

از ترسیدن نترسید

بیماری طاعون در مسیر خود به دمشق در بیابانی از کنار کاروانی بزرگ می‌گذشت. مرد جوانی از او پرسید: "با این عجله به کجا می‌روی؟"

طاعون پاسخ داد: "به دمشق، من مأمور شدم جان یک هزار تن را بگیرم."

در راه برگشت از دمشق بازهم طاعون از کنار همان کاروان می‌گذشت که این بار آن مرد به او گفت: "اما این پنجاه‌هزار زندگی بود که گرفتی، نه هزار!"

طاعون گفت: "من فقط جان هزار نفر را گرفتم، بقیه را ترس کُشت."

دیل کارنگی می‌گوید:

حتماً کاری را انجام بدهید که از انجام آن هراس و پروا دارید. این شتابنده‌ترین و امن‌ترین روشی است که تاکنون برای چیرگی بر ترس کشف شده است.

گذشته‌ات را از یاد مبر

امیرکبیر وزیر خردمند و آگاه ناصرالدین‌شاه محبوبیت فراوانی داشت و به همان میزان دشمنانی سرسخت که روزی به ناصرالدین‌شاه گفتند: "عالی‌مقام، چه نشسته‌اید که وزیرتان (امیرکبیر) هر هفته روزهای جمعه با بیگانگان در کلبه‌ای دورافتاده جلسه‌ای منعقد می‌کند و با آنان علیه شاه به گفت‌وگو می‌پردازد." ناصرالدین‌شاه نگران شد و تصمیم گرفت خودش موضوع را پیگیری کند. بنابراین روز موعود با لباسی مبدل سوار اسب شد و به تعقیب امیرکبیر پرداخت و در نهایت حیرت دید که امیرکبیر به‌تنهایی راه درازی را پیمود و در خارج از شهر به درون کلبه‌ای رفت. ناصرالدین‌شاه از پشت شیشه پنجره کوچکی پنهانی به تماشای امیرکبیر نشست و در نهایت حیرت، وزیر خود را دید که لباس عوض کرد و لباس چوپانی پوشید و ایستاده چنددقیقه‌ای باکسی صحبت کرد که ناصرالدین‌شاه نمی‌توانست او را ببیند. فردای آن، روز امیرکبیر را خواست و در نهایت راحت موضوع را با او در میان گذاشت و پرسید: "آیا تو به تاج و تخت ما اعتراض داری؟ چون شنیده‌ام پنهانی جلساتی تشکیل می‌دهی."

امیرکبیر پوزخندی زد و گفت: " قربان همه این‌ها که گفتید درست است. من هفته‌ای یک‌بار به آن کلبه می‌روم و لباس چوپانی می‌پوشم و روبه‌روی آینه بلندی که در آنجا دارم، می‌ایستم و می‌گویم: تو میرزا تقی چوپان هستی نه امیرکبیر و این کار باعث می‌شود **هرگز دچار تکبر نشوم**. ناصرالدین‌شاه حیرت‌زده به تفکر نشست.

از کبر مدار هیچ در دل هوسی

کز کبر به‌جایی نرسیده است کسی

بابا افضل کاشانی

موعظه

در بعدازظهر یکی از روزهای سال ۱۹۵۳ میلادی عده زیادی از صاحب‌منصبان و گزارشگران برای خیرمقدم گویی به برنده جایزه صلح نوبل سال ۱۹۵۲ دریکی از ایستگاه‌های شیکاگو جمع شده بودند. سرانجام برنده جایزه صلح نوبل از قطار بیرون آمد. او مردی غول‌پیکر با موهایی پرپشت و سبیلی پهن بود. صاحب‌منصبان شهر با به کارافتادن دوربین‌ها با آغوش باز به سوی او شتافتند تا افتخار آشنایی خویش را اظهار دارند. او در کمال ادب از همه تشکر کرد و درحالی‌که از بالای سر آن‌ها به نقطه‌ای می‌نگریست برای لحظه‌ای از همه حضار معذرت خواست و با گام‌های بلند از میان خیل جمعیت گذشت و خود را به پیرزن سیاه‌پوستی رساند که نفس‌زنان در حال حمل دو چمدان بزرگ بود. او با لبخند چمدان‌ها را برداشت و پیرزن سیاه‌پوست را تا دم در اتوبوس همراهی کرد. سپس از او خداحافظی کرد و سفری خوش برایش آرزو نمود. در اثنای این کار خیل جمعیت هم به دنبال او به راه افتاده بودند. برنده جایزه صلح نوبل پس‌ازانجام این کار به‌طرف مردم برگشت و گفت: "از این‌که منتظرتان گذاشتم، بی‌نهایت عذر می‌خواهم."

این مرد دکتر آلبرت شوایتزر نامدار بود که عمر خود را صرف کمک به بینوایان افریقا کرده بود. یکی از اعضای کمیته پذیرایی در آن روزبه یکی از گزارشگران گفت:

"هرگز در عمرم کسی را ندیده بودم که با راه رفتن برایمان موعظه کند."

اهل معاشرت باشیم

پزشکان آمریکایی به‌تازگی متوجه شدند که ایتالیایی‌های مقیم ایالت‌های مختلف امریکا با آنکه رژیم غذایی دارند اما به‌طورمعمول در حدود شصت تا هفتادسالگی به دلیل سکته قلبی می‌میرند، درحالی‌که همین افراد در کشور خود (ایتالیا) تا سنین بسیار بالا، فراتر از هفتادسالگی، به‌راحتی زندگی می‌کنند و برخلاف همشهریان خود در امریکا که به‌طورمعمول رژیم غذایی دارند، هیچ رژیمی را رعایت نمی‌کنند و مرتب غذای محبوبشان، اسپاگتی چرب را می‌خورند!

پزشکان طی پنج سال به تحقیق پرداختند تا علت آن را بفهمند و در نهایت از دانشمندان روان‌شناس و روان‌پزشکان مجرب کمک خواستند. بعد از تحقیقات بسیار چنین گزارش دادند: مردمی که در ایتالیا زندگی می‌کنند به‌شدت معاشرتی هستند و به‌طور مستمر از هر روز تعطیل و یا ساعات استراحت خود برای دیدن اقوام و بستگان خود استفاده می‌کنند (مانند ما ایرانی‌ها) و وقتی هم فرزندانشان ازدواج می‌کنند یا در خانه‌ای در نزدیکی همان محله یا شهر اقامت می‌کنند، به‌طور مستمر با اقوام و بستگان یکدیگر معاشرت می‌نمایند و اوقات شیرینی را بدون هرگونه رژیم غذایی باهم سپری می‌کنند!

اما ببینیم چه به‌روز ایتالیایی‌های مقیم امریکا آمده است. آنان بعد از سکونت در امریکا نمی‌توانستند نزدیک هم زندگی کنند، اقوام و بستگانشان هم در شهرهای دیگر امریکا اقامت گزیده بودند و دیگر از آن مهمانی‌های صمیمی اقوام و بستگان و از آن اسپاگتی‌های چرب به همراه مخلفات هم خبری نبود؛ اما مطلب شگفت‌انگیز برای پزشکان این بود که: ایتالیایی‌های ساکن امریکا باوجود رژیم‌های متعدد غذایی بازهم از چربیِ خون و مرضِ قند و بیماری‌های مختلف رنج می‌بردند و بعدها بر اثر یکی از همین بیماری‌ها می‌مردند!

مولوی با بیانی با ژرف می‌سراید:

تا قدر یکدیگر بدانیم

که تا ناگه ز یکدیگر نمانیم

مرغابی‌های زندگی

چند ماه قبل با یک مشکل جسمانی روبه‌رو شدم که ممکن است خیلی از افرادی که هم‌سن‌وسال من هستند، با آن مواجه شوند. دکتر پس از گرفتن فشارخون و ضربان قلبم به من هشدار داد که از خط قرمز جاده سلامت عبور کرده‌ام و باید توقف کنم. پرسیدم: "منظورتان این است که دست از کار بکشم."

دکتر گفت: "بله یا این‌که نگرانی در مورد کارت را متوقف کنی."

و اضافه کرد که بسیاری از مردم شغلشان باعث مشکل جسمانی آن‌ها نمی‌شود، بلکه نگرانی و دلواپسی در مورد کارشان است که آن‌ها را بسیار رنجور می‌کند و بازهم هشدار داد که باید از نگرانی و فشار روانی رها شوم.

نمی‌دانستم چه تصمیمی بگیرم تا این‌که چند روز بعد در جریان یک سفر کاری ناگهان تصمیم گرفتم به تفریح موردعلاقه‌ام، یعنی شکار مرغابی، بپردازم. من همیشه عاشق این تفریح بودم اما هرگز مشغله کار و زندگی این فرصت را به من نداده بود. روز اول توانستم به‌طور حیرت‌آوری به حد مجاز شکار مرغابی برسم، یعنی ده مرغابی را شکار کنم. روز دوم که آخرین روز بود فقط توانستم هشت مرغابی شکار کنم. ساعت چهار بعدازظهر بود و من بسیار هیجان‌زده و ناراحت بودم. آن‌قدر ناراحت بودم که برای شکار دو مرغابی باقیمانده سعی کردم اطرافیانم را مجبور کنم از رفتن به خشکی صرف‌نظر کنند. در آن لحظه ناراحتی من به خاطر شکار دو مرغابی باقیمانده به حدی بود که رد تمام پرندگان را گم کردم و حتی موفق به شکاریک شترمرغ هم ن می‌شدم، چه برسد به مرغابی. ناگهان احساسی در من به وجود آمد و به خود گفتم: "چقدر احمقم که فقط به خاطر شکار دو مرغابی ناچیز تا این حد از کوره دررفته و عصبانی شده‌ام درحالی‌که قبلاً هشت مرغابی شکار کرده‌ام، مگر من به مسابقه شکار مرغابی آمده‌ام آن شب‌هنگام خواب با یادآوری حادثه پیش‌آمده به کشف حیرت‌آوری رسیدم؛ در زندگی واقعی بیش از هشت مرغابی داشتم؛ در چهل‌ویک‌سالگی به حد معقولی از آرزوهایم دست‌یافته بودم و شروع به شمردن داشته‌هایم کردم:

۱- همسر خوب؛

۲- بچه‌هایی که می‌توان به آن‌ها افتخار کرد؛

۳- سلامتی نسبی؛

۴- دوستانم؛

۵- وسیله امرارمعاش؛

۶- مقبولیت و نام نیک در میان همکارانم؛

۷- علایق و سرگرمی‌های متنوع و زیاد

۸- چشم‌انداز امیدوارکننده‌ای به آینده.

درواقع دو مرغابی باقیمانده در زندگی‌ام حکم دو چیز را داشتند یکی مقدار زیادتری پول و ثروت و دیگری محبوبیت، شهرت و مقام که دیگران از آن برخوردار بودند و من از آن محروم بودم. آیا این دو مرغابی آن‌قدر ارزش داشتند که تا حد مرگ خود را آزرده کنم؟

فهمیدم که بیشتر مردم در سن من هشت مرغابی دارند. بیشتر آن‌ها همسر خوب، وسیله امرارمعاش و ... را دارند، پس چرا به خاطر دو مرغابی باقیمانده خود را تا حد مرگ آزرده می‌کنند؟

از آن زمان به بعد هرگاه در محیط کارم نگران و عصبانی می‌شوم، به یاد هشت مرغابی‌ام می‌افتم. هفته گذشته هنگامی که دکتر معاینه‌ام کرد و فشارخونم را گرفت، گفت از خط قرمز سلامتی عقب‌نشینی کرده‌ام. پس همواره مانند من مغرورانه مرغابی‌های زندگی‌تان را بشمارید.

ریدرز دایجست

شجاعت اقتدار می‌آفریند

زن‌وشوهری فقیر در کلبه‌ای کوچک زندگی می‌کردند. شوهر هفت سال در این چهاردیواری کنج عافیت اختیار کرده و زندگی یکنواخت و کسالت‌آوری را به خود و خانواده‌اش تحمیل کرده بود. او در اتاق سرد و نمورش فقط کتاب می‌خواند. روزی همسرش اشک‌ریزان نزد وی آمد و گفت: "آخر فایده خواندن این‌همه کتاب چیست؟ جوانی‌ام در راه شستن و دوختن لباس‌های سردم تلف شد." اکنون هیچ تن‌پوشی ندارم، سه روز گذشته غذایی برای خوردن نداشتیم، هم گرسنه‌ام و هم از سرما مثل بید می‌لرزم. دیگر تحمل این وضعیت برایم ممکن نیست.

مرد، پس از شنیدن درد دل همسرش کتاب را بست، برخاست و بدون گفتن کلامی از کلبه خارج شد.

پس از رسیدن به مرکز شهر از رهگذری پرسید: "ثروتمندترین مرد شهر کیست؟" رهگذر پاسخ داد: "روستایی بینوا تو بیونسی میلیونر را نمی‌شناسی؟ خانه باشکوه و دوازده دروازه‌ای او آنجاست."

مرد به سوی خانه ثروتمندترین فرد شهر به راه افتاد و پس از رسیدن به خانه مرد ثروتمند در اتاق میهمانان را باز کرد و به میزبان گفت:

"من به ده هزار دلار برای سرمایه‌گذاری نیاز دارم. از شما تقاضا می‌کنم این مبلغ را به من قرض دهید."

میزبان گفت: "بسیار خوب آقا، کجا باید این پول را حواله کنم؟" مرد گفت: "به بازار آنسونگ و در وجه تاجری معتبر."

میزبان گفت: "بسیار خوب، من این مبلغ را در وجه کیم، بزرگ‌ترین تاجر در بازار آنسونگ، حواله می‌کنم. شما پول را از آنجا دریافت کنید."

پس‌ازآنکه مرد خانه بیونسی ثروتمند را ترک کرد، اطرافیان بیونسی از او پرسیدند: "چرا این مبلغ گزاف را به غریبه ژنده‌پوشی دادی؟ که هیچ‌کس او را نمی‌شناسد." مرد ثروتمند با سیمایی پروزمندانه گفت: "او فردی ژنده‌پوش بود اما باکمال صداقت و قوت سخن گفت، بر احساسات،

عواطف و اندیشه‌اش کاملاً تسلط داشت و برخلاف عموم مردم کوچک‌ترین نشانه‌ای از ضعف و تزلزل در رفتارش مشاهده نمی‌شد. به تجربه دریافته‌ام فردی که وامدار خوبی نیست مردد، ضعیف و سست‌عنصر بوده و این علائم در سیما و کلامش به‌طور کامل نمایان است؛ همان‌طور که دیدید این مرد اعتمادبه‌نفس داشت، پیشنهادش را جسورانه بر زبان‌جاری کرد و ای ن ویژگی‌ها جملگی نشانه اصالت شخصیت است. چنین فردی شایسته احترام من است. من هم پول را می‌شناسم و هم مردم را. پول افراد بی‌ظرفیت را خوار و حقیر می‌کند؛ اما این مرد به سبب بی‌باکی‌اش پول سرشاری به چنگ می‌آورد. خوشحالم که مردی بزرگ را برای یک سرمایه‌گذاری بزرگ یاری و حمایت کردم.

نکته: با جرئت و جسارت وارد میدان عمل شوید. اگر همت و جسارت انجام کاری را ندارید، بهتر است از انجام آن صرف‌نظر کنید.

تردید و تزلزل شما بر چگونگی انجام کارتان تأثیر گذاشته و کیفیتش را به‌شدت کاهش می‌دهد. بزدلی خطرناک است پس برای تقویت شهامتتان گوش به زنگ فرصت‌ها باشید و ماجراجویی را سرلوحه اعمال و رفتارتان قرار دهید. هر خطای ناشی از شجاعت با شجاعت بیشتر برطرف می‌شود. همه تهور و بی‌باکی را تحسین می‌کنند، درصورتی‌که بزدلی مورد توجه و تکریم هیچ‌کس نیست. ازاین‌رو قصد داریم به‌اختصار به مزایای شهامت و عیوب بزدلی اشاره‌کنیم:

بی‌باکی روی ضعف‌هایتان سرپوش می‌گذارد. همه ما نقاط ضعفی داریم و کارهایمان بی‌عیب و نقص نیست. باوجود این وقتی باجسارت وارد میدان عمل می‌شویم و حساب شده خطر می‌کنیم، ضعف‌هایمان به‌طور معجزه‌آسایی فروکش می‌کند. بر این اساس هر سخن پوچ و توخالی چنانچه با جرئت و قاطعیت بیان شود، طرف مقابل ر ا متقاعد می‌کند. شهامت، انجام هر کاری را مهم و معتبر جلوه داده و تناقض‌ها و ناهمواری‌ها را ازنظرها دور می‌دارد. مخاطره‌جویی و جسارت هیچ‌گاه ساده نیست، اما مسیری است که به توان و نیرومندی منجر می‌شود؛ چند آنکه اگر سراغ ماه را بگیرید، نظام هستی ماه را در طبق اخلاص گذاشته و تقدیمتان می‌کند!

شیرها پیرامون طعمه مردد حلقه می‌زنند. مردم برای یافتن نقاط ضعف دیگران به تمام حواس، حتی حس ششم خود متوسل می‌شوند.

اگر در نخستین برخورد با دیگران مردد و متزلزل باشید یا به‌اصطلاح با این دست و آن دست کردن به عقب‌نشینی تمایل نشان دهید

شیرهایی درنده را در وجود مردم می‌پرورانید که دیر یا زود شما را تکه‌پاره می‌کنند! همه چیز به استنباط مردم از شما بستگی دارد.

به‌مجرد این‌که افراد حس کنند از آمدن به میدان کارزار زندگی ترس و واهمه دارید و خواهان رفتار آرامش طلب چون مصالحه و مماشات هستید، می‌کوشند شما را در چنگال خود گرفته و مجبورتان کنند تا مطابق میل و سلیقه آنان عمل کنید. شهامت ترس را از میان می‌برد و اقتدار را جایگزین آن می‌کند. بی‌باکی شما را ازآنچه هستید بزرگ‌تر و نیرومندتر نشان می‌دهد. هر حرکت متهورانه از جانب شما دیگران را به عقب‌نشینی از مقاصدشان برمی‌انگیزد و بی‌باکی شما را به آن‌ها ثابت می‌کند.

با تردید و تزلزل قبر عمیق‌تری حفر می‌کنید. وقتی بدون اعتماد کامل دست به عمل می‌زنید، با موانع و گره‌هایی روبه‌رو می‌شوید که به شما اجازه نمی‌دهد به والاترین درجه خیر و صلاح خویش بیندیشید. به‌علاوه، هنگام بروز هر مسئله گیج و سردرگم می‌شوید و گزینه‌هایی را جستجو می‌کنید که وجود ندارد و طبعاً اوضاع را ازآنچه هست وخیم‌تر می‌کنید. خرگوش ترسو به سبب ترس از شکارچی گیج و دستپاچه می‌شود و آسان‌تر به دام می‌افتد. تردید موجب شکاف می‌شود. برعکس، بی‌باکی شکاف را ترمیم می‌کند.

به‌علاوه وقتی برای انجام یک کار دچار تردید و تزلزل می‌شوید، آشفتگی، ابهام و احساس ناایمنی‌تان را به دیگران نیز انتقال می‌دهید.

حیرت‌انگیز است اما گویی ایمان به قابلیت‌های خویش و واکنش نیرومندانه و متأثر از اقتدار فردی و اعتمادبه‌نفس جادو می‌کند و مشکل را به‌طور کامل برطرف می‌سازد. کافی است به هوش، استعداد و ابتکاراتی که سال‌ها بر آن سرپوش گذاشته‌اید مجال تجلی دهید و نیرومندانه به جلو گام بردارید. بی‌باکی مجالی برای این دست و آن دست کردن باقی نمی‌گذارد. شهامت شما را از میان مردم میانه‌حالی که روش "آسه بیا آسه برو که گربه شاخت نزنه" را در پیش‌گرفته و رکود شدیدی را بر زندگی خود حاکم کرده‌اند جدا می‌کند؛ درنتیجه شما باجرئت و جسارت به جلو گام برداشته و به موقعیت‌های درخشان نائل می‌آیید. بی‌باک توجه‌ها را به‌سوی خویش جلب می‌کند و همین کار اقتدار می‌آفریند. به‌سادگی نمی‌توان از افراد بی‌باک چشم برداشت. به همین خاطر همواره چشم انتظار حرکات متهورانه بعدی‌شان هستیم. مردم ترس از شکست را علامت شکست به شمار می‌آورند. اعمال ما زمانی خطرناک می‌شود که در درستی و حقانیت آن، تردید نکنیم. در چنین شرایطی بهتر است از انجام هر کاری خودداری نماییم.

روزی که ترس و تردید را از خود برانید، میوه شهامت خود را نیز خواهید چید.

جان هنری، تومن

اسبی در رودخانه

در کتاب تاریخ تمدن آمده است که کوروش، پادشاه ایران و بنیان‌گذار سلسله هخامنشیان، اسب سفید زیبایی داشت که همواره هنگام جنگ بر آن سوار می‌شد. در بهار سال ۵۳۹ قبل از میلاد کوروش به امید توسعه قلمرو خود به آشوری‌ها اعلان جنگ داد و با لشکری بزرگ به‌طرف پایتخت آن‌ها بابل، واقع در کرانه رود فرات، حرکت کرد. پیشروی خوب بود تا اینکه به رود گوندس رسیدند که از کوه‌های متیانی به دجله سرازیر می‌شد. معروف است این رود حتی در تابستان هم خطرناک است.

فرماندهان لشکر به کوروش توصیه کردند درنگ کند ولی کوروش نترسید و دستور داد بی‌درنگ از گوندس عبور کنند. باوجود این هنگامی که قایق‌ها آماده شدند، اسب کوروش بدون این‌که دیگران بفهمند، سعی کرد با شنا از رود عبور کند. جریان آب او را گرفت و به‌پایین رودخانه برد، اسب نیز غرق گردید و هلاک شد.

کوروش خشمگین گشت. رودخانه چطور جرئت کرده بود اسب سفید مقدسش را غرق کند! اسبِ جنگجویی که کروئسوس را به خاک انداخته و یونانیان را ترسانیده بود! او فریاد زد و لعنت فرستاد و در اوج عصبانیت تصمیم گرفت گستاخی گوندس را تلافی کند.

کوروش قسم یاد کرد که رود را چنان مجازات کند تا آن‌قدر ضعیف شود که در آینده هر زنی بتواند بدون خیس شدن زانوهایش از آن عبور کند.

کوروش نقشه توسعه امپراتوری‌اش را کنار گذاشت و لشکر خود را به دو بخش تقسیم کرد. آبراهه کوچکی را مشخص کرد که از هر یک از دو طرف رودخانه به جهت‌های گوناگون می‌رفت و به افرادش دستور داد حفاری را شروع کنند. آن‌ها تمام تابستان به این کار مشغول بودند. روحیه‌شان خراب شده بود و تمامی امیدها برای شکست سریع آشوری‌ها بربادرفته بود.

وقتی کارشان تمام شد، گوندس که روزگاری سریع‌ترین رودخانه آن منطقه بود به ۳۶۰ آبراهه تقسیم‌شده بود و آب چنان به کندی در آن جریان داشت که زنان محلی می‌توانستند بدون بالا زدن دامن های خود از آن عبور کنند. خشم کوروش کاهش یافت و به لشکر خسته اش دستور داد پیشروی به سوی بابل را از سر گیرند!

نکته: احساسات از عوامل مؤثر در شکل‌گیری رفتار است. این‌که چه تصمیم هایی می‌گیریم، با دیگران چگونه برخورد می‌کنیم و چه عملکردی داریم بسته به این است که در آن لحظه چه روحیات و احساساتی داریم. این پیوستگی و همبستگی میان احساس و رفتار، اهمیت موضوع مدیریت روحیه را نشان می‌دهد؛ زیرا اگر کنترلی بر عواطف خود نداشته باشیم تسلطی بر رفتار

خود نیز نخواهیم داشت و در زندگی به‌جای کنش، واکنش از خود نشان می‌دهیم و این یعنی ضعف. انسان‌های مقتدر به نوعی استقلال عاطفی و خودمختاری احساسی معتقدند. آن‌ها ادعا دارند ما تحت تسلط عوامل بیرونی نیستیم. محیط به ما اطلاعات خام و فاقد معنی می‌دهد. مهم این است که انسان چگونه به پردازش اطلاعات بیرونی می‌پردازد و آن‌ها را معنی می‌کند. انسان مسئول احساس و حالت روحی است که در درون، آن را تجربه می‌کند.

آنچه که برای ما پیش می‌آید ما را نمی‌آزارد، بلکه واکنش ما نسبت به آن ما را می‌آزارد.

استفان کاوی

عشق بی قید و شرط

جشن عروسی یکی از دوستان ملانصرالدین بود و ملأ را نیز دعوت کرده بودند. وقتی خواست وارد شود، دید در مقابل او دری وجود دارد و اعلانی به آن چسبانده‌اند:

" از این در عروس و داماد وارد می‌شوند و از درِ دیگر دعوت‌شدگان "

ملأ از در دعوت‌شدگان وارد شد. در آنجا هم دو در دید و اعلانی دیگر: "از این در دعوت‌شدگانی وارد می‌شوند که هدیه آورده‌اند و از درِ دیگر دعوت‌شدگانی داخل می‌شوند که هدیه نیاورده‌اند."

بنابراین ملأ از در دوم وارد شد. ناگهان خود را در کوچه دید، همان‌جایی که وارد شده بود!

نکته: این داستان حکایت زندگی بسیاری از انسان‌هاست. خیلی‌ها کسانی را به زندگی‌شان دعوت می‌کنند (رابطه‌هایی را آغاز می‌کنند)، اما وقتی متوجه می‌شوند از آن‌ها چیزی عایدشان نمی‌شود، رابطه را قطع و افراد را به حال خودشان رها می‌کنند.

روابط عاطفی ما چیزی بیشتر از الگوی حاکم بر مناسبات تجاری و اقتصادی نیست؛ مناسبات و روابطی بر مبنای نوعی اندیشه سوداگری.

عشق بر اساس ترس و ضعف محاسبه‌گر است. خیلی‌ها می‌خواهند در ازای آنچه به دیگران می‌دهند، چیزی نصیبشان شود.

مولوی می‌سراید:

بی‌طمع نشنیده‌ام از خاص و عام

من سلامی‌ای برادر والسلام

خیلی‌ها اگر محبتی به همسرشان می‌کنند توقع جبران دارند؛ اگر سلامی می‌کنند، می‌خواهند علیکی بشنوند؛ اگر قدمی برای همسر خود یا دیگران برمی‌دارند، می‌خواهند او را در قلبِ خود جای دهند.

جبران خلیل جبران می‌گوید:

چه ستمگر است آنکه از جیبش به تو می‌بخشد تا از

قلب تو چیزی بگیرد!

متأسفانه دوست داشتن‌های خیلی از افراد در روابط زناشویی قید و شرط و تبصره دارد، حساب‌وکتاب دارد. روابط بر مبنای ترس، مشروط و متوقعانه است.

عطار می‌سراید:

یکی پرسید ای گم‌گشته ایام

که تو چه دوست داری؟ گفت دشنام

که هر چیزی که مردم می‌دهندم

به جز دشنام منت می‌نهندم

خیلی‌ها اگر همسرشان را دوست دارند بدین دلیل است که می‌خواهند لیوان نیازشان پُر شود! اگر رابطه‌ای سودآور نباشد آن را ادامه نمی‌دهند.

عشق و دوست داشتن حقیقی محاسبه‌گر نیست، چرتکه نمی‌اندازد و سبک و سنگین نمی‌کند. عشق اصیل بی‌ریاست و بدون چشمداشت، امید پاداش و جبران. او توقع تلافی و قدردانی ندارد. می‌بخشد چون بودنش چنین اقتضا می‌کند.

حساب بانکی عاطفی

همه ما با بانک و حساب بانکی آشناییم، پول خود را در این حساب ذخیره می‌کنیم و هنگام نیاز از آن برمی‌داریم. حساب بانک عاطفی استعاره‌ای از میزان اعتمادی است که در ارتباط با دیگران می‌اندوزیم و خوش حسابی در این بانک موجب می‌شود دیگران با طیب خاطر با ما ارتباط برقرار کنند.

اگر من در قلب شما حساب بانک عاطفی بگشایم و در آن ادب و مهربانی و صداقت و وفای به عهد بیندوزم، بهره‌ام از این حساب اعتماد و اطمینان شما خواهد بود و هر چه به این اعتماد بیفزایم، بهره‌ام نیز در این حساب فزونی خواهد گرفت و می‌توانم در زمان نیاز از آن استفاده کنم. حتی اگر مرتکب اشتباهی گردم، ذخیره اعتماد و عواطف به‌یاری‌ام شتافته و خطایم را جبران خواهد کرد و حتی اگر ارتباطاتی روشن با شما برقرار نکنم، منظورم را درک خواهید کرد و مرا متخلف نخواهید خواند. با افزایش موجودی در این حساب سطح اعتماد و اعتبار فزونی می‌گیرد و روند ارتباطات ساده، مؤثر و سریع می‌شود. برعکس بی‌احترامی، بی‌نزاکتی، بی‌توجهی، تهدید،

خودکامگی، دورنگی و سوءاستفاده اندوخته این حساب را بی‌درنگ کاهش می‌دهند و درنتیجه سطح اعتماد به‌شدت سیر نزولی در پیش می‌گیرد. با محدود شدن دامنه ارتباطات انسان در حشرونشر با دیگران روی میدانی از مین گام برمی‌دارد. ازاین‌رو نا گریز است بر هر واژه‌ای که بر زبانش جاری می‌شود اشراف کامل داشته باشد تا دیگران کوچک‌ترین بهانه‌ای برای سرکوبی‌اش نیابند. به همین دلیل مردم با تحمیل فشار عصبی در مقابلش صف‌آرایی می‌کنند و چنگ و دندان نشان می‌دهند. روابط بسیاری از سیستم‌ها از جمله خانواده‌ها به علت سپرده ناچیز این حساب با کشمکش‌های زیادی مواجه است.

اگر با پس‌انداز مداوم میزان قابل‌توجهی اعتماد در این حساب ذخیره نشود، ممکن است هر آینه یک زندگی زناشویی از هم بپاشد.

در این حالت زن و شوهر برای سازش با مقتضیات در زیر یک سقف زندگی می‌کنند و به گونه‌ای تحمیلی به هم احترام می‌گذارند، اما ازنظر احساسی و عاطفی فرسنگ‌ها با یکدیگر فاصله دارند، گاه روابط به خصومت، و حالت تدافعی می‌گراید و نوعی واکنش "جنگ‌وگریز" با واکنش‌هایی چون دشنام، محکم برهم زدن درها، امتناع از گفتگو و بی‌تفاوتی پیش می‌آید. فشارهای اجتماعی، روابط زناشویی و حفظ خانه و کاشانه موجب می‌شود زن و شوهر با ادامه جنگ سرد به زندگی مشترک خود ادامه دهند. گاه این ارتباطات ناموزون به جنگ و ستیز در دادگاه می‌انجامد. منیت و خودمداری دو طرف را وامی‌دارد که مرافعه را سال‌ها در مراجع قضایی پی گیرند و بی‌وقفه بر تقصیرکاری و گناه شریک پیشین زندگی‌شان تأکید ورزند.

مداوم‌ترین روابط انسان‌ها از قبیل زندگی زناشویی، مستلزم مداوم‌ترین سپرده‌گذاری در حساب پس‌انداز عاطفی است. اگر شما با هم‌کلاسی خود که سالیان دراز او را ندیده‌اید به‌طور ناگهانی برخورد کنید، بی‌درنگ ارتباط احساسی و عاطفی گذشته را احیا می‌کنید.

اندوخته پیشین پس از سال‌ها رکود دست‌نخورده باقی‌مانده است. در عین حال حفظ این حساب با افرادی که مدام با ایشان ارتباط دارید مستلزم سرمایه‌گذاری مستمر است. به بیانی دیگر، با تداوم ارتباطات اندوخته‌ای، پیشین محو و ناپدید می‌شوند. گاه در برخورد روزانه شما با مردم یا در اثر برداشتی که ایشان از رفتار شما دارند، به‌طور خودکار و بدون این‌که حتی خودتان متوجه شوید مقدار قابل‌توجهی از اندوخته حساب عاطفی شما از گردش خارج می‌شود. این رویداد اغلب در فضای خانه و در روابط با نوجوانان پدید می‌آید. فرض کنید به‌طور معمول با پسر یا دخترتان چنین گفت‌وشنودی دارید "اتاقت را تمیز کن، دکمه پیراهنت را ببند، صدای رادیو را کم کن، موی سرت را کوتاه کن، فراموش نکن که زباله‌ها را بیرون ببری."

با این شیوه برخورد در مدتی کوتاه برداشت شما از موجودی حساب بانک عاطفی فراتر رفته و بیلان این حساب منفی می‌شود. اینک فرض کنید این نوجوان در موقعیت تصمیم‌گیری‌های مهمی قرارگرفته که برای آینده‌اش بسیار مؤثر هستند، اما از آنجا که سطح اعتماد بسیار پایین و فرایند ارتباطات بسیار بسته و نامطلوب است، او هیچ‌گاه برنامه‌هایش را با شما در میان نمی‌گذارد. ممکن است شما برای کمک به او از اطلاعات و درایت کافی برخوردار باشید اما در عین حال حسابتان چنان تهی است که او ترجیح می‌دهد تصمیماتش را با کوته نگری بسنجد و عواقب منفی، ناگوار و درازمدت آن را به‌جان و دل بخرد. برخورد با چنین موارد ظریفی مستلزم موازنه مثبت است. راستی در چنین وضعیتی چه می‌کنید؟ اگر اندوخته خود را در حساب عاطفی افزایش دهید چه پیش خواهد آمد؟

اگر هنگام کار کردن او روی طرحی نزدش بروید و آمادگی خود را برای کمک به او اعلام کنید، اگر با کتاب و مجله موردعلاقه‌اش به خانه بروید یا وی را به تماشای فیلم یا صرف بستنی یا نوشیدنی دعوت کنید چه نتیجه‌ای حاصل می‌شود؟ شادی بهترین پس‌انداز است تا بدون داوری، تحمیل پند و موعظه یا سنجش سخنان او بر حسب باورهایتان، صرفاً به حرف‌هایش گوش بسپارید. فقط گوش کنید، درصدد درک نقطه نظرهایش باشید و اجازه دهید احساس کند که وی را با تمام خوب و بدهایش پذیرفته‌اید و برایش اهمیت قائلید: "حالا دیگر پدر برایم چه نقشه‌ای کشیده؟! این بار مادر چه ترفندی را در نظر دارد؟"

در عین حال تداوم این پس‌انداز بی‌ریا و خالصانه، یخ‌های بی‌تفاوتی و انزوا را ذوب کرده و بذرهای اعتماد و صمیمیت را در دل او خواهد افشاند. درنتیجه به مرور پناهگاه روحی خود را ترک کرده و افکار، احساسات و هیجانات خود را بیان خواهد کرد. توجه داشته باشید که راه‌حل‌های سریع و آنی در احیای روابط انسانی سرابی بیش نیستند. ترمیم روابط به سعه‌صدر و گذشت نیاز دارد. اگر شما در قبال بی‌تفاوتی و ناسپاسی فرزندتان شکیبا نباشید، چه بسا با برداشت کلان از حساب بانک عاطفی که از دیرباز در قلب او گشوده‌اید، روی تمام زحمات و خدمات پیشین خود خط بطلان بکشید و مفهوم این عبارت را تحقق بخشید: "بااین‌همه زحمت، مرارت و فداکاری که در حق تو رواداشتیم، چطور می‌توانی تا این حد نمک‌نشناس باشی؟ باورم نمی‌شود که جواب این‌همه لطف و مهربانی ما را این چنین بدهی."

البته مقابله با بی‌تابی و ناشکیبایی کار ساده‌ای نیست. کوتاه سخن آنکه، هیچ راه آنی و سریعی برای ترمیم و برقراری روابط وجود ندارد و دستیابی به آن فقط از طریق سرمایه‌گذاری بلندمدت در حساب بانکی عاطفی امکان‌پذیر است.

فرصت را از دست نده رفیق!

موقعی که کتابخانهٔ بزرگ اسکندریه به خاکستر تبدیل شد، یک جلد کتاب طعمهٔ حریق نشد. مرد فقیری که سواد چندانی نداشت کتاب را به چند شاهی خریداری کرد. مطالب این کتاب چندان هم جالب نبود، اما در میان صفحات آن چیزی بود که بسیار باارزش بود و آن نوار باریکی از چرم بود که روی آن رمز و راز « سنگ محک » نگاشته شده بود. سنگ محک سنگریزه کوچکی بود که می‌توانست هر فلز معمولی را به طلای خالص تبدیل کند. نوشته روی آن توضیح می‌داد که این سنگریزه در میان هزاران هزار سنگریزه‌ای که شبیه آن هستند، قرار دارد؛ اما رمز و راز آن این بود: "انسان با لمس سنگریزه واقعی احساس گرما می‌کند و با لمس سنگریزه‌های معمولی احساس سرما می‌کند."

مرد فقیر با خواندن این مطلب جلوپلاس خود را فروخت، کمی غذای حاضری خرید، کنار دریا اُتراق کرد و شروع به امتحان سنگریزه‌ها نمود. او پیش خود فکر کرد که اگر هر یک از سنگریزه‌ها را پس از لمس و آزمایش دوباره روی زمین بیندازد، ممکن است که همان سنگریزه را دوباره از زمین بردارد و از نو لمس و آزمایش کند؛ به همین دلیل تصمیم گرفت هر سنگریزه را پس از لمس و آزمایش، به دریا پرت کند.

او صبح فردا از کلهٔ سحر شروع به برداشتن سنگریزه‌ها و آزمایش گرمی و سردی آن‌ها کرد تا شب؛ اما خبری از سنگریزه موردنظر نشد. بدین ترتیب روزها به هفته‌ها و ماه‌ها تبدیل شدند، اما او لحظه‌ای از لمس سنگریزه‌ها باز نماند.

بعدازظهر روزی سنگریزه‌ای را برداشت، گرمای آن را احساس کرد و قبل از آنکه بداند چه می‌کند، سنگریزه را به دریا پرت کرد.

او چنان به پرت کردن سنگریزه‌ها به دریا عادت کرده بود که وقتی سنگریزه موردنظر را در دست گرفت، بدون تأمل آن را هم به دریا پرت کرد.

همین مسئله در مورد فرصت‌های زندگی هم صادق است. اگر گوش به زنگ و هوشیار نباشیم، امکان دارد فرصت‌هایی را که در میان دست‌هایمان قرار دارد به‌آسانی تشخیص ندهیم و به‌راحتی به کناری پرت کنیم.

بزرگ شمردن ممنوع!

آندره ژید گفته است: "سعی کنید عظمت در نگاه شما باشد نه به آنچه می‌نگرید در این نگاه عظیم همه چیز حیرت‌آور و شگفت‌انگیز است. در نزد آن‌کس که نگاهی بزرگ حتی ریزترین و کوچک‌ترین موجودات است و عادی‌ترین و پیش پا افتاده‌ترین رویدادها دارد، عظیم و ژرف می‌نماید.

استاد فرزانه‌ای به نام لین شی در بستر مرگ افتاده بود. هزاران تن از مریدان جمع شده بودند تا به آخرین موعظهٔ استاد گوش فرا دهند؛ ولی لین شیِ شادمان و با تبسمی بر لب دراز کشیده و کلمه‌ای بر زبان نمی‌آورد. با مشاهدهٔ این وضعیت یکی از دوستان قدیمی وی که در مقام خویش استاد بود، رو به لین شی کرد و گفت:

"فراموش کرده‌ای که باید آخرین سخنانت را به زبان بیاوری؟ من همیشه می‌گفتم که حافظه‌ات عیب دارد. نکند فراموش کرده‌ای که داری می‌میری."

لین شی گفت: " فقط گوش کن. بر روی سقف دو سنجاب در حال دعوا، دویدن و جیغ زدن هستند، چقدر زیباست."

آری لین شی گفت. " چقدر زیباست." و مرد

برای یک لحظه هنگامی که لین شی گفت: "فقط گوش کن" سکوت مطلق حکم‌فرما شد. همه فکر می‌کردند که او سخنانی بی‌نظیری بر زبان خواهد آورد، ولی خیر؛ تنها اتفاقی که افتاد این بود: دو سنجاب در حال دعوا، دویدن و جیغ زدن بر روی سقف بودند.

لین شی لبخندی زد و مرد... ولی پیام خود را به حاضران رساند: بین هیچ‌چیز، از کوچک و بزرگ یا پیش‌پاافتاده و مهم، فرق نگذارند.

همه چیز مهم است. لحظهٔ مرگ لین شی همان‌قدر مهم است که دویدن آن دو سنجاب بر روی سقف؛ تفاوتی بین آن‌ها وجود ندارد. در هستی همه چیز یکی و یکسان هستند. عصارهٔ کل فلسفه و تعالیم او چنین بود: بزرگ و کوچک، مهم و غیر مهم وجود ندارد؛ این برداشت و تعبیر انسان‌هاست که به آن‌ها موجودیت می‌بخشد.

بنابراین، اگر ذهن و نگاه آدمی از گزینش و ارزش‌گذاری خودمدارانه رهایی یابد، همه چیز در نزد او تجلی عظمت و حیرت است؛ از ریزترین تا بزرگ‌ترین. کافی است از پیش‌داوری، پیش گزینی، پیش ارزنده سازی و پیش انگاری آزادشویم. درواقع، بی‌اهمیت ندادن است که همه چیز اهمیت می‌یابند!

عطار با بیانی ژرف می‌سراید:

کس نداند کاندر این بحر عمیق

سنگ‌ریزه قدر دارد یا عقیق

شکسپیر هم با نگاهی زیبا و عمیق می‌گوید:

هیچ‌چیز نیست، مگر آنچه نیست!

کار

روزی از فرمانروایی پرسیدند: "تو که چند سال پیش پینه‌دوزی بیش نبودی چطور به فرمانروایی رسیدی."

او پاسخ داد من پینه‌دوز خوبی بودم

جبران خلیل جبران در مورد کار می‌گوید:

کار کردن همگام شدن با زمین و آسمان است؛ و بیکارماندن بیگانه گشتن با بهار و تابستان و خزان و زمستان است. وقتی کار می‌کنی وجودت به نی لبکی می‌ماند که از مجرای آن نجوای زندگی به آهنگ بدل می‌گردد. آیا دوست می‌داری وقتی همه آواز می‌خوانند تو نی لبکی گنگ و خاموش باشی؟ پیوسته با تو گفته‌اند که کار نفرین و لعنت است و تلاش، بلا و بدبختی؛ اما من با تو می‌گویم وقتی کار می‌کنی، نقشی از برترین رؤیای زمین را که در آغاز به نام تو نوشته‌اند جان می‌بخشی. دوستی با کار به حقیقت عشق به زندگی است و عشق به زندگی در کار، دمسازشدن با اسرار حیات است. اگر هنگام کار، زمین و زمان را ملامت کنی و تولد را، بلا و بدبختی؛ تحمل بار تن را لعن و نفرین می‌خوانی که در ازل بر پیشانی تو نقش بسته است. من با تو می‌گویم که این لعنت را جز با عرق جبین پاک نمی‌توان کرد.

همچنین با تو گفته‌اند که زندگی ظلمت است و تو با ملامت کلام افسردگان را تکرار می‌کنی؛ اما من با تو می‌گویم زندگی به حقیقت ظلمت است، مگر شوق و شور در میان باشد، و شوق و شور کور و بی‌هدف است مگر دانش در میان باشد و دانش پوچ و بی‌حاصل است، مگر کار در میان باشد؛ و کار تهی و بی‌جان است مگر عشق در میان باشد و هنگامی که با عشق کار کنی، خود را با خود و با خلق و با خدا پیوند می‌دهی.

و اکنون با تو بگویم که کار با عشق چیست؟ کار با عشق آن است که پارچه‌ای را با ناروپود قلب خویش ببافی، بدین امید که معشوق تو آن را بر تن خواهد کرد. کار با عشق آن است که خانه‌ای را با خشت محبت بنا کنی، بدین امید که محبوب تو در آن زندگی

خواهد کرد. کار با عشق آن است که دانه‌ای را با لطف و مهربانی بکاری و حاصل آن را با لذت درو کنی، چنانکه گویی معشوق تو آن را تناول خواهد کرد. کار با عشق آن است که هر چیز را با نَفَس خویش جان دهی و بدانی که تمام پاکان و قدیسان عالم در کار تو می‌نگرند.

کار تجسم عشق است؛ کار عشق مجسم است. اگر نمی‌توانی با عشق کار کنی، اگر جز با ملالت و بیزاری کاری از تو نمی‌آید، بهتر است کار خود را ترک کنی و بر دروازهٔ معبد بنشینی و صدقات کسانی را که با عشق کار می‌کنند بپذیری؛ زیرا اگر بی عشق پخت کنی، نانی تلخ از تنور به در خواهد آمد که گرسنه را نیم سیر گذارد.

شکرگزار باشیم

یک مقدسی اربیلی بود که ماه‌های رمضان منبر می‌رفت و هر روز یک شکر می‌کرد به اسم. «سی شکر». روزانه یک نعمتی را کشف می‌کرد و به مردم که از فقر و بیماری در رنج بودند می‌گفت: "بگویید شُکر"

مردم می‌پرسیدند: "این بار برای چه؟ ما که بچه‌مان از بی دارویی، همسرمان از بی‌غذایی تا مرز مرگ رفته‌اند، برای چی باید شکر کنیم.

و آقا می‌فرمودند خدا را شکر کنید که گوشتان زیر بغلتان نیست؛ اگر زیر بغلتان بود تا یکی حرف می‌زد، مدام می‌بایستی دستتان را بلند می‌کردید تا حرف طرف را بشنوید؛ و فکر کنید چه منظرهٔ مضحکی می‌شد! به خصوص در زمستان که لباس زیادی هم پوشیده بودید.

و مردم وقتی فکر می‌کردند، باهم می‌گفتند: "خدا را شکر که گوشمان زیر بغلمان نیست." فردای آن روز می‌آمد و می‌گفت: "مردم امروز خدا را خیلی شکر کنید."

مردم که از رنج روزگار در فقر به سر می‌بردند، می‌پرسیدند: " اینبار برای چی؟"

و آقا می‌فرمود: "فکر کنید همین الاغی که سوار می‌شوید اگر خداوند طوری او را خلق می‌کرد که بر پشتش یک‌چیزی به‌طور عمودی می‌رویید، آن‌وقت چه کار می‌کردید.

حالا که پشت الاغ شاخ ندارد، بلند بگو: "الهی شکرت!"

روز بعد آقا می‌آمد و می‌فرمود: "مردم خدا را شکر کنید."

و مردم می‌پرسیدند: " این بار برای چی"

آقا می‌فرمودند: "تصور کنید که خداوند جنس زمین را از آهن می‌ساخت و چون خواندن نماز بر روی آهن جایز نبود همه‌تان جهنمی می‌شدید؛ پس بگو، الهی شکرت."

روز بعد آقا تشریف می‌آوردند و می‌فرمودند: "مردم امشب خدا را خیلی شکر کنید."

و آقا می‌فرمود:"فکر کنید که اگر من نبودم تا این مسائل را به شما بگویم، شما تا ابد خرفت و خنگ می‌ماندید و آخر کار هم چون خدا را شکر نکرده بودید به جهنم می‌رفتید؛ اما حالا خدا را شکر کنید که به واسطهٔ من همگی‌تان در بهشت با حوری همراه و همدم می‌شوید! پس بلند بگو: الهی شکرت"

لوییز هی با نگاهی ژرف دربارهٔ شکرگزاری می‌گوید:

برای هیچ‌چیز اندیشه نکنید، برای هیچ‌چیز درخواست نکنید، بلکه با نیایش، شکرگزاری و سپاسگزاری خواسته‌های خود را به خداوند عرضه کنید. ایمان داشته باشید که برکات به سوی شما سرازیر می‌گردند. پس با اطمینان شکرگزاری کنید، باهمان اطمینان که چراغ برق را روشن می‌کنید!

جی پی واسوانی هم شکرگزاری را عامل برکت دانسته و می‌گوید:

کسانی که هر پگاه و هر شامگاه خداوند را سپاس می‌گزارند، برکات الهی را برای خود ارزانی می‌دارند!

و علی (ع) هم می‌گوید:

نعمت از سپاسگزاری دوام یابد!

پاکی خالص!

تابستان سال ۱۳۸۶ سریالی از تلویزیون پخش گردید به نام « یادداشت‌های کودکی » این سریال ماجرای فرد معتادی بود که همسرش به خاطر اعتیاد از او طلاق گرفته بود. او برای کسب رضایت همسرش باید اعتیادش را ترک می‌کرد. حدود یک ماه خود را در سرداب یک خانه قدیمی محبوس کرد تا ترک اعتیاد کند. پس از یک ماه آزمایشِ اعتیاد داد و نتیجهٔ آزمایش را نزد همسرش برد؛ همسرش با این‌که جواب منفی اعتیاد را در برگهٔ آزمایش مشاهده کرد اما راضی به بازگشت به خانه نشد و این آزمایش را کافی ندانست؛ زیرا مطمئن نبود که همسرش در آینده دوباره به سراغ آن مادهٔ لعنتی نرود. زن برای اطمینان از ترک اعتیادش و هر نقشه‌ای کشید؛ او توسط یک رابط بستهٔ هروئینی را برای همسرش فرستاد، آن هم در شرایطی بسیار بحرانی و نامساعد که شوهر معتادش امیدش را به برگشت زنش ازدست‌داده بود؛ شرایطی که فرد معتاد را به استعمال مجدد مواد مخدر بیش‌تر وسوسه می‌کرد. خانوادهٔ زن برای کسب اطمینان کامل از ترک اعتیاد به چنین امتحان دشوار و طاقت فرسایی دست زده بودند؛ اما شوهر خود را از وضعیت وسوسه انگیز نجات داد و از استعمال سوان مخدر که - حتّی در تنهایی، هم در دسترسش بود -

اجتناب کرد. داشتن موقعیت اعتیاد اما نفی و اجتناب از آن، قرارگرفتن در محیط ناپاک اما پاک ماندن؛ بودن آب فراوان اما در اوج تشنگی هیچ قطره‌ای از آن ننوشیدن! این است هنر پاک ماندن و ضمانت تداوم آن.

فرد معتاد پس از پیروزشدن در این آزمون دشوار اطمینان و اعتماد همسر سابق را برای پیوند مجدد به دست آورد. در کنار این ماجرا فرد دیگری در این مجموعه وجود داشت که مظهر پلیدی، دغل‌بازی، دروغ‌گویی و فتنه‌انگیزی بود. حضور این فرد تبهکار بهترین بستر آزمایش و ابتلای افراد برای نگه‌داشتن پاکی خود در میان ناپاکی‌هاست. او مظهر وسوسه‌های شیطانی بود، زیرا آدمی تا با شیطان مواجه نشود ایمان پایدار نخواهد داشت «هستهٔ معنایی» و محور اصلی پیام این مجموعه همین نکته بود که پاکی انسان‌ها در خلا و به دور از آلودگی‌ها و وسوسه‌های شیطانی و خطرات ناشی از آن ارزش واقعی و ماندگار ندارد؛ بلکه باید در چالش با ناپاکی‌ها و میانهٔ نیرنگ‌ها و دغل‌ها پاکی خود را به اثبات برساند. درواقع شیطان وسیلهٔ پاک شدن و ضمانت کنندهٔ پاک ماندن انسان از پلیدی هاست! تا شیطان (ناپاکی) را از خود به دور نکنیم به پاکی و طهارت پایدار دست نمی‌یابیم.

در آخرین صحنه فیلم تصویری نشان داده می‌شود که فرد تبهکار در محل کار جدید خود (کارواش) مشغول شستن ماشین است. در داخل ماشینی که برای شست و شو به گاراژ آورده شده، همان فرد (معتاد سابق) و باهمسرش که آشتی کرده در کنار هم نشسته‌اند و او با شلنگ فشارقوی در حال شست‌وشوی اتومبیل است! به‌عبارت‌دیگر؛ عامل پاکی فرد معتاد همان فرد ناپاک است! او بود که سبب شد پایداری شوهر در ترک اعتیاد علی‌رغم دراختیارداشتن مواد مخدر ثابت شود. درواقع، ضریب اطمینان و پایداری او در دوری از اعتیاد، عبور از ناپاکی‌ها در حضور محرک‌ها و مشوق‌های آلوده‌کننده بود. *بنابراین تا آدمی از دالان ناپاکی‌ها به سلامت عبور نکند، پاکی خود را تضمین نکرده است. انسان پاک پیشه کسی است که در میان آلودگی‌ها دامن خویش را آلوده نکند وگر نه پاک بودن بدون حضور آلودگی‌ها هنر نیست. ثواب کار بودن بدون موقعیت ارتکاب عمل زشت هنر نیست؛ ایمن بودن بدون حضور خطر و ترس پایدار نیست و نهایتاً این‌که «موحد»، بودن بدون حضور وسوسهٔ شرک عاری از عظمت و اصالت واقعی است.*

ازاین‌رو تا زمانی که از دالان هزارتوی آزمایش و امتحان الهی با سربلندی و عزت عبور نکنیم، نمی‌توانیم به پارسایی و پاکدامنی خویش امیدوار باشیم.

در پایان فراموش نکنیم سرودهٔ خواجهٔ شیراز را:

در خرابات مغان نور خدا می‌بینم

وین عجب بین که چه نوری ز کجا می‌بینم

تغییر از من آغاز می‌شود

مردی در یک مسابقه نقاشی برنده یک ویولن شد. آن را به خانه برد و به کتاب موسیقی که همراه با آن به او داده بودند، نگاه کرد.

متأسفانه کتاب از بین رفته بود و تنها صفحه سالم کتاب نشان می‌داد که دست چپ روی زه‌ها و دست راست در حال حرکت آرشه است. مرد به‌دقت انگشت‌هایش را روی سیم‌ها گذاشت و با دست دیگرش آرشه را به جلو و عقب به حرکت درآورد. علی‌رغم آنکه از نواختن او فقط یک صدا شنیده می‌شد اما همه روزه به تمرینش ادامه می‌داد و زنش هم از شنیدن آن صدای ناهنجار عصبانی می‌شد.

روزی زنش به کنسرت رفت؛ صندلی او در سالن نمایش از جایگاه نوازنده ویولن در ارکستر فاصله چندانی نداشت. او از آوایی که نوازنده می‌نواخت، لذت برد؛ به انگشتان نوازنده روی زه‌ها و حرکت آرشه نگاه کرد، بسیار زیبا بود. درحالی‌که به خانه برمی‌گشت با خود فکر کرد که به شوهرش که فقط یک نت را می‌نواخت بگوید از ویولنش چه آواهای زیبایی می‌تواند نواخته شود، اما فکر که ممکن است شوهرش از این حرف ناراحت شود. وقتی به خانه رسید شوهرش در حال نواختن ویولن بود.

زن پرسید: "عزیزم، می‌توانم از تو سؤالی بکنم."

و شوهرش درحالی‌که همچنان مشغول آرشه کشیدن بود، جواب داد: "بله چرا که نه"

زن گفت در کنسرت دیده نوازنده ویولن انگشتانش را از بالا به‌پایین و از چپ به راست روی زه‌ها حرکت می‌دهد و دست راستش هم آرشه را گاه آهسته و گاه سریع به حرکت درمی‌آورد. زن موضوع را با لحنی ملایم گفت تا شوهرش ناراحت نشود."

در ادامه صحبتش گفت: "او نمی‌دانم چرا او دست‌هایش را تا این حد سریع حرکت می‌داد، اما انگشتان تو فقط در یک نقطه قرار می‌گیرند.

شوهرش جواب داد: "آن نوازنده دنبال جایی می‌گردد که انگشتانش را آنجا مستقر کند، اما من جای ثابت آن‌ها را پیدا کرده‌ام."

زیگ زیگلار

نکته: انسان‌ها اغلب به این دلیل از تغییر می‌ترسند که نگران ناشناخته‌ها هستند. پت پالسون، طنزپرداز، می‌گوید "از تنها چیزی که باید بترسیم، خود ترس است."

انسان‌ها اغلب دلبسته چیزهایی هستند که برایشان آشناست، حتی اگر از آن راضی نباشند. ترس آن‌ها را متوقف می‌کند و این در حالی است که تنها راه برخورد با ترس، انجام کارهایی است که از آن‌ها بیم داریم.

بزرگ‌ترین بیم بشر از تغییر است. مردم از افکار جدید، عادت‌های جدید، محیط جدید و روش جدید می‌ترسند؛ ولی تنها راه زندگی بهتر، آمادگی شما برای قبول تغییر و عملی کردن تحولات بزرگ است؛ پس خودتان را عوض کنید.

السل رابینون

زنداني

ذهن ما زندان است

ما در آن زندانی

قفل آن را بشکن

درِ آن را بگشای

و برون آی ازین دخمه ظلمانی

نگشایی گلِ من

خویش را حبس در آن خواهی کرد

همدم جهل در آن خواهی شد

همدم دانش و دانایی محدوده خویش

و در این ویرانی

همچنان تن گنظر می مانی

هر کسی در قفس ذهنی خود زندانی است

ذهن بی پنجره بی پیغام است

ذهن بی پنجره دودآلود است

ذهن بی پنجره بی فرجام است

بگشاییم در این تاریکی، روزنه ای

و بسازیم در آن پنجره ای

بگذاریم ز هر دشت نسیمی بوزد

بگذاریم ز هر موج خروشی بدمد
بگذاریم که هر کوه طنینی فکند

بگذاریم ز هر سوی پیامی برسد
بگشاییم کمی پنجره را
بفرستیم که اندیشه هوایی بخورد
و به مهمانی عالم برود
گاه عالم را در خود به ضیافت ببریم
بگذاریم به آبادی عالم قدمی
و بنوشیم ز میخانه هستی قدحی
طعم احساس جهان را بچشیم
و ببخشیم به احساس جهان خاطرهای
ما به افکار جهان درس دهیم
و ز افکار جهان مشق کنیم
و به میراث بشر
دین خود را بدهیم
سهم خود را ببریم
خبری خوش باشیم
و خروسی باشیم که سحر را به جهان مژده دهیم
نور را هدیه کنیم
و بکوشیم جهان
به طراوت و ترنم
تسکین و تسلی برسد
و برویید گُل بیداری، دانایی، آبادی،
در ذهن زمان

و برویید گل بینایی، صلح، آزادی، عشق
بر روی، زمین
ذهن ما باغچه است، گل باید در آن کاشت

و نکاری گل من، علف هرز در آن می‌روید

زحمت کاشتن یک گل سرخ

کمتر از زحمت برداشتنِ هرزگیِ آن علف است

گل بکاریم بیا

تا مجال علف هرز فراهم نشود

بی گل آرایی ذهن

نازنین، نازنین

هرگز

آدم، آدم نشود .

مجتبی کاشانی

نخ و سوزن

روزی پادشاهی به دیدار استادی بزرگ رفت و برایش هدیه‌ای هم برد؛ یک جفت قیچی الماس نشان که بسیار گران‌بها، کمیاب و بی‌نظیر بود. زمانی که به استاد رسید بر روی پاهایش افتاد و هدایایش را تقدیم نمود.

استاد فرزانه قیچی‌ها را گرفت و نگاهشان کرد، سپس آنها را به پادشاه پس داد و گفت آقا، برای هدایایی که آورده‌اید بسیار ممنونم. این هدایا بسیار زیبا هستند، ولی برای من قابل‌استفاده نیستند، اگر سوزن و نخ ساده برایم می‌آوردید بسیار ممنون می‌شدم، بنده به قیچی نیاز ندارم اما به سوزن و نخ احتیاج دارم.

پادشاه گفت: "نمی‌فهمم! اگر شما به سوزن و نخ احتیاج دارید، پس به قیچی هم نیاز خواهید داشت."

استاد گفت: "من به قیچی نیاز ندارم زیرا قیچی همه چیز را از هم جدا می‌کند، ولی به نخ و سوزن احتیاج دارم چون همه چیز را به هم وصل می‌کند. تمام آموزش من بر اساس عشق است یعنی اتصال همه چیز به هم. من به همه می‌آموزم تا باهم یکی شوند. پس فقط به نخ و سوزن

احتیاج دارم تا مردم را به هم وصل کنم. قیچی‌ها برایم قابل‌استفاده نیستند؛ زیرا جدایی می‌آورند. خواهش می‌کنم دفعه بعد که آمدید، نخ و سوزنی ساده برایم بیاورید که همان برایم کافی است.

دوستی نخی طلایی است که قلب همه مردم جهان را به هم می‌دوزد.

جان اژلین

اولویت

مردی برای تماشای مسابقه‌ای به ورزشگاه رفت و در سر جای خود در بالای پله‌های سالن ورزشگاه نشست. هنگام شروع مسابقه متوجه شد بعضی از صندلی‌ها خالی هستند؛ به سمت یک صندلی رفت که مردی روی آن نشسته بود و صندلی کناری‌اش نیز خالی بود و پرسید: "ببخشید، این صندلی جای کسی است."

مرد جواب داد: "نه جای کسی نیست. درواقع جای همسرم است که آلان درگذشته؛ ما از سال ۱۹۶۷ که باهم ازدواج کردیم، هر سال به تماشای این مسابقه می‌آمدیم."

"خیلی متأسفم؛ اما چرا با یکی از دوستان یا بستگان خود نیامده‌اید."

مرد جواب داد: "آن‌ها همه رفته‌اند در مراسم خاک‌سپاری همسرم شرکت کنند."

نکته: اولویت‌ها ثابت نمی‌مانند. باید همواره اولویت‌های خود را از نو بررسی و تحلیل کنیم. چرا؟ به این دلیل که اوضاع مرتب تغییر می‌کند، درنتیجه روش انجام کارها هم تغییر می‌کند. به‌طورمعمول ارزش‌های ما ثابت باقی می‌مانند، اما این‌که برای رعایت آن‌ها چه‌کارهایی را باید زودتر یا دیرتر انجام دهیم، تغییر می‌کنند. ازاین‌رو باید انعطاف‌پذیری داشته باشیم.

قلعه اسرارآمیز

باربارا دی، آنجلس، نویسنده و سخنران مشهور داستانی از زمانی که ۵ ساله بوده نقل می‌کند. او تعریف می‌کند وقتی تبلیغات تلویزیونی مربوط به قلعه‌ای اسرارآمیز را برای کودکان ساخته شده بود، می‌بیند برای متقاعدکردن مادرش جهت خریدن آن قلعه اسرارآمیز بسیار اصرار می‌کند و حال ادامه داستان از زبان خودش:

نمی‌دانم چطور به خانه رسیدیم. تنها چیزی که به یاد دارم این است که دوان دوان به اتاقم رفتم و جعبه‌های قلعه را با دقت تمام از کیسه درآوردم و روی تختخوابم گذاشتم. دستم را داخل جعبه

مقوایی بردم و چیزی حس نکردم؛ دستم نه به برج و بارویی خورد و نه خندقی و نه هیچ‌چیز دیگر، نه سقفی، نه دیواری، هیچ‌چیز.

بالاخره دستم به کف جعبه که رسید احساس کردم کپهای از قطعات بسیار کوچک و ریز آنجا هستند و خش خش می‌کنند.

محتویات جعبه را روی تختخوابم خالی کردم و ۲۷۷ قطعه پیش ساخته جدا از هم که قرار بود قلعه اسرارآمیز من باشند، به اضافه چندین لوله چسب، رنگ و قلم مو و یک جزوه ۲۴ صفحه‌ای که مراحل ساخت و سوار کردن قلعه را یکی یکی به تصویر کشیده بود، مقابل خود دیدم. روی زمین نشستم و درحالی‌که ماتم برده بود، به قطعات طلسم شده که روی تختم ولو شده بودند، زل زدم. حالم خیلی بد شده بود. من منتظر یک قلعه سحرآمیز و جادویی آماده بودم و به‌جای آن ۲۷۷ قطعه پلاستیکی که می‌بایست خودم آن‌ها را سوار می‌کردم،

به من زل زده بودند. رؤیاهایم نقش بر آب شده بود. گریه‌ام گرفت. هق‌هق می‌کردم. گریه‌ام شبیه گریه کسی بود که به این حقیقت تلخ رسیده که دنیا جای مزخرفی است. مادرم همین که صدای مرا شنید، وارد شد و درحالی‌که نگران شده بود، مرا بغل کرد و پرسید:"چی شده عزیزم! از هدیه‌ای که برایت خریده‌ام خوشت نمی‌آید."

زیر لب گفتم: "آن ... آن ... آن قلعه درست نیست."

بلند شد و روی تخت را نگاه کرد.

"مگر چه عیبی دارد؟ چسب، پنج تا رنگ، قلم مو، قطعه‌های پلاستیکی، کتابچه راهنما؛ همه چیز که اینجا سرجایش است."

مادرم مرا بغل کرد و روی پاهای خود نشاند و با ملایمت و مهربانی گفت: "بارباربای عزیزم! قلعه هیچ ایرادی ندارد. باید هم همین‌طوری باشد و تو خودت آن را بسازی. این نوعی اسباب‌بازی است که بچه‌ها با آن تمرین می‌کنند تا هوش و خلاقیتشان رشد کند.

عزیزم، دفترچه راهنما به تو نشان می‌دهد که چطور باید قلعه را درست کنی درست نمی‌آید چندروز قلعه‌ام را کنار گذاشتم و به آن دست نزدم، اما به یاد دارم که همان شب آن را داخل جعبه‌اش گذاشتم و روی یکی از طبقات کمدم جا دادم. بدجوری از این‌که حاضر و آماده نبود و از قبل ساخته نشده بود، عصبانی بودم. تا این‌که یک روز بعدازظهر به سراغ قلعه اسرارآمیزم رفتم و آن را روی تختخوابم گذاشتم. دفترچه راهنمای آن را باز و شروع به خواندن کردم.

چندهفته طول کشید تا بالاخره توانستم قلعه را سرهم کنم و بسازم. روی تختخوابم نشستم و به قلعه اسرارآمیزم که آن را لبه پنجره اتاقم قرار داده بودم، خیره شدم. احساس خوب و شگفت‌انگیزی داشتم؛ نه به این دلیل که یک قلعه سحرآمیز داشتم و می‌توانستم با آن بازی کنم،

بلکه به این دلیل که خودم آن را ساخته بودم. شاید اگر آن قلعه را به صورت پیش ساخته خریده بودم، علی‌رغم ساخت و رنگ‌آمیزی کامل و بی‌عیب و نقصش تا این حد از آن لذت نمی‌بردم چون هیچ کاری برای ساخت آن به من واگذار نشده بود. سر واقعی و راستین آن قلعه‌این بود که من قطعات آن را در کنار هم چیدم و آن را ساختم، اما درواقع قلعه بود که مرا ساخته و پرداخته کرده بود.

از روزی که به آن مغازه اسباب‌بازی فروشی رفتم سی سال گذشته است؛ در این سال‌ها با چالش‌ها و بحران‌های شخصی و شغلی زیادی در زندگی‌ام روبه‌رو بوده‌ام. بسیاری مواقع زندگی‌ام درست مثل عکس روی جعبه آن قلعه اسرارآمیز به نظر می‌رسید؛ به این معنی که همیشه از قبل تصویری ذهنی داشتم که زندگی‌ام باید چنان و چنین باشد، اما در عمل زندگی واقعی‌ام شبیه تخت خوابم بود که مقدار زیادی قطعه ساخته شده، رنگ‌آمیزی شده و گیج کننده این طرف و آن طرف آن پخش وپلا و منتظر بودند تا من آن‌ها را به هم بچسبانم.

در این لحظات عصبانی و مأیوس می‌شدم و می‌ترسیدم، درست مثل موقعی که نُه ساله بودم شکوه می‌کردم که چرا دنیا این‌طور است؟

چرا زندگی‌این‌قدر سخت است؟ چرا همه چیز از قبل ساخته و آماده نیست؟ اما هربار که این احساسات به سراغم می‌آمد، قلعه‌ام را به یاد می‌آوردم؛ قلعه‌ای که به من کمک کرد یاد بگیرم چگونه رؤیاهایم را تحقق بخشم و به من یاد داد زندگی یعنی خودت قطعه‌های گمشده وجودت را به هم بچسبانی و خودت را جمع وجور کنی.

زندگی پیش ساخته نیست. آن قلعه به من یاد داد هدف زندگی‌ام این نیست که همه چیز عالی، ایده آل و بی‌عیب و نقص باشد، درست مثل عکس روی جعبه مقوایی؛ بلکه هدف زندگی این است که از وقایع و رویدادهای زندگی‌مان صبوری، جرئت، شهامت و پذیرش را بیاموزیم

تشویق اکسیژن روح است

روزی پیرمردی پیش دانته گابریل روستی، شاعر و نقاش مشهور قرن نوزدهم، رفت. او تعدادی طرح و نقاشی به روست ی نشان داد و از او تقاضا کرد نظر خود را در مورد آن‌ها و اسعداد احتمالی نقاش آن به او بگوید.

روستی به‌دقت به آن‌ها نگریست و پس، از مشاهده چندی از آن‌ها دریافت که هیچ یک از آن‌ها ارزش هنری ندارن دو نقاش آن‌ها از حداقل استعداد ممکن برخوردار است. روستی مردی مهربان بود، باوجود این حاضر به دروغ گفتن نشد و ضمن عذر خواهی از صراحت لهجه، به نرمی به

پیرمرد گفت که تصاویر فاقد ارزش هنری هستند. پیرمرد دلسرد و مأیوس شد اما گویی انتظار چنین حرفی را از روستی داشت. او ضمن عذرخواهی از گرفتن وقت گران‌بهای روستی، دوباره از او خواست که به تصاویر دیگری که توسط یک هنرمند جوان کشیده شده بود، نگاهی بیندازد و نظر خود را اعلام کند.

روستی به طرح‌ها و نقاشی‌ها نگاه کرد و بلافاصله تحت تأثیر استعداد نهفته در آن‌ها گفت: "آه این طرح‌ها به‌راستی عالی هستند."

وجود این هنرمند جوان سرشار از استعداد است. این هنرمند جوان را باید در راهی که پیش‌گرفته یاری داد و دلگرم و تشویق کرد. اگر به کارش بچسبد و سخت کار کند، آینده روشنی در انتظارش خواهد بود.

روستی وقتی دید پیرمرد بینوا به‌شدت متأثر شده، پرسید: "این هنرمند جوان کیست؟ پسرتان است؟"

پیرمرد حزن آلود گفت: "نه پسرم نیست، خودم هستم. آن‌ها را چهل سال پیش کشیده‌ام؛ اما اگر ستایش و تشویق شما را در آن زمان شنیده بودم، دچار ناامیدی نمی‌شدم و راهم را ادامه می‌دادم."

نکته: با تشویق می‌توان نیروهای خفته و زنگ زده را بیدار و نیروهای بیدار و برانگیخته را برای همیشه پایدار و استوار کرد.

چارلز شواب می‌گوید:

هنوز کسی را پیدا نکرده‌ام که در شرایط انتقاد بهتر از شرایط تشویق و تأیید کار کند.

و در جای دیگر می‌گوید:

بهترین راه شکوفا ساختن خوبی‌هایی که در یک فرد وجود دارد، سپاسگزاری و تشویق است.

سؤال‌های مهم

از دیدگاه برایان تریسی چهار سؤال وجود دارند که برای تبدیل شدن به یک شخصیت موفق می‌توانید آن‌ها را از خود بپرسید. این چهار سؤال عبارتند از:

✓ چگونه دنیایی می‌داشتم، اگر همه اشخاص حاضر در آن مانند من بودند؟

✓ چگونه کشوری می‌داشتم، اگر همه اشخاص حاضر در آن مانند من رفتار می‌کردند؟

✓ چگونه شرکتی می‌داشتم، اگر همه کارکنانآن مانند من بودند؟

✓ چگونه خانواده‌ای می‌داشتم، اگر همه افراد آن مانند من رفتار می‌کردند؟

خشم و اندوه

در سرزمینی جذاب و رؤیایی، که مردم هرگز به آن نخواهند رسید یا شاید جایی که در آن مردم بدون این‌که متوجه باشند به سوی جاودانگی و ابدیت رهسپارند، در سرزمینی که چیزها بندرت ملموس و محسوس هستند؛ دریاچه‌ای بسیار آرام و زیبا وجود داشت.

دریاچه‌ای کم‌عمق با آبی پاک و زلال که در نزدیکی یک دریا قرارگرفته بود، دریاچه‌ای سبز گون با انعکاس پی‌درپی نور آفتاب بر دریاچه و ماهیانی رنگارنگ که در آن شنا می‌کردند.

یک روز خشم و اندوه به این دریاچه رفتند تا باهم در آنجا شنا کنند، هر دو لباس‌هایشان را درآوردند و به درون آب رفتند. خشم بدون این‌که در نظر بگیرد چرا درون آب رفته، خیلی تند و سریع همان‌طور که طبیعتش ایجاب می‌کند، از آب بیرون آمد.

از انجا که خشم کور است یا دست کم واقعیت‌ها را به‌طور واضح نمی‌بیند و آن‌ها را از هم تشخیص نمی‌دهد، اولین لباسی که به چشمش خورد برداشت و به تن کرد. از قضا لباسی را پوشید که لباس خودش نبود؛ لباس اندوه را بر تن کرده بود. به‌این‌ترتیب خشم با لباس اندوه به راه افتاد و رفت تا مثل همیشه با خیال راحت سر جایش قرار بگیرد.

اما اندوه بدون توجه به گذر زمان و بی‌آنکه عجله کند، آب‌تنی‌اش را تمام کرد و از دریاچه خارج شد و متوجه شد لباس‌های نیست.

همان‌طور که می‌دانیم، تنها چیزی که اندوه دوست ندارد این است که لخت و عریان باشد. به‌ناچار تنها لباسی را که برجای‌مانده بود، یعنی لباسِ خشم را، پوشید. گفته می‌شود از آن زمان به بعد، وقتی‌که انسان باخشم روبه‌رو می‌شود کور، سنگدل، وحشتناک و ناراحت است؛ اما اگر به خودمان فرصت دهیم و خوب ببینیم، درمی‌یابیم که این خشمی که می‌بینیم، فقط یک لباس مبدل است که در پشت آناندوه پنهان شده است.

مدرسه عشق

در مجالی که برایم باقی است
باز همراه شما مدرسه‌ای می‌سازیم
که در آن همواره اول صبح

به زبانی ساده
مهر تدریس کنند
و بگویند خدا
خالق زیبایی
و سراینده عشق
آفریننده ماست
مهربانی است که ما را به نکویی
دانایی، زیبایی و به خود می‌خواند
جنتی دارد نزدیک، زیبا و بزرگ
دوزخی دارد به گمانم
کوچک و بعید
در پی سودایی است
که ببخشد ما را
و بفهماندمان
ترس ما بیرون از دایره رحمت اوست
در مجالی که برایم باقی است
باز همراه شما مدرسه‌ای می‌سازیم
که خرد را با عشق
علم را با احساس
و ریاضی را با شعر
دین را با عرفان
همه را با تشویق تدریس کنند
لای انگشت کسی
قلمی نگذارند
و نخوانند کسی را حیوان
و نگویند کسی را کودن
و معلم هر روز
روح را حاضر و غایب بکند
و جز از ایمانش

هیچ‌کس چیزی را حفظ نباید بکند
مغزها پر نشود چون انبار
قلب خالی نشود از احساس
درس‌هایی بدهند
که به‌جای مغز، دل‌ها را تسخیر کند
از کتاب تاریخ، جنگ را بردارند
در کلاس انشا
هر کسی حرف دلش را بزند
غیرممکن را از خاطره‌ها محو کند
تا کسی بعد از این
بازهمواره نگوید:"هرگز"
و به‌آسانی هم‌رنگ جماعت نشود
رنگ نقاشی تکرار شود
رنگ را در پاییز تعلیم دهند
قطره را در باران
موج را در ساحل
زندگی را در رفتن و برگشتن از قله کوه
و عبادت را در خلقت خلق
کار را در کندو
و طبیعت را در جنگل و دشت
مشق شب این باشد
که شبی چندین بار
همه تکرار کنیم:
عدل، آزادی، قانون، شادی
امتحانی بشود
که بسنجد ما را
تا بفهمند چقدر
عاشق و آگه و آدم شده‌ایم
در محالی که برایم باقی است

باز همراه شما مدرسه‌ای می‌سازیم

که در آن آخر وقت

به زبانی ساده

شعر تدریس کنند

و بگویند که تا فردا صبح

خالق عشق نگهدار شما

مجتبی کاشانی

خودخواه نباشیم!

جانی یکی از سه بزغالهٔ سالم و تنومند خانواده‌اش بود که با یک بزغالهٔ نر به نام بیلی در همسایگی‌شان دوست شده بود. او هر روز مقداری علف و کاهو به دندان می‌گرفت و آن‌ها را برای صبحانه بیلی می‌برد. دوستی آن‌ها آن‌قدر عمیق بود که جانی هر روز ساعت‌ها وقت خود را در هم‌نشینی دلپذیر با بیلی می‌گذراند.

یک روز برحسب اتفاق جانی تصمیم گرفت، تغییراتی در برنامه غذایی بیلی ایجاد نماید. بنابراین وقتی‌که او به ملاقات دوستش رفت، به‌جای کاهو مقداری یونجه با خود برد. بیلی ذره‌ای یونجه را به دندان برد، اما خوشش نیامد و آن را بیرون انداخت. جانی با یکی از شاخهایش بیلی را نگه داشت و سعی کرد او را به زور وادار به خوردن یونجه کند. بیلی ابتدا به‌آرامی با سرش جانی را عقب زد ولی چون جانی به سماجتش ادامه داد، در اثر ضربهٔ سر بیلی لیز خورد و به پهلو محکم به زمین خورد. جانی که خیلی آزرده‌خاطر شده بود، از آن روزبه هر روز خودش را برُس می‌زد تا بدرخشد و در مقابل بیلی راه می‌رفت و دور می‌شد و دیگر برنمی‌گشت تا آزردگی اش را به او نشان دهد.

روزهای بعد وقتی پدرش از او پرسید: "را دیگر پیش بیلی نمی‌روی."

جانی پاسخ داد: "او مرا رد کرده است."

نکته: مطمئن‌ترین راه برای نابودی رابطه‌ها این است که بر انجام همه چیز به روش دلخواه خودمان پافشاری کنیم.

اشتباه و فرصت

در یکی از رستوران‌هایی که در کوهپایه‌های اسکاتلند قرار داشت گروهی ماهیگیر دورهم جمع شده و در حال خوردن قهوه و گپ زدن بودند. درست در لحظه‌ای که یکی از ماهیگیران با دست خود در حال نشان دادن اندازهٔ ماهی بزرگی بود که از تورشان دررفته بود،

پیشخدمتی از کنار او گذشت و ضربهٔ دست او باعث شد لیوان قهوه با محتویات آن به دیوار سفید رستوران پاشیده شود و لکهٔ سیاه آن به‌پایین دیوار هم ادامه پیدا کند. پیشخدمت با دیدن منظره بی‌درنگ دستمالی از پیشبند خود بیرون کشید و به تمیزکردن آن پرداخت، اما اثر قهوه از روی دیوار زدوده نشد.

در آن لحظه مردی از پشت یکی از میزهای رستوران بلند شد و به سمت لکهٔ سیاه رفت. او یک مداد شمعی از جیب خود درآورد و درحالی‌که همه به او خیره شده بودند، شروع به کشیدن طرحی روی لکهٔ قهوه کرد. چنددقیقه‌ای نگذشته بود که تصویر زیبایی از یک گوزن با شاخ های بلند روی دیوار نقش بست. این هنرمند فرزانه کسی جز ادوین لندسر نبود. او در زمان خود از پیشگامان نقاشی حیوانات در انگلیس بود.

مرتکب اشتباه شدن در زندگی همهٔ ما وجود دارد، اما در زندگی هستند کسانی که اشتباه را با آغوش باز می‌پذیرند، آن را تغییر می‌دهند و به چیزی دلپذیر تبدیل می‌کنند.

رشد یعنی تغییر

هاورد هندریکز در کتابش به نام بیاموزید زندگی‌ها را تغییردهید انسان‌ها را به چالش دعوت می‌کند:

جایی در حاشیه این صفحه، پاسخ خود را به این پرسش بنویسید: این اواخر چه تغییری کرده‌اید؟ مثلاً در هفته گذشته؟ یا در ماه گذشته؟ سال گذشته؟ آیا می‌توانید به‌طور مشخص جواب دهید؟ یا جوابتان مبهم است؟ می‌گویید:" پیشرفت کرده‌ام."

قبول؛ اما چطور؟ می‌گویید:

"خب، در زمینه‌های مختلف"

عالی است! یک مورد را نام ببرید. می‌سند آموزش مؤثر فقط از طریق فردی تغییریافته ممکن است. هر چه بیشتر تغییر کنید، بیشتر می‌توانید ابزاری برای تغییر زندگی دیگران باشید. اگر بخواهید عامل تغییر باشید، خودتان هم باید تغییر کنید.

متأسفانه بسیاری از انسان‌ها از مقطعی به بعد دیگر تغییر نمی‌کنند. مثل هنری فورد به‌گونه‌ای که شرح حالش در زندگی‌نامه پرفروش او، یعنی فورد: انسان و ماشین، نوشته رابرت لیسی، توصیف شده است.

لیسی می‌گوید فورد خودروی مدل تی خود را به‌قدری دوست داشت که دلش نمی‌خواست حتی مدل کمربند آن را تغییر دهد. او حتی ویلیام نادسن، مدیر تولید بی‌نظیرش را اخراج کرد چون نادسن عقیده داشت خورشید فورد مدل تی در حال غروب است. این اتفاق سال ۱۹۱۲ رخ داد، زمانی که مدل تی چهارساله و در اوج محبوبیت بود. فورد تازه ا ز گردش دور اروپا برگشته بود و به گاراژ هایلندپارک در میشیگان رفت و طرح جدید نادسن را دید.

مکانیک‌های حاضر در آنجا بازگو کردند که فورد چگونه از کوره در رفت و روغن جلای قرمز و براق را روی نسل جدید و اسپورت مدل تی که آن را نمونه بدترکیبِ مدل تی دوست داشتنی‌اش می‌دانست، ریخت.

یک شاهد عینی توضیح داد:"فورد دستانش را در جیب فرو برد و سه چهار بار دور آن خودرو چرخید؛ خودروی چهاردری که کمک فنرهایش خوابیده بود. دست آخر به سمت چپ خودرو رفت و دستانش را بیرون آورد. در را گرفت و محکم به هم کوبید! در از جا کنده شد! چطور دلش آمد این کار را بکند، نمی‌دانم! پرید و در دیگر را شَتَرق بست؛ به شیشه جلو ضربه زد؛ روی صندلی عقب پرید و شروع به ضربه زدن به سقف کرد؛ با پاشنه کفش خود سقف را پاره کرد و تا جایی که می‌توانست، خودرو را داغان کرد

نادسن آن شرکت را ترک کرد و به جنرال موتورز رفت. هنری فورد باهمان مدل تی سر می‌کرد، اما تغییرات خودروهای رقیب آن را بسیار قدیمی‌تر ازآنچه فورد حاضر به اعتراف بود نشان داد. سرانجام رقابت باعث شد او مدل ای را بسازد، اگرچه این کار را از روی میل باطنی نکرد. درحالی‌که جنرال موتورز داشت بازار فورد را می‌قاپید، این مرد مخترع دوست داشت زندگی همان‌جا که هست بماند.

ویلیام ای. هیویت بعد از شنیدن عکس العمل هنری فورد گفت:

برای موفق بودن، باید در سراسر زندگی‌تان سعهٔ صدر پذیرش عقاید تازه را داشته باشید. کیفیت زندگی شما بسته به توانایی شما در ارزیابی افکار جدید و بسته به توانایی‌تان در تفکیک تغییر به صرف تغییر، از تغییر برای خاطر من است.

طوری زندگی کن که...

روزی از روزهای اواخر عمر گاندی هنگامی که سوار قطار شلوغ درجه سه بود چند گزارشگر او را احاطه کردند و خواستند به مردم پیامی بدهد.

گاندی همان‌طور که از در قطار به بیرون خم شده بود گفت:

"آن‌طوری زیستم که تعلیم دادم."

فرزانه فهیم هیو پوتر بعد از شنیدن جواب گاندی گفت:

چنان زندگی کن که انگار هر چه می‌کنی، روزی برملا خواهد شد.

بنی آدم اعضای یک پیکرند

دختر ملانصرالدین گریه‌کنان به نزد او آمد و گفت: "شوهرم مرا کتک مفصلی زده"

ملأ هم چوبی برداشت و او را چوبکاری کرد و گفت:

"برو به شوهرت بگو، اگر دوباره دختر مرا زدی، من هم زنت را می‌زنم."

نکته: این حکایت به تمایز قائل شدن بین خود و دیگران اشاره دارد. در دستور زبان زندگی زناشویی خیلی‌ها « من»، « تو »، « شما » و « ایشان » وجود دارد، اما در قاموس عشق فقط یک‌چیز هست « ما ».

انگشتان یک دست باهم تفاوت دارند، اما این تفاوت به معنای نابرابری و جدایی و تفریق نیست. انگشتان دریک نگاه کلی یک دست را تشکیل می‌دهند. در نگاه مبتنی بر ضعف دست چپ با دست راست متفاوت و از آن جداست، اما دست چپ و راست جزیی از یک کل بزرگ به نام بدن هستند. بدن چیزی نیست جز اعضایی که باهم ارتباط و تعامل سازمان دهی شده دارند. اعضا ب ا هم یک سرنوشت مشترک دارند. اگر دست چپ درد بگیرد، کل اعضا معذب خواهند شد.

به قول شاعر:

چو عضوی به درد آورد روزگار

دگر عضوها را نماند قرار

به سبب ارتباط و اتصال اعضا، اگر دست چپ به دست راست ضربه وارد کند درواقع به خود ضربه زده است. این عمل نوعی خودزنی است. همه انسان‌ها در نگاه کلان، جزیی از یک کل هستند به نام «جامعه بشری»

تمام جدایی‌ها و تفاوت‌ها ظاهری است.

کلیه دسته‌بندی‌ها، مرزها و شکاف‌ها ساختگی است. به قول مادر ترزا:

اگر آرامش نداریم، از آن رو است که از یاد برده‌ایم

به یکدیگر تعلق داریم.

ارتقای کیفیت

بزرگی به اتفاق شاگردانش به بازار مسگرها رفت؛ به یکی از حجره‌ها مراجعه کردند، صاحب آنکه مردی مسگر بود، گفت بیست سال است به مسگری اشتغال دارد؛ سپس دستاوردهایش را به آن بزرگ و شاگردانش نشان داد. وقتی به حجره دوم رسیدند.

مسگر دوم گفت:

"حدود بیست سال به این کار پرداخته است؛ سپس تولیداتش را به آنان نشان داد."

شاگردان نگاهی به هم انداختند و از یکدیگر پرسیدند:

"فرق این دو نفر چیست؟"

پس از تحقیق معلوم شد مسگر اول یک سال از عمرش را دانش و تجربه اندوخته و نوزده سال کار کرده و دچار روزمرگی شده، درحالی‌که مسگر دوم نوزده سال از عمرش را به کسب دانش، مهارت و تجربه پرداخته و فقط یک سال در این زمینه کار کرده است.

مقایسه تولیدات این دو نفر به‌روشنی نشان می‌داد که مسگر دوم پیوسته در راه ارتقای کیفیت کارش کوشیده بوده است.

دریکی از سمینارهایی که به‌تازگی در زمینه رشد و بهبود زندگی فردی برگزار کرده بودم، فردی از میان جمع برخاست و گفت:

"مدارک دانشگاهی را بهتر است با اعتبار پنج‌ساله صادر کنند و بعد از پنج سال فقط اعتبار مدارکی تمدید شود که صاحبانشان با قبولی در آزمون ثابت کنند از دانش و اطلاعات جدید مطلع بوده و مهارت‌های تازه را به کار می‌گیرند!"

دو زارع را در نظر بگیرید که هر کدام‌یک هکتار مزرعه دارند. زارع اولی از شرایط و امکاناتی مشابه اجدادش استفاده می‌کند اما کشاورز دوم پیوسته با دیگر کشاورزان و زارعان در تماس است،

نظریات مربوط به این رشته را مطالعه می‌کند و از واریته‌های جدید بذر، سم و تجهیزات جدید کشاورزی بهره می‌برد. اینک بگویید کدام‌یک در حرفه‌اش موفق است؟ این نکته را آویزه گوش کنی‌ د که بین سرعت عمل و عمل درست فرق است و هیچ‌گاه با سرعت عمل و انجام کار بیشتر نمی‌توان اشتباهات را جبران کرد. تا وقتی از اصول موفقیت پیروی نکنیم، از کسب اطلاعات و دانستنی‌های جدید و به کارگیری آن‌ها غفلت ورزیم و تعادل و توازن را در امور نادیده‌گیریم، حتی به رغم تلاش و جان‌فشانی بسیار، بازهم به موقعیت دلخواه نمی‌رسیم. درواقع هرگونه تلاش و همت بدون مطالعه، مشاوره و برنامه‌ریزی بی‌ارزش است. برای احداث یک آسمان‌خراش غول‌پیکر سال‌ها به طراحی آن می‌پردازند؛ اما فقط در یک سال آن را می‌سازند. هنگام برنامه‌ریزی، تجزیه و تحلیل شکیبایی پیشه کنید؛ اما در مرحله اجرا و اقدام لحظه‌ای درنگ نکنید. بر این اساس اگر برای بریدن درختی هشت ساعت وقت دارید، شش ساعت آن را به تیزکردن اره اختصاص دهید. بسیاری از مردم وقت و نی روی ارزشمندشان را در راه‌کارهای بی‌مورد و غیرضروری تلف می‌کنند. برای مثال وقت زیادی را به تماشای تلویزیون اخصاص می‌دهند و به‌هیچ‌وجه به فکر بهبود و ارتقای مهارت‌ها و عملکردشان نیستند، درحالی‌که با پرهیز از کارهای بیهوده می‌توانند چالش‌ها را به فرصت‌ها تبدیل کنند.

می‌گویند ناپلئون در هشت دقیقه ناهار می‌خورد و حدود دوازده دقیقه شامش طول می‌کشید و این در شرایطی است که برخی افراد هنگام بیرون آمدن بیش از یک ساعت برای لباس پوشیدن و رسیدن به وضعیت ظاهری‌شان وقت تلف می‌کنند. افرادی که قصد دارند ابزارهای روحی شان را تیز کرده و قابلیت‌های بالقوه شان را به‌طور کامل متجلی سازند، وقت زیادی برای انجام کارهای بی اثر صرف نمی‌کنند. سرمایه‌گذاری در دانستنی‌ها، همیشه بیشترین سود را دارد.

جذابیت و گیرایی

نویسنده مشهور، ران آردن، داستانی را از زندگی شخصی‌اش بازگو می‌کند تا قدرت جذابیت و گیرایی را نشان دهد:

دهه هفتاد به‌واقع پی بردم قدرت جذابیت و گیرایی چه اهمیت و ارزشی دارد. روزی یکی از دوستانمان در لوس‌آنجلس تلفن کرد و از من و همسرم، نیکی، خواست تا در ضیافتی شرکت کنیم که به افتخار ایوان برولد و همسرش ماریان برگزار می‌شد. آن‌ها به‌تازگی از آفریقای جنوبی بازگشته بودند. ایوان دوستی فوق‌العاده و بازیگری توانا بود. او را از زمانی می‌شناختم که در آفریقای جنوبی در نمایش‌ها ایفای نقش می‌کردم. شنبه بعدازظهر به خانه آن‌ها رفتیم و به

گروهی پیوستیم که در باغ بودند. با یکدیگر سلام و احوالپرسی کردیم و به سمت میز نوشیدنی‌ها رفتیم. در آن روز مشاهده کردم همه جذب ایوان می‌شوند و به گرمی با او صحبت می‌کنند. ناگهان حس حسادتم برانگیخته شد. کمی بعد از همسرم پرسیدم: "ایوان چه خصوصیتی داره؟" او لحظه‌ای فکر کرد و گفت: "وقتی ایوان باکسی صحبت می‌کنه، انگار فقط خودشان دو نفر در آنجا حضور دارند. در اون لحظه برای ایوان جز آن فرد کس دیگه‌ای در دنیا حضور نداره و هنگامی که به حرف‌های او گوش می‌کنه، انگار تک تک‌واژه‌ها اهمیت دارند و باید به‌طور کامل به آن‌ها توجه کرد."

که همه رو جذب خودش می کنه؟

وقتی دراین‌باره فکر کردم، متوجه شدم کاملاً حق باهمسرم بود. از زمانی که ایوان را می‌شناختم، او باهمه انسان‌ها چنین رفتاری داشت و پیوسته نیرویی جذب کننده از خود ساطع می‌کرد. به همین دلیل نیز محبوب همه بود.

نکته: ژرف‌ترین نیاز بشر این است که احساس کند دوست‌داشتنی و ارزشمند است. بنابراین، درباره جذابیت و گیرایی به این نکته می‌رسیم که، به دیگران این القا کنید که مهم و ارزشمند هستند. انسان‌ها در حضور شما هر چه بیشتر احساس کنند مهم و ارزشمندند، در نظر آن‌ها دوست‌داشتنی‌تر و گرامی‌تر خواهید بود. اینک باید ببینیم چگونه دیگران را تشویق و ترغیب کنیم تا احساسی خوشایند نسبت به خودشان داشته باشند. این رفتارهای مهم را می‌توان در این پنج ویژگی خلاصه کرد: پذیرش، قدرشناسی، تأیید کردن، تحسین کردن و توجه نشان دادن.

پذیرش: بهترین هدیه‌ای که می‌توانید به دیگران ببخشید این است که به شیوه‌ای مثبت و بی‌چون و چرا به آن‌ها توجه نشان دهید و به‌عبارت‌دیگر، آن‌ها را به‌طور کامل و بی حد و مرز بپذیرید. در این وضعیت هرگز از آن‌ها انتقاد نمی‌کنید یا در جستجوی اشتباهاتشان نیستند، بلکه آن‌ها را به‌طور کامل و همان‌گونه که هستند، می‌پذیرید؛ گویی این افراد معجزه طبیعت محسوب می‌شوند. این مرحله سرآغاز جذابیت است.

اکنون باید پرسید چگونه پذیرش کامل خود را ابراز کنید؟ این کار بسیار ساده است. لبخند بزنید. وقتی در رویارویی با دیگران با شادمانی لبخند می‌زنید، ناخودآگاه عزت‌نفس آن‌ها را افزایش می‌دهید. در این صورت افراد نسبت به خودشان احساسی خوشایند پیدا می‌کنند و می‌پندارند که ارزشمند و مهم‌اند. همچنین به شما علاقه‌مند می‌شوند، زیرا احساسی خوشایند را به آن‌ها

بخشیده‌اید و حتی پس از این‌که کلمه‌ای بر زبان آورید، شما را انسانی جذاب و دوست‌داشتنی می‌دانند.

قدرشناسی؛ هرگاه از دیگران به خاطر کارهای کوچک یا بزرگی که انجام داده‌اند قدرشناسی می‌کنید، عزت‌نفسشان را افزایش می‌دهید. درنتیجه آن‌ها احساس می‌کنند مهم‌تر و دوست‌داشتنی‌تر هستند و انسان‌هایی کاردان و لایق‌اند. ازاین‌رو، خودانگاره آن‌ها اصلاح می‌شود و عزت‌نفسشان افزایش می‌یابد.

اکنون باید پرسید چگونه چنین احساس شگفت‌انگیزی را در دیگران به وجود آوردید؟ پاسخ ساده است؛ فقط در هر شرایط به سبب کارهای کوچک یا بزرگشان از آن‌ها تشکر کنید. به‌این‌ترتیب، عادت می‌کنید قدرشناس همه انسان‌هایی باشید که کاری برایتان‌انجام می‌دهند. از منشی خود تشکر کنید که برای شما کار می‌کند؛ از همسرتان تشکر کنید که به شما کمک می‌کند و از فرزندانتان تشکر کنید که کارهایی ارزشمند انجام می‌دهند. قدرشناسی پیامدی دوجانبه دارد. هرگاه به دیگران لبخند می‌زنید یا از آن‌ها تشکر می‌کنید، علاوه برافزایش عزت‌نفس آن‌ها، بر عزت‌نفس خود نیز می‌افزایید. هرگاه کاری انجام می‌دهید یا چیزی می‌گویید که سبب می‌شود دیگران خودشان را بیشتر دوست بدارند، در حقیقت خودتان نیز بیشتر لذت می‌برید و هر چه بیشتر خودتان را دوست بدارید، به معنای واقعی به دیگران نیز بیشتر علاقه‌مند خواهید شد و کمتر نگران این موضوع خواهید بود که آیا تأثیری خوشایند بر دیگران می‌گذارید یا نه. در این حالت شما به‌طور طبیعی انسانی دوست‌داشتنی و جذاب خواهید بود.

تأیید کردن: می‌گویند تأیید کردن عاملی است که کودکان برای آن گریه می‌کنند و بزرگسالان برای آن می‌میرند. همه انسان‌ها در سراسر زندگی نیازی ژرف و نیمه خودآگاه به تأیید رفتارها و موفقیت‌های خود در وجودشان احساس می‌کنند. هیچ تأییدی تأثیر دراز مدت ندارد. چنین نیازی نیز مانند نیاز به غذا و استراحت همیشگی است و پیوسته به وجود می‌آید. انسان‌هایی که همواره در جستجوی فرصت‌هایی هستند تا دیگران را تأیید کنند، به هرکجا که بروند با استقبالی گرم و گیرا مواجه می‌شوند. شاید بهترین معنای تأیید کردن، همان « تعریف کردن » باشد. این موضوع بسیار اهمیت دارد. هرگاه دیگران را برای انجام کارهای مثبتشان تأیید می‌کنید، عزت‌نفس آن‌ها افزایش می‌یابد و احساسی شگفت‌انگیز نسبت به خودشان پیدا می‌کنند. همچنین، شما را انسانی تأثیرگذارتر، دوست‌داشتنی‌تر و بی‌نهایت جذاب می‌بینند.

تحسین کردن: همه انسان‌ها تحسین شدن را دوست دارند. وقتی دیگران را به سبب ویژگی‌ها، دارایی‌ها یا موفقیت‌هایشان با تمام وجود تحسین می‌کنید، ناخودآگاه احساس آن‌ها را درباره

خودشان بهبود می‌بخشید. در چنین وضعیتی این افراد احساس می‌کنند پذیرفته شده‌اند، از آن‌ها تقدیر شده است و مهم و دوست‌داشتنی هستند. به‌این‌ترتیب، هم به خودشان و هم به شما بیشتر علاقه نشان می‌دهند.

توجه نشان دادن: شاید توجه نشان دادن مهم‌ترین ویژگی‌های برشمرده بشمار آید. توجه نشان دادن مؤثرترین شیوه برای افزایش عزت‌نفس دیگران و عاملی مهم برای جذب فوری آن‌ها محسوب می‌شود. وقتی با تمام وجود به دیگران توجه نشان می‌دهید، آن‌ها احساس می‌کنند افرادی دوست‌داشتنی و مهم هستند و به‌مراتب به شما نیز علاقه بیشتری نشان می‌دهند.

رمز موفقیت اندرو کارنگی

روزی ناپلئون هیل برای مصاحبه نزد اندرو کارنگی رفت تا با او در مورد شغل صنعتی‌اش گفتگو کند. نخستین پرسش او این بود:

"آقای کارنگی، موفقیت بسیار زیاد خود را ناشی از چه می‌دانید؟"

کارنگی پاسخ داد: " شما از من سؤالی بسیار مهم و اساسی پرسیدید. پیش از پاسخ به شما، مایلم واژه « موفقیت » را تعریف کنم. ازنظر شما، موفقیت چیست؟"

قبل از این‌که ناپلئون هیل لب باز کند و پاسخی بدهد، کارنگی پیش‌بینی کرد که چه پاسخی خواهد داد؛ ازاین‌رو گفت: " فکر می‌کنم منظور شما از موفقیت پول باشد، این‌طور نیست؟"

ناپلئون هیل گفت: "بله به نظر می‌رسد بیشتر اوقات معیار موفقیت پول است و بس."

کارنگی گفت: "بله. اگر فقط مایلید بدانید که من چگونه پولدار شدم، البته اگر آن را موفقیت می‌دانید، به‌راحتی می‌توانم به سؤال شما جواب دهم. برای شروع اجازه دهید به شما بگویم که ما اینجا در این کارخانه فولاد، یک ذهن مرکب داریم. ذهن مرکب فقط ذهن یک شخص نیست، بلکه مجموع قابلیت‌ها، دانش و تجربه افرادی است که ذهن‌هایشان را باهم هماهنگ و منسجم کرده‌اند تا مانند یک ذهن واحد عمل کنند. چنین افرادی بخش‌های مختلف این تجارت را مدیریت و اداره می‌کنند. برخی از آن‌ها سال‌ها با من در تعامل بوده‌اند، درحالی‌که بعضی دیگر سابقه آشنایی زیادی با من نداشته‌اند."

کارنگی ادامه داد: "شاید متعجب شدید از اینکه بارها و بارها تلاش کرده بودم افرادی را پیدا کنم که بتوانند علایق خود را تابع منافع تجاری ما کنند. ما به کارمندانی نیاز داشتیم که روحیه همکاری با دیگر اعضا داشته باشند و فقط به فکر جایگاه خود و منافع شخصی‌شان نباشند. در کار گروهی هماهنگ کردن خود با دیگران نکته مهمی است و حس همکاری را تقویت می‌کند.

مشکل بزرگی که همواره با آن مواجه بوده‌ام و همیشه نیز مواجه خواهم بود، ایجاد هماهنگی و همکاری است، زیرا بدون آن ذهن مرکب به وجود نمی‌آید.

ایثارکنیم

روایت است که شبی سی‌وچند کس از درویشان و جوانمردان نزد بوالحسن انطاکی جمع شدند و او را گرده‌ای دو سه نان بود، چند آنکه پنج مرد را دشوار بس باشد. نان‌ها همه پاره کردند و چراغ بکشتند، بر سفره نشستند تا نان خوردند و هر یکی دهان می‌جنباند تا دیگران پندارند که همی‌خورد. چون سفره برداشتند، نان به حال خود بود و هیچ یک نخورده بودند جهت ایثار کردن بر دیگران...

نکته: این حکایت نشان از ایثارها، گذشت ها و کرامت‌های عاشقانه دارد. این حکمت کهن بازتولید اخلاق متعالی بر اساس بخشش و دگرخواهی را در بر دارد؛ زیرا عظمت و توسعهٔ وجود آدمی در کن شوری بخشندگی و سخاوتمندی اوست. هم چنانکه رشد دانه و بذر مرهون بخششِ وجود خود به خاک است. تا دانه خود را وقف خاک نکند، از خاک آزاد نمی‌شود؛ تا خود را نبخشد، خود را نمی‌یابد و تا از خود نکاهی، به خود نمی‌افزایی. به قول روبر برسون، فیلم‌ساز بزرگ، ما نه از راه افزودن، بلکه از راه کاستن رشد می‌کنیم!

فرزانه ژرف‌نگر، خورخه لوئیس بورخس، در کتاب عشق، رقص زندگی در مورد اهمیت بخشش می‌گوید:

آنچه را که برایت مهم است به سگ‌ها بده؛

مرواریدهایت را به‌پای خوک بیفکن؛

زیرا آنچه که مهم است، بخشیدن است.

ما همیشه خلاف این حرف را شنیده‌ایم، مبنی بر این‌که چیزی به سگ‌ها ندهید زیرا نمی‌فهمند. مسئله بر سر این نیست که چه چیزی می‌بخشی و به چه کسی می‌بخشی، بلکه بر سر این است که ببخشی. نَفس بخشیدن است که ارزش دارد. آدم وقتی دارد، باید ببخشد.

فرزانه ژرف‌نگر، گورجیف، می‌گوید: "همهٔ آنچه که جمع کردم بر باد رفت و همهٔ آنچه که بخشیدم مال من ماند."

درواقع، انسان جز آن چیزی که با دیگران تقسیم می‌کند، چیزی ندارد « عشق » پول و مال نیست، که بتوان‌ان را جمع کرد. عشق عطر و طراوتی است که باید با دیگران تقسیم کرد. هر چه

بیشتر ببخشی، بیشتر به دستمی آوری؛ هر چه کمتر ببخشی، کمتر داری. هر چه بیشتر ببخشی، به همان نسبت عشق فزون‌تری از هستهٔ وجودت به بیرون می‌تراود - منبع آن نامحدود است. کشیدن آب از چاه باعث می‌شود آب تازهٔ بیشتری به چاه جاری شود؛ ولی اگر از چاه آب نکشی، آن را ببندی و خست به خرج بدهی، چشمه‌ها از فعالیت بازمی‌ایستند و به‌تدریج می‌میرند و مسدود می‌شوند. آب موجود در چاه نیز می‌میرد؛ راکد می‌شود و می‌گندد؛ ولی آب جاری تازه است. عشق تازه هم عشقی است که جاری و روان است.

بنابراین، خوبی‌ها را تقسیم کن؛ زیبایی‌ها را تقسیم کن؛ زندگی را تقسیم کن، هر چه را که داری تقسیم کن. زیبایی‌های زندگی را هرگز برای خود نیندوز؛ خرد، نیایش، عشق، شادی و خوشبختی - همه را در این زیبایی‌ها سهیم کن. اگر کسی را نداری، مهم نیست؛ آن‌ها را با سگ‌ها و تخته‌سنگ‌ها تقسیم کن. مهم این است که ببخشی و تقسیم کنی. اگر مشتی مروارید در دست داری، آن‌ها را پرتاب کن؛ فرق نمی‌کند به‌پای چه کسی؛ زیرا آنچه مهم است، بخشیدن است. جمع‌کردن و ذخیره کردن قلب را مسموم می‌کند. احتکار از هر نوع که باشد، سمی است. اگر ببخشی وجودت از سموم پالوده می‌شود. وقتی هم که می‌بخشی، در انتظار عمل متقابل یا پاداش نباش.

حتی منتظر تشکر هم نباش؛ بلکه از کسی که به تو اجازه داده چیزی را با او تقسیم کنی، سپاسگزار باش. در دل به خود نگو که چون چیزی را باکسی تقسیم کرده‌ای، حال او باید از تو تشکر کند. نه تو باید از این‌که آن شخص آمادهٔ گوش فرا دادن به تو و تقسیم انرژی با تو بوده، متشکر باشی. باید از این‌که با آغوش باز پذیرای تو بوده و تو را از خود نرانده، ممنون باشی.

شاعر فرزانه نظامی با نگاهی ژرف می‌سراید:

هر چه در این پرده ستانی بده

خود مستان تا بتوانی بده

فرزانه‌ای فهیم هم در این رابطه می‌گوید:

گرفتن به همان‌اندازه بخشیدن لازم است. پذیرفتن از روی کمال میل، جلوه‌ای از عظمت بخشیدن است. کسانی که توانایی پذیرفتن را ندارند، عملاً از بخشیدن عاجزند. بخشیدن و دریافت کردن جنبه‌های مختلف جاری بودن انرژی در عالم هستی هستند. دادن و گرفتن لزوماً در مادیات خلاصه نمی‌شود. پذیرفتن یک تعریف یا تحسین یا احترام از روی کمال دال بر این است که

می‌توانید آن‌ها را به دیگران بدهید. فقدان احترام به تواضع، ادب یا تحسین قطع‌نظر از مقدار پولی که شما در بانک دارید، حالتی از فقر را به وجود می‌آورد.

صداقت

نقل می‌کنند بایزید بسطامی وقتی می‌خواست برای تحصیل علم به بغداد برود، مادرش به او سفارش کرد که در تمام شئون زندگی راستی و راست‌گویی را پیشه کند و به هیچ عنوان دروغ نگوید و از او خواست عهد ببندد که به سفارشش عمل کند. بایزید قبول کرد، مادر چهل دیناری را که تمام میراث پدرش بود به او داد تا خرج سفر کند.

بایزید به قافله‌ای که راهی بغداد بود، پیوست. پس از طی مسافتی دسته‌ای از راهزنان به آن‌ها حمله کردند و قافله را محاصره و غارت نمودند. سپس به تفتیش افراد قافله پرداختند و دار و ندار مسافران را تصاحب کردند، وقتی نوبت به بایزید رسید یکی از دزدان گفت: از قیافه‌اش معلوم است که چیزی ندارد. لباس‌هایش کهنه و پاره‌پاره است و اگر چیزی داشت به سرووضعش می‌رسید.

دزد دیگری گفت: "تو ای جوان، وقت ما را با تفتیش خودت ضایع مکن. آیا پول همراه خود داری؟"

بایزید پاسخ داد: "بله!"

دزدان خندیدند و قهقهه شان در فضا طنین انداخت. یکی از آنان پرسید: "چقدر پول داری؟"

بایزید پاسخ داد: "چهل دینار"

دزدان او را مسخره کردند. یکی از آنان گفت:

"رهایش کنید، وقت خود را با او هدر ندهید، رئیس منتظر است."

دزدان به نزد رئیسشان رفتند و از آنان پرسید: "آیا تمام اموال قافله را گرفتید و آن‌ها را خوب گشتید."

و دزدان حکایت بایزید را بر رئیس خود بازگو کردند. رئیس گفت: "او را نزد من بیاورید تا ببینم چرا چنین گفته است."

دزدان بایزید را نزد او آوردند. رئیس دزدان از او پرسید: "آیا با خود مالی داری ای جوان؟"

بایزید گفت: "بله چهل دینار دارم."

رئیس گفت: "تو دیوانه‌ای جوان؟ چطور پول‌هایت را با اختیار خود به من می‌دهی و می‌دانی که من آن‌ها را به تو برنمی‌گردانم."

بایزید گفت: "من با خود عهد بسته‌ام که به هیچ عنوان دروغ نگویم."

رئیس گفت: "به خدا قسم زندگی‌ام را در مردم‌آزاری ضایع کردم و تو جوان، می‌ترسی که عهدی را که با خود بسته‌ای بشکنی و ما نمی‌ترسیم که عهد و پیمان خدا را می‌شکنیم. به خدا قسم دیگر دست به دزدی نمی‌زنم و به درگاه خدا توبه می‌کنم، شاید خداوند مرا ببخشد و توبه‌ام را قبول کند."

دزدان پس از شنیدن سخنان رئیسشان گفتند: "ما در معصیت از تو تبعیت کردیم، پس در توبه کردن نیز تو را تنها نمی‌گذاریم، پس همان‌طور که در راهزنی بزرگ ما بودی، در بازگشت به سوی خدا نیز بزرگ ما هستی و ما نیز دست به دزدی نمی‌زنیم."

دزدان تمام آنچه را که دزدیده بودند به قافله برگرداندند و اموال مردم را به آن‌ها پس دادند و توبه کردند و قافله راه بغداد را در پیش گرفت و رفت.

عمر از کف رفته

کسی سراغ پسته فروشی رفت و گفت: "می‌شود همه پسته‌هایت را به رایگان به من بدهی."

پسته فروش با تعجب به او نگاه کرد و جوابی نداد. دوباره پرسید: "می‌شود یک کیلو پسته مجانی به من بدهی؟"

و باز با سکوت مواجه شد.

برای سومی نبار پرسید: "پس خواهش می‌کنم دست کم یک عدد پسته مجانی به من بدهید."

او آن‌قدر اصرار کرد تا بالاخره پسته را گرفت.

سپس دوباره گفت: "یک عدد که ارزش ندارد. یک عدد دیگر هم بدهید."

و با اصرار یک پسته دیگر گرفت و درخواست کرد پسته سوم را نیز مجانی بگیرد.

پسته فروش که عصبانی شده بود، گفت: "زرنگی! این‌طور می‌خواهی یکی یکی همه پسته‌هایم را تصاحب کنی؟"

مشتری سمج گفت: "راستش می‌خواستم درسی به تو بدهم؛ عمر و زندگی ما نیز چنین است. اگر به تو بگویم همه عمرت را به من بفروش، به هیچ قیمت این کار را نمی‌کنی. ولی روزهای زندگی‌ات را بی‌توجه، یکی یکی از دست می‌دهی و تا به خودت بیایی همه عمرت از کف رفته است."

بنجامین فرانکلین می‌گوید:

عمر طولانی ممکن است به‌اندازهٔ کافی مفید نباشد، ولی زندگی مفید بی‌گمان به‌اندازه کافی طولانی است.

دلی بزرگ داشته باش!

گرسپر خرچنگی نازنین و خردسال همراه با بسیاری از خرچنگ‌های دیگر در نزدیکی صخره‌ها زندگی می‌کرد. آن‌ها روزهایشان را باهم به گردآوری خرده غذاها از میان زباله‌ها می‌گذراندند و همیشه نزدیک به مکانی می‌ماندند که آنجا را خانه به شمار می‌آوردند.

تا این‌که یک روز اتفاقی عجیب برای گرسپر رخ داد. خرچنگ داستان ما دیگر درون قالب کوچکش جان می‌شد و احساسی غریب به او دست داد. ناگهان جهان پیرامون به نظرش متفاوت شد؛ سعی کرد بفهمد چه خبر شده؛ خرچنگ کوچک به دور و بر خود نگاه کرد و متوجه شد لاکش تَرَک برداشته و به‌جای این‌که بر پشتش باشد، کنارش روی زمینِ افتاده. گرسپر می‌ترسد و شگفت‌زده می‌شود.

پوسته‌ای با دست، پا، چشم و همهٔ اجزا کنارش روی زمین قرار داشت.

اندکی بعد همهٔ اعضای گروه خرچنگ‌ها که به‌شدت به هم وابسته بودند، دور او حلقه زدند. آن‌ها برای گرسپر شرح می‌دهند که پوست انداخته و هشدار می‌دهند اگر حواس خود را جمع نکند، اتفاق‌هایی عجیب برای او رخ خواهد داد. آن‌ها به گرسپر می‌گویند در دوره‌ای که لاک جدیدش هنوز محکم نشده، با خطرات فراوانی روبه‌رو خواهد شد. خرچنگ‌ها به او هشدار می‌دهند، به صداهایی که به‌زودی در سرش همهمه خواهند کرد، توجهی نکند. همچنین می‌گویند شاید بخواهد درجاهایی به جست‌وجو بپردازد که پیش‌تر حتی آن مکان‌ها را ندیده و حتی شاید دلش بخواهد آن‌سوی صخره‌های محل زندگی خود را هم ببیند. گرسپر گیج شد.

گرسپر حرف‌های همهٔ خرچنگ‌های هراسان را شنید و اگرچه به‌شدت علاقه داشت در آن جمع جا بگیرد، به آن‌ها تعلق داشته باشد و همهٔ دوستان و خویشاوندان خود را راضی کند، اما صدایی والاتر او را خواند. او به این صدا گوش داد و در پی اشتیاقش برای کشف جهانِ فراتر از محدودهٔ دانسته‌هایش، حرکت کرد. گرسپر با اعتماد به حس‌هایش از پشت صخره‌هایی که همهٔ عمر خود را با احساس امنیت در آنجا گذرانده بیرون خزید و به قلمروی تازه و ناشناخته گام گذاشت. در همهٔ این مدت دوستانش فریاد می‌کشیدند:

"نرو! نرو! آنجا امن نیست!"

اما وقتی گرسپر به بالای صخره‌ها رسید، منظره‌ای باورنکردنی دید. همه چیز رنگارنگ و درخشان و غذا فراوان و ماهی‌ها بزرگ و زیبا بودند. او هرگز چنین صحنه‌ای را ندیده بود. گرسپر بسیار هیجان‌زده می‌شود و ناگهان از پشت یک سنگ، خرچنگ بزرگی بیرون می‌آید و رو در روی او قرار می‌گیرد. گرسپر تا حال خرچنگی به این بزرگی ندیده بود. از او می‌پرسد چطور این اندازه شده و خرچنگ بزرگ شرح می‌دهد که اگر گرسپر به رشد ادامه داده و زندگی و وجودی که از خود می‌شناسد، کنار بگذارد، همین اتفاق برای او هم می‌افتد؛ اما گرسپر نمی‌تواند حرف‌های خرچنگ بزرگ را باور کند، چون همهٔ خرچنگ‌هایی که او می‌شناسد، به‌اندازه خودش کوچک هستند. خرچنگ بزرگ برای او شرح می‌دهد، خرچنگ‌ها فقط به‌اندازه جهانی که در آن زندگی می‌کنند و دلی که در درون دارند، بزرگ می‌شوند. خرچنگ بزرگ می‌گوید:" باید دلی بزرگ داشته باشی تا در جهانی بزرگ زندگی کنی."

گرسپر مبهوت شد. به او یاد داده‌اند برای ایمن بودن در جهان باید لاکی سخت و دلی همچون سنگ داشته باشد؛ اما اکنون می‌بیند برای این‌که به بالاترین امکانش برسد و خرچنگی بزرگ شود، لازم است افق دیدش را گسترده کند. گرسپر باید به دلش اجازه دهد که نرم باشد، زیرا یک‌دل سخت نمی‌تواند رشد کند.

اکنون گرسپر با بزرگ‌ترین چالش زندگی خود روبه‌رو شده بود. گذشتهٔ او می‌گوید ایمن‌تر است که دلش را سخت کند و به خانهٔ کوچک و آشنای خود در کنار صخره‌ها بازگردد؛ اما فرآیند پوست انداختن و نرم شدن، خرچنگ کوچک را تغییر داده بود. گرسپر دیگر نمی‌خواست فقط زنده بماند. او آرزو داشت خود را از جهان کوچک محل زندگی‌اش آزاد سازد و در اقیانوس بیکران شنا کند تا ببیند چه کسی می‌شود.

پل اون لویس

نکته: این ماجرا سرگذشت همهٔ ماست. ما هم مانند گرسپر هنگام کنارگذاشتن هویت کهنهٔ خود بررسی می‌کنیم که واقعاً کیستیم، به کجا تعلق داریم و اگر اجازهٔ دگردیسی به خودمان بدهیم و وجودی بزرگ‌تر و عالی‌تر بشویم، آیا بازهم دوستمان خواهند داشت یا نه.

بی‌گمان مردد هستیم که آیا در این دگرگونی مشکلی برای ما پیش می‌آید یا نه و آیا زندگی بهتری در پیش خواهیم داشت یا نه. حتی اگر نتوانیم زیستن در محدودهٔ کوچک و ناراحت‌کننده پوستهٔ بیرونی خود را تحمل کنیم، شواهد فراوانی گردآورده‌ایم که به ما نشان می‌دهند، ماندن گزینه‌ای امن‌تر و هوشمندانه‌تر است. بااین‌همه، تناقض بزرگ‌تر این است که فرآیند ژرف کنارگذاشتن خودی که می‌شناسیم، این توان را به ما می‌دهد که پوستهٔ آشنای گذشته را بیندازیم

و خود را در پناه نیرویی بزرگ‌تر از خودمان قرار دهیم. ایمان یعنی تعهد نسبت به مقصود والاترمان این اطمینان را به ما می‌دهد که گذشته را پشت سر گذاشته و به سرزمین‌های جدید سفر کنیم.

شارل دوبوا، طبیعت‌گرای بلژیکی، با نگاهی ژرف گفته است: " مهم‌ترین نکته‌این است که بتوانیم هرلحظه آن‌کسی را که هستیم، فدای آن‌کسی کنیم که می‌توانیم بشویم."

قدرت تشویق

دریک آزمایش به تعدادی بزرگ‌سال ده جدول داده شد که حل کنند. هر ده جدول دقیقاً مثل هم بودند. آنان جدول‌ها را حل کردند و تحویل دادند. به‌هرحال قرار نبود نتایج دقیقاً بررسی شوند. به نیمی از آزمون دهندگان گفته شد امتحان را به‌خوبی داده‌اند و از ده جدول، هفت امتیاز مثبت کسب کرده‌اند. به نیم دیگر گفته شد امتیاز چندان خوبی به دست نیاورده‌اند و از ده جدول، هفت اشتباه داشته‌اند. سپس به همه ده جدول دیگر دادند. این بار هم جدول‌های همه مثل هم بود. گروهی که به آنان گفته بودند امتحان را به‌خوبی داده‌اند، در دور دوم جدول‌ها را بهتر حل کردند. نتیجه نیمه دیگر بدتر بود. انتقاد حتی به اشتباه، باعث پسرفت آن‌ها شده بود. روان‌شناس مشهور ویکتور فرانکل گفته است:

اگر با دیگران بر اساس چشم‌اندازی که به آنان می‌دهید رفتار کنید، اگر آنان را فراتر از چیزی که هستند ببینید، از آنان فردی می‌سازید که استحقاقش را دارند. می‌دانید، اگر آنان را همان‌طور که هستند فرض کنیم، پسرفت می‌کنند. اگر آنان را آن‌طور که باید باشند فرض کنیم، به آنان کمک می‌کنیم چیزی بشوند که می‌توانند باشند. اگر بگویید فراتر دیدن آرمان‌گرایی است، آنگاه باید به شما بگویم آرمان‌گرایی عین واقع‌گرایی است، چون به آن‌ها کمک می‌کنید خودشان را باور کنند.

عادت

شاگردی از استادش پرسید:" چگونه می‌توانم بهترین روش عمل کردن در زندگی را تشخیص دهم."

استاد از شاگردش خواست که میزی بسازد. وقتی کار ساخت میز به آخر رسیده بود و فقط لازم بود میخ‌هایی روی سطح میز کوبیده شود، استاد به سراغ شاگرد آمد. شاگرد هر میخ را با سه

ضربه دقیق می‌کوبید. یکی از می خ ها بدقلقی کرد و شاگرد مجبور شد ضربه دیگری به آن بزند. ضربه چهارم میخ را زیاد در چوب فرو برد و چوب شکاف برداشت.

استاد به شاگردش گفت:

دستانت به سه ضربه چکش عادت کرده بودند. عملی که رنگ عادت به خود بگیرد، معنایش را از دست می‌دهد و ممکن است به زیان‌کاری منتهی گردد.

و در ادامه گفت: بهترین روش عمل کردن در زندگی این است که:

هرگز به عادت اجازه مده که بر حرکات تو فرمانروایی کند.

چه نیک بُوَد سخن او!

موشی در تن شیری خفته افتاد و بالا رفت، شیر او را گرفت و می‌خواست او را بخورد. موش به لابه رهایی خود را خواست و قول داد که اگر او را رها سازد، نیکی او را جبران کند، شیر بخندید و او را آزاد کرد. زمان زیادی نگذشته بود که حق‌شناسی او مایه حفظ زندگی شیر شد. شکارچی‌ها او را اسیر کردند و با طنابی به درختی بستند.

موش چون ناله‌های او را شنید، به آن جایگاه روان شد و با جویدن طناب شیر را رها ساخت. پس‌ازآن گفت:"آن روز تو به من خندیدی، زیرا انتظار نداشتی که من بتوانم مهربانی تو را جبران کنم. اکنون می‌بینی که حتی موش‌ها نیز سپاسگزاری می‌کنند.

نکته: گردش روزگار و دگرگونی بخت ممکن است نیرومندترین انسان را نیازمند کمک ناتوان‌ترین انسان‌ها بکند.

بیایید فراموش نکنیم سخن فرزانه‌ای فهیم را که می‌گوید: "وقتی پرنده‌ای زنده است، مورچه‌ها را می‌خورد؛ وقتی می‌میرد، مورچه‌ها او را می‌خورند! زمانه و شرایط در هر موقعیتی می‌تواند تغییر کند. در زندگی هیچ‌کس را تحقیر نکن، شاید امروز قدرتمند باشی، اما یادت باشد، زمان از تو قدرتمندتر است. یک درخت میلیون‌ها چوب‌کبریت را می‌سازد، اما وقتی زمانش برسد، فقط یک چوب‌کبریت برای سوزاندن میلیون‌ها درخت کافی است، پس خوب باش و خوبی کن..."

گرچه خوبی به سویِ زشت به خواری منگر

کاندرین ملک چو طاووس بکار است مگس

وارد بحث و دعوای دیگران نشوید

زنی فقیر در گوشه‌ای از بازار در حال فروش پنیر بود که گربه‌ای از راه رسید، تکه‌ای پنیر به چنگ انداخت و گریخت. سگی در آن اطراف که شاهد دله‌دزدی گربه بود او را دنبال کرد تا پنیر را از چنگش برباید. گربه در برابر سگ مقاومت کرد و هر دو به یکدیگر پریدند. سگ پارس می‌کرد و گاز می‌گرفت و گربه چنگال می‌کشید. مدتی گذشت و نزاعشان به‌جایی نرسید.

سرانجام گربه پیشنهاد کرد هر دو نزد روباه بروند و از او بخواهند درباره اختلافشان داوری کند. پس به اتفاق نزد روباه رفتند. روباه ژستی عالمانه گرفت و به مشاجره آنان گوش فرا داد؛ سپس آن‌ها را سرزنش کرد و گفت: " حیوانات ابله! این چه رفتاری است که درپیش‌گرفته‌اید؟ اگر موافق باشید، من پنیر را به‌طور مساوی تقسیم می‌کنم تا رضایت هردوی شما حاصل شود. گربه و سگ موافقت کردند. سپس روباه چاقویی برداشت و پنیر را دو نیم کرد. منتها به‌جای بریدن از درازا، از پهنا آن را برید. سگ اعتراض کنان گفت که سهم او کمتر است. روباره از پشت عینکش نگاهی درایت‌مندانه به سهم سگ انداخت و گفت: "درست می‌گوید؛ حق با اوست." سپس قدری از سهم گربه را برداشت و خورد و گفت: "حالا دو قسمت مساوی است." گربه شیون کنان گفت: "خوب نگاه کنید. اکنون سهم من از سگ کمتر است."

روباه دوباره عینکش را جابه‌جا کرد و پس از نگاهی به سهم گربه گفت: "حق با اوست؛ اما مانعی ندارد." آنگاه تکه‌ای دیگر از سهم سگ را نیز برداشت و خورد. این قضیه به همین ترتیب ادامه یافت و روباه در برابر دو طرف تخاصم ذره‌ذره تمام پنیر را خورد.

نکته: بیشتر مردم تحت تأثیر احساسات و هیجاناتشان است که به‌اصطلاح پایشان به مشاجرات کشیده می‌شود و به آن دامن می‌زنند؛ اما شماری دیگر بر خود و محیط پیرامونشان مسلط‌اند و هرگز اختیارشان را به اطرافیان یا غرایز لجام‌گسیخته‌شان نمی‌دهند؛ ولو این‌که دو طرف مناقشه این واکنش را گونه‌ای بی‌تفاوتی قلمداد کنند و از این بابت برنجند. در هر مباحثه هر یک از دو طرف عاجزانه درصدد است پای شما را به میان بکشد تا شاید از او جانب‌داری کرده یا دست کم بین‌شان صلح و صفا برقرار کنید، درصورتی‌که اگر تحت تأثیر قرارگرفته و مصالحه خود را فدای کسب رضایت آنان کنید جز اتلاف وقت و نیرو و ضعف اعصاب ره‌آوردی نخواهید داشت.

به‌علاوه، ازآنجاکه دامنه اختلاف و کشمکش هرلحظه وسیع‌تر می‌شود، به قطع شما در این بازی بازنده خواهید بود. از سوی دیگر نمی‌توانید به‌طور کامل عقب بایستید و بی‌تفاوت باشید. برای این‌که این بازی را با دقت و ظرافت مدیریت کنید، با نگاهی حاکی از همدردی به سخنانشان گوش فرا دهید. حتی گاهی با عباراتی نظیر "چشمم روشن، دسش درد نکند، دیگه چی!"

به‌طور تلویحی وانمود کنید مدافعشان هستید؛ اما ذره‌ای از نیروی ذهنتان را در جهت اندیشیدن بی‌حاصل به این ستیزه‌جویی‌ها هدر ندهید. به‌این‌ترتیب با حراست از آزادی عمل و مهار کامل احساسات و هیجانات خویش به دیگران اجازه نمی‌دهید هنگامی که کارها بر وفق مرادشان نیست یا باکسی مشکل دارند، احساس آشفتگی، ابهام و ناایمنی‌شان را به شما منتقل کنند. به‌جای این‌که متأثر از گرفتاری‌ها و ناملایمات دیگران چون عروسک خیمه‌شب‌بازی به جنب‌وجوش درآیید، بر بینش و سلیقه شخصی‌تان تکیه کنید و تعیین‌کننده مقدرات خود باشید. در ضمن، به خاطر بسپارید در جنگل‌های انبوه، بوته‌ها با خارهایشان به یکدیگر محکم می‌چسبند و بدین‌سان بوته‌زار رفته‌رفته قلمرو نفوذناپذیرش را گسترش می‌دهد. فقط بوته‌ای که فاصله‌اش را حفظ کرده و مستقل ایستاده می‌تواند رشد کند و سریع‌تر از بوته‌زار بالا برود.

کرم خاکی

در یک روز زیبای تابستانی کرمی خاکی لابه‌لای علف‌ها می‌خزید. او تنها بود. همان‌طور که روی زمین می‌خزید و جلو می‌رفت فکر کرد ناگهان سر بلند کرد و مقابل خود کرم خاکی دیگری دید که اغواکننده و زیبا بود. در یک چشم به هم زدن یک‌دل نه صد دل عاشق او شد. به او گفت:" چه می‌شد اگر من همسری می‌یافتم که می‌توانستم با او خوشبخت شوم."

اما کرم به او گفت: " ساکت شو. من که فقط دم خودت هستم."

عزیزم بالاخره تو را یافتم. بیا به‌پای هم پیر شویم."

نکته: خودمان نیمه گمشده‌مان هستیم. سرچشمه آن عشق و آرامشی هستیم که از دیگران می‌طلبیم. همان نوری هستیم که با آن می‌خواهیم دنیایمان را روشن کنیم. همان گنجی هستیم که در جست‌وجوی آنیم و همان مقصدی هستیم که برای رسیدن به آن گام در راه گذاشته‌ایم و رنج سفر را به‌جان خریده‌ایم.

چشمه باش

حکیمی شاگردان خود را برای یک گردش تفریحی به کوهستان برده بود. بعد از ی ک پیاده‌روی طولانی همه خسته و تشنه در کنار چشمه‌ای نشستند و تصمیم گرفتند استراحت کنند. حکیم به هر یک از آن‌ها لیوانی داد و از آن‌ها خواست قبل از نوشیدن آب یک مشت نمک درون لیوان بریزند. شاگردان هم این کار را کردند. ولی هیچ یک نتوانستند آب را بنوشند، چون خیلی شور شده بود.

سپس استاد مشتی نمک را داخل چشمه ریخت و از آن‌ها خواست از آب چشمه بنوشند و همه از آب گوارای چشمه نوشیدند.

حکیم پرسید: " آیا آب چشمه هم شور بود."

همه گفتند: "نه آب بسیار خوش‌طعمی بود."

حکیم گفت: "رنج‌هایی که در این دنیا برای شما در نظر گرفته شدند نیز همین مشت نمک است، نه کمتر و نه بیشتر. این بستگی به شما دارد که لیوان آب باشید یا چشمه که بتوانید رنج ها را در خود حل کنید. پس سعی کنید چشمه باشید تا بر رنج ها فائق آیید."

رؤیای بزرگ

تری فاکس ورزشکاری کانادایی بود که پس از موفقیت‌های متعدد در عرصه ورزش دانشگاهی برای پیوستن به جمع حرفه‌ای‌ها خود را آماده می‌کرد.

روزی تری به سبب پا درد شدید به پزشک مراجعه کرد و متوجه شد سرطان دارد. پزشکان گفتند چاره‌ای ندارند جز قطع پایش. تری در آن هنگام بیست و یک ساله بود؛ می‌توانست در دوره نقاهتش در بیمارستان به این شکست بزرگ بیندیشد، می‌توانست زانوی غم بغل بگیرد و به سوگ آینده درخشانی بنشیند که قبل از آغاز به اتمام رسیده بود؛ اما تری فاکس تمام توجه خود را به جمله‌ای معطوف کرد که روزی از مربی‌اش شنیده بود:

"تو از عهده انجام هر کاربر می آیی، به شرط آنکه آن را با تمام وجود و از صمیم قلب انجام دهی."

اما تری تصمیم به دویدن گرفت؛ دویدن از یک سر کانادا تا سر دیگرش. هدف و رؤیای او جمع‌آوری یکصدهزار دلار برای مؤسسه پژوهشی سرطان جوانان بود. وقتی از بیمارستان خارج شد، یک پایش مصنوعی بود. پدر و مادرش مخالف تصمیم او بودند. روز بعد تری به انجمن سرطان کانادا مراجعه کرد؛ اما آن‌ها نیز استقبالی از برنامه او نکردند. بری فردای آن روز ماراتن «امید تری فاکس» را شروع کرد. او در منطقه نیوفاندلند چوب زیر بغلش را به داخل اقیانوس پرتاب کرد و ماراتن نفس‌گیر خود را از همان‌جا آغاز کرد. ازآنجایی‌که تری انگلیسی‌زبان بود، در ابتدا توجه رسانه‌های گروهی را به خود جلب نکرد. پس از ۳۲۷ روز وارد بخش انگلیسی‌زبان کانادا شد. تا آن زمان او بیش از هجده هزار کیلومتر دویده بود. پای مصنوعی او جراحتی عمیق در بدن او ایجاد کرده بود و او در حالی به دویدن ادامه می‌داد که خون از پایش سرازیر بود و تازه‌اینجا بود که ماجرای دوی ماراتن تری فاکس سر از صفحه اول روزنامه‌ها درآورد! او با

نخست‌وزیر دیدار داشت و قهرمانان مشهور هاکی تری را روی دست خود حمل می‌کردند و پول فراوانی برایش جمع‌آوری کردند.

تری فاکس ماراتن خود را تا شهر تاندربی ادامه داد و در آنجا بود که با مشکلات شدید تنفسی روبه‌رو شد و به دستور پزشک از ادامه راه بازماند. تری به پزشکش گفت:" مثل این‌که نمی‌دانید من کیستم؟ من باید راهم را ادامه دهم. ابتدا والدینم به من گفتند که از عهده این کار برنمی‌آیم. انجمن سرطان به من جواب منفی داد و من تصمیم گرفتم این کار را انجام دهم. مقامات دولتی با من مخالفت کردند، چون ترافیک بزرگراه‌ها را مختل کرده بودم و من ادامه دادم. آقای نخست‌وزیر ابتدا از حمایت من خودداری کرد ولی بالاخره با پشتیبانی او یک‌میلیون دلار جمع‌آوری کردم. حالا تصمیم دارم پس از بیرون رفتن از مطب شما از هر فرد کانادایی یک دلار جمع‌آوری کنم یعنی ۲۴ میلیون دلار.

قهرمان ملی کانادا بالاخره با بی‌میلی تسلیم اصرار پزشکان خود شد و در بیمارستان بستری شد. او پس از مدت کوتاهی با زندگی وداع کرد؛ اما سرانجام کانادایی‌ها ۲۴ میلیون دلار برای مؤسسه او پول جمع‌آوری کردند.

داستان تری فاکس برای ما نمونه اعلایی برای عرضه کردن به کسانی است که می‌پندارند مشکل دارند، کسانی که معتقدند به سبب وجود مشکلات توانایی برنده شدن را ندارند. تری فاکس به ما نشان داد که حتی در مأیوس‌تر ین موقعیت‌ها هم می‌توان فرصتی بر ی برنده شدن یافت. ممکن بود دیگران در شرایط جسمانی تری فاکس دست از تحرک بردارند، اما او نشان داد که صرف بیمار بودن به معنای پایان انسان بودن نیست.

تری فاکس به بهانه متوسل نشد. او نگفت: "من بسیار ضعیف و درمانده‌ام. من مشکل بسیار بزرگی دارم او سدها را شکست و به خود جرئت انجام کاری را داد که فقط باید آن را «خارق‌العاده» نامید.

درال روترفورد می‌گوید:

آنچه را که می‌توانید انجام دهید

یا در رؤیای انجام آن هستید،

شروع کنید؛ شجاعت در خود

نبوغ، توانمندی، شکست ناپذیری

و معجزه به همراه داردا!

رابرت گرین لیف نیز می‌گوید:

بدون رؤیا پیشامد چندان مهمی روی نمی‌دهد.

برای آنکه به‌راستی امر بزرگی روی دهد،

باید رؤیای بزرگ داشته باشید.

مراقب تغییرات اطراف خود باشید

در زمان‌های قدیم روستایی بود که مرتب مورد هجوم گرازهای وحشی قرار می‌گرفت. هر روز گرازهای وحشی در پی یافتن غذا به دهکده حمله می‌کردند. اهالی روستا به شیوه‌های مختلف سعی می‌کردند با آن‌ها مبارزه کنند و فراری‌شان دهند؛ اما تلاش‌های آن‌ها چندان نتیجه‌بخش نبود. روزی مردی عاقل و فرزانه نزد کدخدا رفت تا راهی به آن‌ها ارائه دهد. او از اهالی روستا خواست که به راهنمایی‌هایش گوش دهند و به آن‌ها موبه‌مو عمل کنند تا از شر گرازهای وحشی راحت شوند. اهالی روستا از روی ناچاری موافقت کردند.

آنگاه پیشنهاد کرد مقداری آذوقه از خانه‌هایشان بیاورند و در وسط یک زمین بزرگ خالی قرار دهند. به‌محض آنکه کارشان تمام شد، دیدند صدها گراز وحشی به‌طرف آذوقه‌ها هجوم آوردند. گرازها در ابتدا نگران به نظر می‌رسیدند اما بعد از مدتی مشغول خورد غذاها شدند. آن‌ها هر روزبه سراغ غذاها می‌آمدند و روستاییان هم هر روزبه حجم غذاها اضافه می‌کردند. بعد از مدتی مرد از آن‌ها خواست تا چهار گودال در چهار طرف زمین حفر کنند. چون گرازها سخت مشغول غذا خوردن بودند، متوجه نشدند که در اطرافش آنچه می‌گذرد. بعد از چند هفته گرازهای وحشی به این شیوه غذا خوردن عادت کردند.

آنگاه مرد فرزانه از اهالی روستا خواست که دورتادور زمین را حصار بکشند و فقط یک‌راه برای گراز ها باز بگذارند تا بتوانند به‌راحتی وارد محوطه شوند. سرانجام وقتی کار حصارکشی و ساخت دروازه تمام شد، اهالی روستا دروازه را بستند و همه گراز های وحشی در وسط زمین به دام افتادند و به‌این‌ترتیب گرازهای وحشی شکست خوردند.

بزرگ‌ترین خطر در هنگام تغییر، خود تغییر نیست، بلکه عمل کردن با منطق دیروز است.

پیتر دراکر

مسافر

کوله‌پشتی را برداشت و راه افتاد. رفت تا دنبال خدا بگردد و گفت: "تا کوله‌ام از خدا پر نشود، بر نخواهم گشت."

نهالی تکیده و کوچک کنار راه ایستاده بود. مسافر با خنده‌رو به درخت کرد و گفت: " چه تلخ است کنار جاده بودن و نرفتن."

درخت زیر لب گفت: "ولی تلخ‌تر آن است که بروی و بی رهاورد برگردی. کاش می‌دانستی آنچه در جستجویش هستی همین‌جاست."

مسافر رفت و گفت: "یک درخت از راه چه می‌داند، پاهایش در گِل است، او هیچ‌گاه لذت جستجو را در نخواهد یافت."

و نشنید که درخت گفت: "اما من جستجو را از خود آغاز کردم و سفرم را کسی نخواهد دید، جز آنکه باید."

مسافر رفت و کوله‌اش سنگین بود. هزار سال گذشت، هزار سال پرپیچ و خم، هزار سال بالا و پست.

مسافر بازگشت، رنجور و ناامید. خدا را نیافته بود، اما غرورش را گم‌کرده بود. به ابتدای جاده رسیده بود. جاده‌ای که روزی از آنجا آغاز کرده بود. درختی هزارساله، بالا بلند و سبز کنار جاده بود. زیر سایه‌اش نشست تا لختی بیاساید، مسافر درخت را به یاد نیاورد، اما: درخت او را شناخت و گفت: "سلام مسافر، در کوله‌ات چه داری؟ آن روز که می‌رفتی، در کوله‌ات همه چیز داشتی، غرور کمترینش بود، اما جاده آن را از تو گرفت. حالا در کوله‌ات جا برای خدا هست." درخت قدری از حقیقت را در کول ه مسافر ریخت.

دست‌های مسافر از اشراق پر شد و چشم‌هایش از حیرت درخشید و گفت: "هزار سال رفتم و پیدا نکردم و تو نرفته این‌همه پیدا کردی.

درخت گفت: "علت آن است که تو در جاده رفتی و من در درون خود. پیمودنِ خود دشوارتر از پیمودن جاده است."

من کیستم؟

اوایل قرن بیستم دانشمندی اجزای تشکیل‌دهنده بدن انسان را تشریح کرد. او در پایان بحثی پیرامون یافته‌هایش جمله‌ای خارق‌العاده بیان کرد.

اما ببینیم این دانشمند چه گفت؟

او گفت بدن انسان از اجزای زیر تشکیل شده است:

آهکی که با آن می‌توان پنج قالب صابون ساخت!

آهنی که با آن می‌توان شش میخ کوچک ساخت!

فسفری که با آن می‌توان بیست بسته کبریت ساخت!

قندی که با آن می‌توان ده فنجان قهوه را شیرین کرد!

اندکی سولفور، کلسیم و برخی مواد دیگر!

تمام این مواد طبق قیمت روز حدود پنج دلار می‌ارزند!

پس این موجود ارزشمند فقط جسم نیست. پس ما **"که هستیم؟"**

نکته: اگر خود را آن‌طور که هستیم یا باید باشیم، نشناسیم؛ کار، زندگی، آرمان‌ها و هدف‌هایمان در اصطکاک و تضادی بیهوده سپری خواهد شد و در کوران حوادث دچار مشکلاتی بی‌شمار خواهیم گشت. « خود ». درونی‌مان گم می‌شود و لاجرم به بیگانگی از خویشتن دچار می‌شویم. جریان کار و زندگی ارتباط مستقیم با خویشتن درونی ما دارند و اگر با « خویشتن خویش » آشنا و مأنوس باشیم، بسیاری از تصمیم‌گیری‌ها و دشواری‌ها بر ما آسان می‌شوند و کار و زندگی رنگ دیگری به خود می‌گیرند. شاید از ای نرو باشد که گفته‌اند:

هر که خود را شناخت

خدای خود را شناخته است

انسان اگر بتواند خودآگاهی خویش را افزایش دهد، دردها و درمان‌های خویش را خواهد شناخت. حضرت علی (ع) از ناآگاهی انسان نسبت به خویشتن شکایت می‌کند و ناتوانی انسان را در درمان دردهای خویش، ناشی از جهل او نسبت به خویشتن می‌داند. او می‌فرماید:

"درد تو از توست، ولی تو به آن بصیرت نداری و درمان تو نیز در درون توست، لیکن تو به آن بصیرت نداری."

از دیدگاه امام علی (ع) انسان تمامی هستی را در درون خویش دارد ولی به آن آگاهی و شعور ندارد. انسان بالقوه می‌تواند بر اسرار عالم امکان آگاهی یابد و نسبت به آن‌ها علم حضوری داشته باشد.

لوئیز هی می‌گوید:

"خودمان گنجی هستیم که می‌جوییم"

بسیار اندک‌اند کسانی که می‌دانند کالبدشان در تسخیر چگونه شخصیتی است و چه نوع عملکردی را می‌توان از آن انتظار داشت. شاید آن عده کم نیز این شناخت را به بهای تجربیات یک عمر به دست آورده‌اند و دیگر چندان فرصتی برای استفاده از این، **"خودشناسی"** برایشان باقی نمانده است. ازاین‌رو باید قبول کنیم که مهم‌ترین و اولین وظیفه ما در زندگی کشف **"وجود واقعی خود"** و سپس شکوفا ساختن آن است، **"خودی"** که تمام لحظه‌های عمر را با آن زیسته‌ایم و شاید هرگز موفق به شناخت آن نشده‌ایم. **"خودی"** که هرگز یا بسیار اندک به نیازها، خواسته‌ها، خصوصیات و توانایی‌هایش توجه داشته‌ایم و گاهی آگاهانه یا ناآگاهانه و با مقایسه‌های غیرمنطقی او را به انتقاد و سرزنش گرفته‌ایم.

در جای دیگر امیر مؤمنان، علی (ع) می‌فرماید:

"هر اندازه علم انسان بیشتر می‌گردد، توجه او به نفس خویش بیشتر می‌شود و سعی و تلاشش در جهت نیل به کمال و سعادت فزونی می‌یابد."

جبران خلیل جبران نیز در مورد ارزش خودشناسی می‌گوید:
"هرگز احساس ضعف و ناتوانی نکرده‌ام جز در مقابل کسی که از من پرسیده: تو کیستی؟"

آلن واتس نیز پرسش:
"من کیستم؟"
را جذاب‌ترین پرسش دنیا می‌نامد و می‌گوید:
تصور می‌کنم اگر ما با خودمان روراست باشیم، جذاب‌ترین پرسش دنیا این است «من» کیستم؟ منظور از «من» چیست: اصل وجود را نمی‌توان معاینه کرد. همان‌طور که بدون استفاده از آینه نمی‌توان چشم‌های خود را دید، دندان‌های خود را نمی‌توان گاز گرفت و نوک انگشت کوچک دست را نمی‌توان لمس کرد. به همین دلیل، پرسش در مورد این‌که "که هستم؟" همیشه با رمز و رازی ژرف همراه است.

خلاق باشیم

در زمان‌های گذشته مرد کشاورز و مرغداری بود که هر بهار زمین‌هایش به زیر سیل می‌رفت. سیل مشکلات زیادی برایش ایجاد می‌کرد؛ اما او آنجا را ترک نمی‌کرد. هربار که سیل تا زمین‌های او بالا می‌آمد و مرغداری‌اش را آب فرا می‌گرفت، می‌دوید و مرغ‌هایش را به زمین‌های مرتفع‌تر می‌برد. بعضی سال‌ها صدها مرغ او می‌مردند؛ زیرا نمی‌توانست آن‌ها را به موقع حرکت دهد.

یک سال پس از آنکه سیلی شدید خسارت هنگفتی بر او وارد کرد، به خانه‌اش برگشت و با ناامیدی به زنش گفت: "دیگر تمام شد !من نمی‌توانم زمین بهتری بخرم. نمی‌توانم زمین فعلی خودم را بفروشم. نمی‌دانم چه باید بکنم."

زن او با خونسردی پاسخ داد: "اردک بخر!"

جان ماکسول

نکته: کسانی که فاقد خلاقیت هستند، هیچ‌گاه این خصلت را تقدیر نمی‌کنند؛ آن‌ها خلاقیت را حماقت و کاری غیرعملی می‌دانند. اگر شخص خلاقی را ببینند، سعی می‌کنند او را به جریان اصلی حاکم بر تفکر مردم برگردانند. به او می‌گویند سر خودش را گرم نگه دارد.

از قوانین پیروی کند، عمل‌گرا باشد و خودش را احمق جلوه ندهد. کسانی که به شیوه سنتی می‌اندیشند، درک نمی‌کنند که متفکران خلاق، نوابغ دنیا هستند. اگر به سبب خلاقیت و اختراع‌های دیگران نبود، شاید آن‌ها اکنون شغلی نداشتند!

برادران والت دیزنی داستانی جالب درباره نبوغ والت، زمانی که کلاس پنجم ابتدایی بود، تعریف می‌کنند؛ معلم به شاگردان مأموریت داد باغچه‌ای نقاشی کنند. او درحالی‌که میان شاگردان حرکت می‌کرد تا کارشان را ببیند، کنار میز والت ایستاد. متوجه شد نقاشی پسرک غیرعادی است. گفت

"والت، این درست نیست. گل‌ها که صورت ندارند."

والت با اعتمادبه‌نفس پاسخ داد: " گل‌های من دارند!"

و به کارش ادامه داد و این خلاقیت در آثارش هنوز هم ادامه دارد؛ "در مراکز تفریحی دیزنی، همه گل‌ها صورت دارند."

بلوغ

بلوغ پدیده‌ای معنوی است. بلوغ روحی، یعنی لمس کردن ستاره‌های آسمان درون. هنگامی که با آسمان درونت اُنس پیدا کردی، مأمنی یافته‌ای و در اعمال و رفتارت پختگی و کمال بسیار پدید می‌آید. آنگاه کاری را که انجام می‌دهی وقار و شکوه دارد. هر کار که می‌کنی به‌خودی‌خود یک شعر است، سراسر زندگی شعر و شاعری است. راه رفتن تو معنا دارد و سکوت تو موسیقی است. بلوغ به این معناست که تو به موطن خویش بازگشته‌ای. تو کودک نیستی که رشد کنی، تو دیگر بزرگ‌شده‌ای. تو اوج توانایی خود را لمس کرده‌ای. برای نخستین بار - به تعبیری ناآشنا و عجیب - تو نیستی و در عین حال هستی. تو در افکار، تصورات و برداشت‌های کهنه خود دست‌وپا نمی‌زنی، همه آن‌ها از ذهن تو تخلیه شده‌اند. اکنون چیزی جدید در تو پدید می‌آید - چیزی بکر و تازه - که سراسر زندگی تو را به‌کلی دگرگون و به شادمانی و سرور تبدیل می‌کند. تو برای این دنیای سیه روزبه غریبه‌ای تبدیل می‌شوی. تو نه برای خودت و نه برای دیگری بدبختی نمی‌آفرینی. تو زندگی‌ات را در آزادی کامل، بدون توجه به آنچه دیگران می‌گویند، سپری می‌کنی. کسانی که همیشه برایشان مهم است که دیگر آنچه می‌گویند یا چه فکر می‌کنند، هنوز نابالغ‌اند. آن‌ها به رأی و نظر دیگران وابسته‌اند و نمی‌توانند کاری را درست انجام بدهند و صادقانه حرفشان را بزنند، آن‌ها چیزی را به زبان می‌آورند که د دیگران دوست دارند بشنوند.

از مصیبت تا موفقیت

راه رسیدن به موفقیت اغلب از میان ناملایمات طی می‌شود. در دهه ۱۹۸۰ سرمایه‌گذاری به نام دیو برونو به سِمَت مدیر فروش داخلی یک شرکت لوازم پزشکی ارتقا یافت. او و همسرش مارلین و سه فرزندشان در خان ه ای زیبا واقع در حومه شهر میلواکی زندگی می‌کردند. همه چیز خوب ب ه نظر می‌رسید؛ اما سال ۱۹۸۴ برونو شغل خود را از دست داد و چندین ماه بعد، زمانی که هنوز بیکار بود، شب‌هنگام در حال رانندگی به سمت خانه، خودروی او از جاده منحرف و دچار سانحه شد.

او جراحاتی سنگین برداشت، از جمله آسیب ریوی، شکست دنده‌ها، ضرب‌دیدگی قلب، پارگی طحال و کبد. دکترها نمی‌دانستند آیا زنده می‌ماند یا نه. خود برونو معتقد بود که خواهد مرد؛ اما پس از سه روزبه کمک دستگاه‌های حفظ حیات، به‌گونه‌ای معجزه‌آسا جان سالم به در برد. برونو احساس می‌کرد به او فرصت دیگری برای زندگی داده‌شده است. زمانی که دوران نقاهت را در بیمارستان می‌گذراند، درباره این‌که باید چه کاری برای زندگی‌اش بکند، فکر کرد. پیش از آن

حادثه و درواقع در بیشتر دوران زندگی‌اش، نقل‌قول‌هایی الهام‌بخش و انگیزشی جمع‌آوری کرده بود. او از زمان نوجوانی قدرتی شگفت‌آور را که نقل‌قول‌ها می‌توانستند ایجاد کنند فرا گرفته بود؛ اما مادرش آن‌ها را از جلوی دست او برمی‌داشت و او از ترس مادر آن‌ها را در همه‌جای خانه حتی یخچال پنهان می‌کرد. آن نقل‌قول‌ها همیشه روحیه‌اش را بالا می‌بردند و مسیر درست را برایش فراهم می‌کردند؛ ازاین‌رو ناگهان در ذهنش جرقه‌ای زد و تصمیم گرفت آن‌ها را با دیگران در میان بگذارد تا بتوانند از این نقل‌قول‌ها الهام بگیرند؛ اما نمی‌دانست چگونه این کار را انجام دهد.

پس از این‌که از بیمارستان مرخص شد اتفاقات غم‌انگیز دیگری برایش افتاد. برونو به دلیل صورت‌حساب نجومی درمان و ناتوانی‌اش برای کار کردن، مجبور شد اعلام ورشکستگی کند. او و خانواده‌اش خانه‌شان را از دست دادند و به آپارتمانی کوچک نقل‌مکان کردند.

باوجود این رؤیای خود را رها نکرد و با نگرش مثبت و اراده‌ای راسخ به راه خود ادامه داد. در چند سال بعد نیز شغل‌هایی را اختیار می‌کرد که می‌توانست در آن‌ها درباره بازاریابی و چاپ مطالبی یاد بگیرد. او همیشه به دنبال وسیله‌ای برای انتقال نقل‌قول‌هایش بود که یک روز ناگهان طرحی به ذهنش رسید که دگرگونش کرد، او تصمیم گرفت نقل‌قول‌ها را روی کارت اعتباری بنویسد. در بعدازظهر همان روز هنگامی که مشغول تماشای تلویزیون بود، تبلیغی درباره کارت اعتباری شرکت « کارت طلایی » دید. با خود گفت: "چه بهتر. نقل‌قول‌ها روی کارت طلایی فلزی نوشته و چاپ می‌شود تا مردم بتوانند آن‌ها را همه‌جا با خود داشته باشند."

بنابراین مجموعه‌ای از آن را با عناوین نگرش، رهبری، شجاعت و پشتکار آماده کرد و آن‌ها را کارت‌های طلایی موفقیت نامید.

برونو اولین کارت طلایی موفقیت خود را پنج سال پس از ترک بیمارستان به فروش رساند و خوشبختانه تاکنون بیش از دو میلیون کارت را فروخته است! دیوید برونو حادثه‌ای فاجعه‌آمیز را به موفقیتی باورنکردنی تبدیل کرد.

نکته: وقتی در زندگی‌تان با موانع یا مشکلاتی روبه‌رو می‌شوید، واکنش فوری شما چیست؟ اگر شما هم مثل بیشتر مردم باشید، اولین: کاری که تمایل به انجام آن دارید گله و شکایت است. برای مثال شاید از خود بپرسید چرا این بلا باید به سر من می‌آمد؟ حالا باید چه کار کنم؟ برنامه‌هایم نقش بر آب شدند! این واکنش طبیعی است. باوجود این، پس از این‌که نومیدی‌های اولیه از بین می‌رود، شما حق انتخاب دارید. یا می‌توانید در مصیبت غرق شوید و به ابعاد منفی موقعیتتان بپردازید یا مزایا و درس‌هایی را بیابید که آن مشکل عرضه می‌دارد.

درست است؛ شاید شما با یک دوره تردید و کشمکش مواجه شوید اما همیشه سختی روی دیگری نیز دارد. «مشکل» بیشتر اوقات مشکل نیست. درواقع ممکن است یک فرصت باشد. برای مثال، شاید یک مشکل شرایطی را نشان دهد که شما برای بهبود موقعیت‌های زندگی‌تان می‌توانید ایجاد کنید، که بدون آن هرگز این اقدام مثبت را انجام نمی‌دادید.

اینک بیایید هفت راهی را بررسی کنیم که در آن مصیبت درواقع به ما خدمت می‌کند:

۱- مصیبت به ما ژرف‌نگری می‌دهد: زمانی که از یک بیماری مرگبار نجات یافته‌اید دیگر لاستیک پنچر یا سقف سوراخ دار عذاب آور به نظر نمی‌آید، بلکه می‌توانید در برابر ناراحتی‌های پیش پا افتاده روزمره قد علم کنید و بر مسائل مهم‌تر در زندگی‌تان متمرکز شوید.

۲- مصیبت به ما می‌آموزد که شکرگزار باشیم: از درون مشکلات و سختی‌ها، به‌ویژه مشکلاتی که فقدان و محرومیت در بردارند، شناخت عمیق‌تری نسبت به ابعاد مختلف زندگی‌تان کسب می‌کنید. این موضوع پیش پا افتاده است؛ ولی حقیقت دارد. شما اغلب تا زمانی که چیزی را از دست ندهید قدرش را نمی‌دانید. برای مثال وقتی آب گرم ندارید، ناگهان به ارزش آن پی می‌برید و تا زمانی که مریض نشوید برای تندرستی اهمیت قائل نیستید. آدم دانا روی نعمت‌ها تمرکز می‌کند، حتی پس‌ازآنکه دوران فقدان و محرومیت را گذرانده باشد. پس به خاطر بسپارید ما همیشه در جهت افکار قلبی‌مان حرکت می‌کنیم؛ بنابراین روی داشته‌های خود تمرکز کنید و شکرگزار باشید تا حتی چیزهای بهتر و بیشتری را به زندگی‌تان وارد کنید.

۳- مصیبت توانایی‌های پنهان ما را آشکار می‌سازد: پس از پشت سر گذاشتن امتحانی دشوار یا چیرگی بر یک مانع، ازنظر احساسی قوی‌تر می‌شوید. ظرفیت شما نیز مطابق با آن مشکل افزایش می‌یابد. سپس زمانی که مانع بعدی آشکارمی‌شود، با آمادگی بیشتری با آن روبه‌رو خواهید شد. مشکلات بهترین‌های نهفته در وجود ما را آشکار می‌سازند و به همین خاطر توانایی‌هایی را کشف می‌کنیم که هرگز از وجودشان آگاه نبودیم و اگر زندگی ما را به گذر از زمین ناهموار وا نمی‌داشت، آن‌ها را حتی کشف هم نمی‌کردیم. مصیبت و بلا قدرت و توانایی‌تان را به شما نشان می‌دهد و کمکتان می‌کند این توانایی‌ها را حتی فراتر ازآنچه هستید گسترش دهید.

۴- مصیبت ما را برمی‌انگیزد تا تغییراتی به وجود آوریم و اقدام کنیم: بیشتر مردم به الگوهایی قدیمی و آشنا وابسته شده‌اند، بدون توجه به این‌که چقدر زندگی‌شان

دردناک و خسته‌کننده شده است و اغلب یک بحران یا مجموعه‌ای از مشکلات موجب می‌شود. در آن‌ها تغییری ایجاد شود. بیشتر اوقات مشکلات هستند که به شما نشان می‌دهند در مسیر درست قرار ندارید و به اقدامی اصلاحی نیاز دارید.

۵- مصیبت به ما درس‌هایی ارزشمند می‌آموزد: فرض کنید در شغلی با شکست مواجه شده‌اید. در این میان یک سرمایه‌گذار ممکن است از این مسئله درسی بیاموزد که او را توانمند ساخته در ماجرای بعدی تا حدی چشمگیر موفق شود.

۶- مصیبت دری جدید به سویمان می‌گشاید: رابطه‌ای پایان می‌یابد و شما وارد رابطه‌ای رضایت‌بخش‌تر می‌شوید. شما شغلتان را از دست می‌دهید و شغلی بهتر پیدا می‌کنید. در زندگی به‌هیچ‌وجه مشکلی وجود ندارد، بلکه تمامی آن‌ها درواقع فرصتی در لباس مبدل هستند. دری در زندگی‌تان بسته شده اما درِ بهتری وجود دارد که در انتظار گشایش است.

۷- مصیبت سبب ارتقای اعتمادبه‌نفس و عزت‌نفس می‌شود: هنگامی که تمام شجاعت و اراده خود را برای غلبه بر یک مانع فرامی‌خوانید، احساس توانمندی می‌کنید و اعتمادبه‌نفس به دستمی‌آورید. درنتیجه احساس لیاقت بیشتری می‌کنید و احساسات مثبت خود را به فعالیت‌های بعدی‌تان انتقال می‌دهید.

نگرش بزرگترین دارایی شماست

تنها محل قابل سکونتی که آن‌ها توانستند پیدا کنند یک ساختمان مخروبه نزدیک یکی از دهکده‌های آن منطقه بود. در طول روز حرارت از حد ۴۶ درجه سانتیگراد می‌گذشت. بادی که در تمام مدت روز می‌وزید، انگار از درون یک کوره آتش می‌گذشت. گردوغبار هم مشکل بزرگی ایجاد کرده بود. برای زن جوان روزها طولانی و ملال‌انگیز بودند. تنها همسایگان او بومیان و سرخ‌پوستان آمریکایی بودند که با آن‌ها وجه اشتراکی نداشت. وقتی شوهرش دو هفته برای شرکت در یک مانور نظامی اعزام شد، زن فروریخت.

این وضعیت برایش تحمل‌ناپذیر بود. ازاین‌رو نامه‌ای به مادرش نوشت و گفت که می‌خواهد به خانه برگردد. چند روز بعد نامه‌ای در جواب دریافت کرد. یکی از حرف‌های مادرش این بود:
دو مرد از پشت میله‌های زندان به بیرون نگاه می‌کردند. یکی از آن‌ها گلوله‌ای روی زمین را می‌دید و دیگری به ستاره‌ها چشم دوخته بود وقتی زن جوان نامه را چندین بار خواند، ابتدا احساس شرم کرد و خجالت کشید، و بعد به عزمی راسخ رسید. او می‌خواست با شوهرش بماند،

ازاین‌رو تصمیم گرفت به ستاره‌ها نگاه کند. روز بعد وقتی از خواب بیدار شد، باهمسایگانش دوست شد. وقتی آن‌ها را بهتر شناخت، از آن‌ها خواست که بافندگی و کوزه‌گری را به او بیاموزند. ابتدا همسایگانش به این کار راضی نبودند، اما وقتی دیدند زن جوان به‌راستی به آن‌ها و کارشان علاقه‌مند است، با او برخورد بهتری کردند. هر چه زن جوان بیشتر درباره فرهنگ بومیان امریکا اطلاعات کسب می‌کرد و هر چه بیشتر از تاریخ زندگی آن‌ها آگاه می‌شد، میلش به دریافت اطلاعات بیشتر می‌شد. کم‌کم دیدگاهش تغییر کرد. حالا حتی بیابان و صحرا برای او معنایی متفاوت پیداکرده بود.

کم‌کم زیبایی سکوت آن را درک می‌کرد، گیاهان خشن اما زیبای منطقه را احساس می‌کرد، حتی سنگ‌ها و صخره‌ها هم برایش معنای تازه‌ای پیداکرده بودند. او حتی شروع به نگارش تجربیاتش در آن ناحیه کرد.

چه چیزی تغییر کرده بود؟ بی‌شک بیابان تغییری نکرده بود. مردمی که در آنجا زندگی می‌کردند هم تغییر نکرده بودند؛ خود او بود که تغییر کرده بود. نگرش و دیدگاه او متحول و درنتیجه برداشتش عوض شده بود.

اهداف بزرگ

سه نفر در یکی از معادن سنگ کار می‌کردند. کار آن‌ها تراشیدن سنگ‌هایی بود که از معدن استخراج می‌شد. این سه نفر هم سن و سال و در شرایط تجربی و مهارتی مشابه هم بودند. روزی رئیس‌شان به‌طور تصادفی متوجه شد باوجودآنکه این سه نفر به‌طور تقریبی دارای شرایط و موقعیت یکسانی هستند، ولی یکی از آن‌ها کارش را با علاقه و پشتکار فوق‌العاده‌ای انجام می‌دهد و گویی خسته نمی‌شود؛ اما دومی در شرایط به نسبت مناسبی قرار دارد و بازده کار او مثبت است. سومی چندان دلبستگی به کارش ندارد و باوجودآنکه سعی می‌کند وظیفه‌اش را انجام دهد، چشم امیدی به کارش ندوخته است. آقای رئیس به فکر فرو رفت. چرا باید کاری که این سه نفر انجام می‌دهند تا این اندازه با یکدیگر تفاوت داشته باشد. او با خود می‌اندیشید که تفاوت عملکرد انسان‌ها ممکن است در چه چیزهایی باشد.

ناگهان پاسخی به ذهنش خطور کرد، «انگیزه» حدس زد تفاوتی که در کار این سه نفر مشاهده می‌شود به انگیزه کار کردن آن‌ها مربوط باشد. به همین سبب تصمیم گرفت پیش آن‌ها برود و از نزدیک با آن‌ها گفت‌وگو کند.

نخست از فردی که چندان دلبستگی به کار نداشت پرسید: " به چه کاری مشغولی؟". جواب داد: "سنگ می‌تراشم!"

رئیس پرسید: "همین."

گفت: " آری!"

آنگاه نزد فردی که متوسط‌الحال بود، رفت و همین سؤال را از وی کرد. او پاسخ داد "این سنگ‌ها را می‌تراشم تا ایوانی درست کنم."

و تبسمی به لب آورد. رئیس به سراغ فردی که از همه بهتر کار می‌کرد، رفت و پرسشش را تکرار کرد. او باشعور و هیجانی خاص جواب داد: "دارم قصر بزرگ و زیبایی می‌سازم که در بالای این کوه جای خواهد گرفت. این سنگ‌ها را برای ستون‌های قصر به کار می‌برم. سپس سنگ‌های دیگری برای ساخت دیوارها و دروازه‌های آن خواهم تراشید و به‌تدریج قصری باشکوه و بی‌مانند بنا خواهم کرد که هر کس به آن می‌نگرد زبان به تحسین بگشاید و بر سازنده‌اش آفرین بگوید. رئیس از گفت‌وگو با این سه نفر پاسخ خود را یافت. نبسمی زد و قدم‌زنان در هوای آزاد به گردش پرداخت و به فکر فرو رفت. از کشف خود خوشحال بود. به نکته بسیار مهمی پی برده بود. نکته‌ای که می‌توانست منشأ تحولات بزرگ و بنیادی برای او در آینده باشد.

او دائم زیر لب زمزمه می‌کرد: هدف‌های بزرگ، انگیزه‌های برومند، کارایی بیشتر.

نکته: عملکرد افراد بستگی به انگیزه‌های آن‌ها دارد. هرچه انگیزه‌های درونی انسان‌ها نیرومندتر باشد، کارایی آن‌ها افزایش خواهد یافت.

انگیزه‌های نیرومند از هدف‌های بزرگ و باشکوه پدید می‌آیند. برای این‌که به شور و شوق و جنبش درآیید، کارهای کوچک خود را به هدف‌های بزرگ و باشکوه متصل کنید. هدف‌های شما باید مانند چشمه‌ای زلال پیش شما بجوشند و شما دمی از آن‌ها چشم برندارید!

نگرش منفی

روزی در جریان یک بازی فوتبال پزشکی که در اتاق کمک‌های اولیه ورزشگاه حاضر بود، بیماریِ چند نفر از مراجعان را مسمومیت غذایی تشخیص داد و کارهای مناسب این تشخیص را انجام داد. چیزی نگذشت که پزشک فهمید هر پنج نفر از دکه ورزشگاه نوشابه خریده‌اند. بنابراین دستور داد از بلندگوی ورزشگاه اعلام کنند احتمال دارد نوشابه‌های آن دکه مسموم باشد، بنابراین بهتر است حاضران احتیاط کنند و از آنجا نوشابه نخرند. پس‌ازاین خبر بیش از دویست نفر مدعی شدند که نشانه‌های مسمومیت را در خود حس می‌کنند، وضع نیمی از این عده چنان

بد شده بود که ناچار به بیمارستان اعزام شدند. پس از کندوکاو بیشتر معلوم شد آن پنج نفر اول از یک اغذیه‌فروشی سر راه ورزشگاه سالاد سیب‌زمینی خورده بودند که سیب‌زمینی آن فاسد بود. وقتی این خبر به این دویست نفر رسید و فهمیدند که نوشابه‌های دکه داخل ورزشگاه سالم بوده، به‌طور معجزه‌آسا بهبود یافتند.

نکته: نگرش منفی تنها چیزی است که سرعت پخش آن بیشتر از سرعت انتشار نگرش مثبت است. خیلی‌ها خیال می‌کنند داشتن ژست منفی برازنده‌تر است. شاید به این دلیل که فکر می‌کنند با این ژست‌ها مهم‌تر یا زیرک‌تر جلوه خواهند کرد. ولی درواقع نگرش منفی نه تنها به شخصی که صاحب آن است کمک نمی‌کند، بلکه به او لطمه می‌زند.

آینده را ببینیم

روزی از هلن کلر، نویسنده نابینا و ناشنوای آمریکایی، پرسیدند: "چه چیزی بدتر از نابینا به دنیا آمدن است."

او در پاسخ گفت: "دیدن بدون داشتن تصویری از آینده تنها راه پیش بینی آینده توانمندشان در شکل‌دهی آن است.

اریک هوفر

کیفیت یعنی...

ماده روباهی ماده شیری را ریشخند می‌کرد که او هرگز بیش از یکی نمی‌زاید.

ماده شیر در جواب گفت: تنها یکی می‌زایم، اما شیر.

نکته: همیشه کیفیت مهم‌تر از کمیت است.

آنتونی رابینز در باب کیفیت زندگی با نگاهی فهیم می‌گوید:

"آنچه مهم است کیفیت زندگی است، نه عمر دراز."

پیتر دراکر معتقد است. کار درست را بار نخست درست انجام دادن و بار دوم بهتر از بار نخست انجام دادن، کیفیت است .

جیم ران، فیلسوف بزرگ، پا را فراتر گذاشته و می‌گوید:"احساساتی که داریم، منش ما را به وجود می‌آورند و این منش ماست که در پایان، کیفیت زندگی را تعیین می‌کند."

طمع نکنید

لئو تولستوی درباره یک کشاورز ثروتمند حکایتی دارد که آموزنده است.

زارعی به آنچه که داشت قانع نبود و همیشه بیشتر می‌خواست. روزی به او پیشنهاد می‌شود در ازای صد دلار می‌تواند هر اندازه زمینی را که در عرض یک روز دور می‌زند از آنِ خود کند. تنها شرط پیشنهاد این بود که کشاورز باید تا غروب آفتاب به نقطه آغاز برگردد.

صبح روز بعد کشاورز با گام‌های تندوتیز شروع به حرکت می‌کند. وسط روز که می‌رسد، بسیار خسته می‌شود، اما همچنان به راه خود ادامه می‌دهد و زمین‌های بیشتری را زیر پا می‌گذارد. بعدازظهر همان روز کشاورز متوجه می‌شود حرص و طمع باعث شده فاصله‌اش از نقطه آغاز بسیار زیاد شود. به همین سبب بر سرعت گام‌های خود می‌افزاید؛ با پایین آمدن خورشید شروع به دویدن می‌کند چون خوب می‌دانست که اگر به نقطه آغاز برنگردد پیشنهاد را می‌بازد و دیگر فرصت آن را پیدا نمی‌کند که صاحب زمینی بزرگ شود.

چیزی به غروب آفتاب نمانده بود که سر و کله کشاورز در نزدیکی‌های خط آغاز پیدا می‌شود. او با نفس‌های بریده و با قلبی که به‌شدت می‌تپید، آخرین رمق خود را جمع می‌کند و قبل از غروب آفتاب تلوتلوخوران خود را به نقطه آغاز می‌رساند. چند ثانیه بعد کشاورز از حال می‌رود، نقش زمین می‌شود، خون از دهانش بیرون می‌زند و می‌میرد.

خدمتکار او پا پیش می‌گذارد و برای او قبری می‌کند که طول آن بزرگ‌تر از دو متر و عرض آن بزرگ‌تر از یک متر نبود.

عنوان داستان تولستوی این است: "انسان به چه مقدار زمین نیاز دارد؟"

حرص و طمع غولِ در حال رشدی است که لباس هیچ‌وقت برایش اندازه نیست!

امرسون

پشتکار داشته باشیم

آنتونی رابینز درباره ثمره اراده و پشتکار خاطره‌ای تعریف می‌کند:

هنگامی که در آن آپارتمان کوچک و محقر زندگی می‌کردم و ظرف‌های خود را در وان حمام می‌شستم، ناچار بودم این، قصه‌ها را به خود یادآوری کنم که هیچ مشکلی برای همیشه باقی

نمی‌ماند؛ هیچ مشکلی تمام زندگی مرا تحت تأثیر قرار نمی‌دهد. اگر دست به کارهای سازنده، مثبت و پرتلاش بزنم، سرانجام مشکلات را از سر خواهم گذراند.

همیشه با خود فکر می‌کردم درست است که زندگی فعلی من وحشتناک است؛ اما خیلی چیزها دارم که می‌توانم به خاطر آن‌ها شکرگزار باشم؛ دو نفر را دوست دارم، می‌توانم از حواس پنج‌گانه خود استفاده کنم و می‌توانم هوای تازه تنفس کنم.

همیشه به خود یادآوری می‌کردم که باید به خواسته‌هایی که دارم، توجه کنم. باید به‌جای پرداختن به مشکلات، به راه‌حل آن‌ها فکر کنم و به یاد می‌آوردم که هیچ مشکلی نیست که در تمام طول عمر با من باشد، حتی اگر در حال حاضر چنین به نظر برسد. آنگاه به این نتیجه رسیدم که نباید به علت داشتن مشکلات مالی یا شکست‌های روحی فعلی، خیال کنم که تمام زندگی من تباه شده است. به این موضوع توجه کردم که خودم هیچ عیبی ندارم، بلکه فقط در دوران بدی از زندگی به سر می‌برم. به‌عبارت‌دیگر، دانستم که اگر به پرورش دانه‌هایی که کاشته‌ام (اعمال صحیح) بپردازم، سرانجام زمستان حیات من پایان خواهد گرفت و بهاری نو فرا خواهد رسید. آنگاه من ثمره سال‌ها تلاش خود را که در ظاهر بی‌حاصل به نظر می‌رسید، خواهم چید. در ضمن به این نتیجه رسیدم که اگر بارها و بارها کار اشتباهی را تکرار کنم، انتظار به دست آوردن نتیجه بهتر، انتظاری ابلهانه است. باید دست به کار تازه‌ای می‌زدم و به فعالیت خود همچنان ادامه می‌دادم تا به نتیجه دلخواه برسم.

برای شما پیام ساده‌ای دارم که اگر به قلب خود رجوع کنید آن را حقیقت خواهید یافت. تلاش مستمر و فوق‌العاده همراه با پشتکار و سماجت و داشتن نرمش در تعقیب هدف‌ها، سرانجام شما را به خواسته‌هایتان خواهد رساند، اما باید یک فکر را از ذهن خود بیرون کنید و آن این است که «هیچ راه‌حلی وجود ندارد» باید بی‌درنگ توجه خود را به کارهایی معطوف کنید که امروز می‌توانید انجام دهید، حتی اگر آن کارها جزیی و بی اهمیت به نظر برسند. این نظر ساده و عاقلانه می‌نماید. این‌طور نیست؟ پس چرا بسیاری از اشخاص آن را نمی‌پذیرند و بر اساس آن عمل نمی‌کنند؟ پاسخ این است که آن‌ها به علت ترس از شکست همه درها را به روی خود بسته‌اند؛ اما من در مورد شکست نکته‌ای را کشف کردم: شکست وجود ندارد.

یادگیری از اشتباهات

روزی گزارشگر روزنامه‌ای با دانشمندی که در زمینه پزشکی موفق بود، مصاحبه کرد و از او پرسید: "چرا فکر می‌کنید در مقایسه با مردم عادی می‌توانید کارهای بیشتری انجام دهید."

او گفت: "علتش درسی است که در دوسالگی از مادرم آموختم." روزی وقتی خواستم شیشه شیری را از یخچال بردارم از دستم افتاد و همه محتوای آن روی کف آشپزخانه ریخت. مادرم به‌جای آنکه عصبانی شود، گفت: "چه خرابکاری جالبی کردی! تا حالا ندیده بودم که شیر این‌طوری به زمین بپاشد. خب، کاریه که شده! دلت می‌خواهد قبل از این‌که شیر را از روی زمین پاک کنیم، روی آن بازی کنی!"

و منهم به‌راستی این کار را کردم. بعد از چند دقیقه مادرم ادامه داد: "می‌دانی هر وقت از این خرابکاری‌ها بکنی باید خودت آن‌ها را پاک کنی. خب، دوست داری چطور شیرها را پاک کنی؟ می‌توانیم از یک حوله، یک اسفنج یا یک پارچه استفاده کنیم. تو کدام را ترجیح می‌دهی؟"

وقتی شیر پخش شده بر روی زمین را پاک کردیم، مادر گفت: "اشکال این بود که نمی‌دانستیم تو با دو دست کوچک، چگونه می‌توانی شیشه شیر را از یخچال برداری. بیا به حیاط برویم، شیشه را پر از آب بکنیم و ببینیم می‌توانیم راهی پیدا کنیم که آن را بدون این‌که به زمین بیفتد، حمل کنی."

و این کار را کردیم

به‌راستی که چه درس شگفت انگیزی بود! این دانشمند گفت: "از آن زمان دانستم که می‌توانم اشتباه کنم و مطلب بیاموزم. آموختم که اشتباه کردن فرصت مناسبی برای یادگرفتن است."

تدی روزولت می‌گوید:

کسی که اشتباه نمی‌کند، پیشرفت هم نمی‌کند.

آندره متیوس هم در ادامه می‌گوید:

رفتار شما ارتباطی باارزش خود شما ندارد. شما وقتی اشتباه می‌کنید، آدم بدی نیستید؛ تنها مرتکب اشتباه شده‌اید.

رشد و بهبود

روزی از دیوید گلاس، مقام ارشد فروشگاه‌های وال مارت، پرسیدند که چه کسی را بیش از همه تحسین می‌کند و او جواب داد: "سام والتون، بنیان‌گذار وال مارت"

بعد در مقام توضیح بیشتر گفت: "تا جایی که او را می‌شناسم هرگز اتفاق نیفتاد که لحظه‌ای از بهبود و رشد دست بکشد."

نکته: تعهد در قبال رشد و بالندگی کلید دستیابی به توانمندی‌های خود و رسیدن به موفقیت است. همه روزه می‌توانید اندکی از روز قبل خود بهتر شوید. این‌گونه هر روز یک قدم به توانمندی‌های بالقوه خود نزدیک‌تر می‌شوید.

خشم

سال‌ها پیش تصمیم اشتباه یکی از مدیران ارشد یک شرکت نفتی باعث شد خسارتی در حدود سه میلیون دلار به شرکت وارد شود. جان دی راکفلر مدیرعامل آن شرکت بود. روزی که خبر خسارت به گوش همه کارکنان شرکت رسید، همه کارکنان به بهانه‌های مختلف می‌کوشیدند از مدیرعامل دوری کنند تا مورد خشم و عصبانیت او قرار نگیرند.

تنها کسی که جرئت کرد در چنین شرایطی پیش مدیرعامل برود، شخصی به نام ادوارد بدفورد بود. او یکی از کارکنان شرکت بود و می‌دانست که باید خود را برای شنیدن سخنان مدیرعامل در مورد شخصی که این اشتباه را مرتکب شده، آماده کند.

وقتی‌که بدفورد وارد دفتر کار مدیرعامل می‌شود، می‌بیند که مدیرعامل شرکت بزرگ نفتی روی میز خم شده و سخت مشغول نوشتن مطالبی بر روی کاغذ است. بدفورد بدون آنکه مزاحم کار او شود، آرام در گوشه‌ای می‌ایستد. راکفلر پس از چند دقیقه سرش را از روی میز بلند می‌کند و می‌گوید: "چطوری؟ چه خبر؟ خبر خسارت واردشده به شرکت را شنیده‌ای؟"

بد فورد هم شنیدن خبر خسارت وارده به شرکت را تأیید می‌کند.

راکفلر می‌گوید: "چند روزی است که این مسئله فکر مرا به خود مشغول کرده و در مورد آن دارم فکر می‌کنم و قبل از این‌که بخواهم با شخصی که مرتکب این اشتباه شده جلسه‌ای داشته باشم و حرف‌های او را بشنوم، دارم چیزهایی را روی کاغذ می‌نویسم.

بدفورد باقی داستان را این‌گونه تعریف می‌کند:

بالای کاغذ نوشته شده بود « نقاط قوت آقای... » سپس فهرستی بلند بالا از خصوصیات مثبت شخص خطاکار روی کاغذ نوشته شده بود.

من درسی را که آن روز از راکفلر گرفتم، فراموش نمی‌کنم. طی سال‌های بعد هر زمان که به سبب اشتباه کسی عصبانی می‌شدم و می‌خواستم او را تنبیه کنم، قبل از هر چیز خودم را مجبور می‌کردم پشت میزی بنشینم و فهرستی از نقاط قوت آن شخص بنویسم و بعد از نوشتن چنین فهرستی متوجه می‌شدم که می‌توانم مسئله‌ی پیش‌آمده را از بُعد دیگری بررسی کنم. بدیهی

است که بعد از انجام این کار توانسته‌ام خودم را از یکی از بزرگ‌ترین اشتباهاتی که هر مدیر
امکان دارد آن را مرتکب شود و آن چیزی جز خشم و عصبانیت نیست، مصون نگه دارم.

مردی نه این است که حمله آورد، بلکه آن است

که در وقت خشم خود را بر جای بدارد و پای از حد انصاف بیرون ننهد.

سعدی

از شکست‌ها بیاموزیم

میلتون هرشی مردی که مظهر یک انسان موفق به شمار می‌رود، معنی شکست را خوب می‌داند.
او پسر کوچکی بیش نبود که در چاپخانه‌ای شاگردی می‌کرد؛ اما نتوانست کاری از پیش ببرد. او
دریک شیرینی فروشی به‌عنوان شاگرد مشغول به کار شد.

پنج سال در شیرینی فروشی کار کرد و تجربه آموخت و سال ۱۸۷۶ میلادی، هنگامی که فقط
نوزده سال داشت به فیلادلفیا رفت تا برای خود شیرینی فروشی باز کند. او شش سال در این
شیرینی فروشی سخت کار کرد، اما سرانجام مجبور شد آنجا را ترک کند. او
سپس به شیکاگو رفت تا دریک شرکت آب‌نبات سازی مشغول به کار شود.

او بار دیگر تصمیم گرفت برای خود کار کند، به همین دلیل به همراه پدرش یک کارگاه آب‌نبات
سازی در نیویورک تأسیس کرد.

این امر نیز با شکست مواجه شد. آن‌ها به کالیفرنیا رفتند و به دادوستدی دست زدند که در آن
نیز شکست خوردند. در تگزاس نیز دست به اقداماتی زدند که آن هم شکست دیگری به ارمغان
آورد.

اما میلتون از شکست‌ها و اشتباهات خود درس‌های خوبی آموخت. او آموخت انسان تا زمانی که
از سعی و کوشش باز نمانده باشد، هرگز شکست نمی‌خورد. او آموخت موانع می‌توانند وسیله
پیشرفت باشند. او در طی مسیر پرپیچ وخمی که پشت سر گذاشته بود، چم و خم شیرینی ریزی
را آموخت و از آنجا که مدام در حال اندوختن تجربه و انجام فرمول و پروسه‌های جدید بود، اقدام
به تولید شیرینی‌های جدید کرد.

او بار دیگر از نو آغاز کرد و چیزی به عید کریسمس نمانده بود که اقدام به تأسیس کارگاه
«کارامل لانکستر» در پنسیلوانیا کرد. این کار گرفت و چند سالی به اواخر قرن نمانده بود که

کارگاهش را به قیمت یک میلیون دلار فروخت و سپس دست به بزرگ‌تری ماجراجویی زندگی خود زد.

میلتون، مردی که دیگر در فرآوری شکلات‌های شیری مخصوص خود تجربه کافی کسب کرده بود، اقدام به تولید "شیرینی‌های شیری میلتون "و سایر فرآورده‌های جنبی آن نمود. او سال ۱۹۰۳ میلادی کارخانه‌ای تأسیس کرد که به عظیم‌ترین کارخانه شکلات‌سازی دنیا تبدیل شد. او حتی در اطراف کارخانه خود شهرک بزرگی بنا کرد تا کارگرانش بتوانند با خیال آسوده، با خانواده‌های خود در آنجا زندگی کنند.

میلتون و همسرش سال ۱۹۰۹ اقدام به تأسیس مدرسه شبانه‌روزی میلتون هرشی کردند تا کودکان محروم بتوانند در آن زندگی کنند و از آموزش رایگان بهره‌مند شوند. میلتون و همسرش هرگز صاحب فرزند نشدند. آن دو سال ۱۹۱۸ میلادی نودونه درصد از ثروت و دارایی خود را به بنیاد میلتون، بنیادی که پشتیبان مدرسه یادشده بود، اهدا کردند.

شکست‌ها و درس گرفتن از آن‌ها باعث شدند میلتون هرشی به یک مخترع، کارآفرین، کارخانه‌دار، خیر و بشردوست تبدیل شود. او سال ۱۹۴۵ در هشتادوهشت سالگی به دیار باقی شتافت و این هنگامی بود که نام نیک او شهره عالم شده بود.

تحسین

ویلینگتن، سرداری که ناپلئون را در چندین جنگ شکست داد، کسی نبود که به‌راحتی بتوان زیرِ دست او کار کرد. او فردی باهوش و با استعداد بود. باوجود هم ه این‌ها خودش هم می‌دانست که طرز رفتارش با زیردستانش خوب نیست و بسیار سخت‌گیر است. در دوران پیری ویلینگتن خبرنگاری از او پرسید: "اگر زمان به چهل سال پیش برگردد، شما چه نوع رفتاری را انتخاب می‌کنید."

ویلینگتن در جواب گفت: "بیش از پیش رفتار اطرافیانم را تحسین می‌کردم."

مرگ پایان انسان نیست

وقتی پسرم جاشوا هفت سال داشت روزی گریه‌کنان از مدرسه به منزل آمد؛ زیرا یکی از همکلاسی‌هایش از بالای یکی از وسایل بازی مدرسه سقوط کرده و مرده بود.

کنار او نشستم و گفتم: "عزیزم می‌دانم چه احساسی داری. دلت برای او تنگ می‌شود و باید هم‌چنین احساسی داشته باشی؛ اما بهتر است این نکته را بدانی که تو هم یک کرم درخت هستی!"

گفت: "منظورت چیست؟"

گفتم: "در زندگیِ کرم ابریشم زمانی فرامی‌رسد که خیال می‌کند مرده است؛ می‌دانی که آن کدام مرحله است."

گفت: "آه بله همان وقتی است که رشته‌هایی را به دور خود می‌تند و در آن فرو می‌رود."

گفتم: "بله و اگر یک پیله را بشکافی چیزی در آن می‌بینی که شبیه کرم نیست و بیشتر مردم از جمله خود کرم فکر می‌کنند مرده است اما درواقع آن کرم، در حال دگردیسی و تغییر شکل است. از چیزی به چیز دیگر تبدیل می‌شود و تو می‌دانی که سرانجام به چه چیزی تبدیل می‌گردد."

گفت: "بله به یک پروانه!"

گفتم: "نه"

گفت: "آیا کرم‌های کوچک درخت که روی زمین هستند، چگونگی تبدیل آن کرم درخت به پروانه را می‌بینند."

گفتم: "وقتی یک کرم درخت به صورت پروانه از پیله خارج می‌شود، چه می‌کند؟"

گفت: "پرواز می‌کند."

گفتم: "بله درست است. بال‌هایش را در نور آفتاب تکان می‌دهد و وقتی خشک شد، شروع به پرواز می‌کند. در این موقع خیلی زیباتر از زمانی است که به صورت کرم درخت بود. پروانه آزادی بیشتری دارد یا کرم درخت."

گفت: "چون پروانه پاهای کمتری دارد پس بی‌شک کمتر خسته می‌شود."

گفتم: "پروانه به پاهای زیاد احتیاج ندارد چون بال دارد و می‌تواند پرواز کند. من فکر می‌کنم دوست تو هم آلان بال دارد."

بعد گفتم: "ببین، ما باید تصمیم بگیریم که هر کس چه موقع می‌تواند به پروانه تبدیل شود و شاید این کار در نظر ما غلط باشد؛ اما خداوند بهتر از ما می‌داند که هر کس را چه موقع به پروانه تبدیل کند. به‌عنوان‌مثال، آلان زمستان است و تو ممکن است دلت بخواهد تابستان باشد اما خواسته خداوند چیز دیگری است و برنامه‌هایی دارد که درک آن‌ها برای ما مشکل است. ما باید به خداوند ایمان داشته باشیم و به خواست او راضی باشیم زیرا او در خلقت پروانه از ما استادتر

است. اگر همانند کرم درخت باشیم، ممکن است ندانیم که در دنیا پروانه هم وجود دارد، زیرا آن‌ها از بالای سر ما پرواز می‌کنند اما باید بدانیم که به‌راستی پروانه وجود دارد.

بزرگان چگونه می‌اندیشند؟

نظری به زندگی انسان‌های پیشرو و موفق تاریخ نشان می‌دهد که آن‌ها توانسته‌اند از امکانات وجودی خویش به‌خوبی استفاده کنند و این را می‌توان یگانه مشخصه و تفاوت آن‌ها با دیگران به شمار آورد. کسانی که به قدرت‌ها و استعدادهای نهانی خود پی برده‌اند و از آن استفاده کرده‌اند، در زندگی بسیار موفق شده‌اند. ولی آن‌هایی که از نیرو و توان خود بی اطلاعند، زندگی معمولی را هم به‌زحمت دنبال می‌کنند. کار فوق‌العاده‌ای که نام « شاهکار » بر روی آن نهاده‌اند، درواقع چیزی جز همان به‌کارگیری استعداد و نیروی خداداد ما نیست.

سرگذشت جذاب کیم وو چونگ، تاجر کره‌ای، کسی که در پیروزی‌های صنعتی و بازرگانی امروز کره نقش مؤثری داشته، قابل‌توجه است.

این شخص رئیس هیئت مدیره و مؤسس تشکیلات « دوو » است. او در سنین کودکی در کُره زندگی بسیار فقیرانه‌ای داشت و این وضع سالیان زیادی ادامه پیدا کرد به‌طوری که وقتی با زحمت و مشقت خود را به دانشگاه رساند، پشیزی در جیب نداشت و مجبور بود حدود ده کیلومتر، فاصله منزل تا دانشگاه را طی دو ساعت پیاده طی کند! اما همواره امیدها و رؤیاهایی را در سر می‌پروراند. وقتی شب‌ها دیروقت از کتابخانه دانشگاه خارج می‌شد و آن مسافت طولانی را می‌پیمود، نگاهش را به آسمان می‌دوخت و به قول خودش، تمام عالم را در میان بازوانش جای می‌داد و هیچ‌چیز در ذهنش غیرممکن به نظر نمی‌رسید. او با نیروی اراده و پایمردی توانایی‌های درونی خود را به کار گرفت و سرانجام موفق شد به‌سرعت راه پیشرفت و ترقی را بپیماید و به آرمان‌های خود جامه عمل بپوشاند.

وی در کتاب سنگفرش هر خیابان از طلاست می‌نویسد:

طبق بررسی‌های انجام شده، هر انسان تنها ده درصد از استعداد نهایی خود را به کار می‌گیرد؛ بنابراین چنانکه ما از بیست درصد استعدادهای خود استفاده کنیم، همگی نابغه خواهیم شد و اگر سی درصد از استعدادهایمان را به‌کارگیریم، قهرمانان بزرگی می‌شویم.

بنابراین منصفانه است اگر بگوییم هر نابغه و قهرمانی توانایی‌های نهفته خود را خیلی بیشتر از افراد معمولی توسعه و پرورش داده است.

ادیسون برای هر اختراع خود، دستگاه را گاهی تا دویست مرتبه یا بیشتر آزمایش می‌کرد. وی با پشتکار زیاد استعدادهای نهایی خود را رشد داد و نبوغ خفته درونش را بیدار کرد. احتیاط کنید که در دام عذر و بهانه و توجیه گرفتار نشوید. شما بدون غالب شدن بر خود نمی‌توانید فاتح دیگران شوید.

مسافرت

مدیر به منشی می‌گوید: "برای یک هفته باید بریم مسافرت، کارهات رو روبه راه کن."

منشی به شوهرش زنگ می‌زند و می‌گوید من باید با رئیسم بروم سفر کاری، کارهات رو روبه راه کن."

شوهر به نامزد سابقش زنگ می‌زند و می‌گوید: "زنم یک هفته می‌رود مأموریت، کارهات رو روبه راه کن."

نامزد سابق هم که تدریس خصوصی می‌کرد به شاگردش زنگ می‌زند می‌گوید: "من تمام هفته مشغولم نمی‌توانم بیایم."

پسر به پدربزرگش زنگ می‌زند و می‌گوید: "معلمم یک هفته کامل نمی‌آید، بیا هر روز بزنیم بیرون و هوایی عوض کنیم."

پدربزرگ که اتفاقاً همان مدیر شرکت است به منشی زنگ می‌زند و می‌گوید: "مسافرت را لغو کن، من با نوه‌ام سرم گرم است."

منشی به شوهرش زنگ می‌زند و می‌گوید: "مأموریت کنسل شد من دارم می یام خانه."

شوهر به نامزد سابقش زنگ می‌زند و می‌گوید زنم مسافرتش لغو شد، نیا که متأسفانه نمی‌توانم ببینمت."

نامزد سابق به شاگردش زنگ می‌زند و می‌گوید کارم عقب افتاد و این هفته بی‌کارم، پس دارم می‌آم که بریم سر درس و مشق."

پسر به پدربزرگش، زنگ می‌زند و می‌گوید: "راحت باش، برو مسافرت، معلمم برنامه‌اش عوض شد و می‌آید."

مدیر هم دوباره گوشی را برمی‌دارد و به منشی زنگ می‌زند و می‌گوید: "برنامه عوض شد حاضر شو که بریم مسافرت."

نکته: صداقت، درستی و قابل‌اعتماد بودن معیاری سهم در اندازه‌گیری میزان شجاعت، و اقتدار شخصی است و از ضروری‌ترین اجزای یک رابطه سالم. دانستن این موضوع که می‌توانند به همسر

خود اعتماد کنید، حس امنیت فوق‌العاده‌ای به شما خواهد داد. از طرف دیگر، چنانچه در ترس دائم از دروغ گفتن همسر یا نامزدتان به سر می‌برید، هرگز نخواهید توانست در رابطه‌تان بیاسایید و همواره در تنش، تردید و انزجار خواهید بود. اثرات درازمدت عشق ورزیدن به کسی که به او اعتماد ندارید، برای اعتمادبه‌نفس شما و نیز رابطه‌تان مخرب خواهد بود. در اینجا به صورت بسیار خلاصه به این موضوع به‌عنوان یک ملاک مهم برای تمییز عشق حقیقی از کاذب می‌پردازیم.

عشق چیست؟
عاشق کیست؟

وجود روراستی و صداقت یکی از مهم‌ترین معیارهای تشخیص عشق و عاشق حقیقی است. ما نمی‌توانیم در رابطه‌ای هم دروغ بگوییم وهم عاشق باشیم. عاشق دروغ نمی‌گوید. عشقتان را بر مبنای میزان احساسی که به معشوق دارید نسنجید، عشقتان به‌اندازه صداقتی است که با او دارید.

از کجا بدانم همسرم را چقدر دوست دارم؟

به این نگاه کنید که چقدر با او روراست هستید. از خود بپرسید:

چقدر برای به دست آوردنش دروغ گفتم؟

چقدر برای حفظش متوسل به دروغ شده‌ام؟

چه حقایقی است که از او مخفی کرده‌ام؟

چه‌کارهایی کرده‌ام که خیلی بد می‌شود (و شاید فاجعه است) اگر او بداند؟

آیا پیش او می‌توانم بلند فکر کنم؟

آیا مواردی هست که اگر او بداند رابطه‌مان به‌پایان می‌رسد؟

نوع پاسخ به سؤالات بالا نشان می‌دهد که چقدر رابطه‌تان با معشوقتان مستحکم است و چه‌اندازه عشق اصیل در زندگی‌تان جریان دارد.

مغرور نباشید

شیری گرسنه که در میان بیشه‌ی صحرایی کمین کرده بود، از میان تپه‌های کوهستان بیرون پرید و گاوی را از پای درآورد. سپس درحالی‌که شکمی از عزا درمی‌آورد، هرازگاهی یک‌بار سرش را بالا می‌گرفت و با غرور نعره‌ای می‌کشید.

صیادی که در آن حوالی در جست‌وجوی شکار بود، صدای نعره‌های شیر را شنید و پس از جست‌وجو، با گلوله‌ای آن را از پای درآورد!

بپذیریم:

موفقیت برای اشخاص کم ظرفیت مقدمه گستاخی است!

آب یخ مجانی

کسی که تفکر مثبت دارد می‌داند همیشه ایده‌ای وجود دارد که به او کمک می‌کند برای مشکلش راه‌حلی بیابد و مصمم خواهد بود این فکر خلاق و دگرگون کننده را بیابد. اعتقاد همان چیزی است که تِد و دوروتی هاستید را به موفقیت رساند. پایان دسامبر سال ۱۹۳۱ داروسازی به نام تد و همسرش دوروتی، که معلم بازنشسته بود، داروخانه کوچکی در شهر والِ داکوتای جنوبی خریدند. آن زمان این شهر فقط سیصد نفر جمعیت داشت. تنها خواسته آن زوج این بود که شهرشان یک مدرسه و یک مکان مذهبی داشته باشد تا بتوانند مراسم مذهبی روزانه را در آنجا انجام دهند. این شهر خواسته آن‌ها را برآورده کرد و مردم شهر هم به دکترشان افتخار می‌کردند. اما آن زمان شهر مسائل دیگری هم داشت که بسیار ناامیدکننده به نظر می‌رسیدند. مسافرانی که بین بِلک هیلز و بد لندز سفر می‌کردند، فقط گاهی و آن هم اتفاقی گذرشان به وال می‌افتاد و اغلب از آنجا به‌عنوان ناکجا آباد یاد می‌کردند. درآمد این منطقه از راه کشاورزی تأمین می‌شد که در سال‌های اخیر با انواع مشکلات طبیعی چون خشک‌سالی، هجوم ملخ‌ها، محصول کم و غیره مواجه شده بود. تا این‌که رکود اقتصادی بزرگ همه چیز را بدتر از قبل کرد. باوجود این، هنوز هم افراد دلیری در آنجا زندگی می‌کردند؛ کسانی که معتقد بودند در این شهر ریشه دارند و می‌توانند به آن خانه بگویند.

شاید متوجه شدید که شروع کار آن‌ها هم‌زمان با آغاز سال ۱۹۳۲ بود و پیش خود بگویید عجب زمانی را برای شروع کار تجاری انتخاب کرده بودند؛ اما اگر قرار باشد همیشه به دنبال موقعیت مناسب باشید، ممکن است انتظارتان خیلی طولانی شود.

تابستان‌ها گردوغباری به ضخامت چندین سانتی‌متر زمین خشکیده وال را می‌پوشاند. باد روی زمین بَد لندز می‌چرخید، زوزه می‌کشید و چندین تُن گرد و خاک را از زمین خشک بلند می‌کرد و با خود به آسمان می‌برد، طوری که تقریباً نور خورشید دیگر به زمین نمی‌رسید. چند مسافری هم که ازآنجاکه خاکی می‌گذرند، در اتومبیل‌های بدون تهویه از گرمای شدید و گردوخاک خفه کننده معذب می‌شوند، گلویشان خشک می‌شود و زبانشان از گرما بیرون می‌افتد. تد و دوروتی مشتری چندانی نداشتند، بنابراین زمان زیادی را صرف دعا و تفکر می‌کردند و این خوب بود،

زیرا در غیر این صورت ممکن بود ایده فوق‌العاده‌ای را که موجب تغییر زندگی‌شان شد، هیچ‌گاه به دست نمی‌آوردند.

مسئله آن‌ها این بود: "چگونه باید مسافران خسته و کلافه را از بزرگراه به داخل شهر و مغازه کشاند برای حل این مسئله فکر کردند و به دنبال راه‌حل گشتند. دعا کردند و از خداوند خواستند قدرت حل این مسئله را به آن‌ها بدهد. اگر شما هم‌چنین کنید، مسلماً به نتیجه دلخواه دست خواهید یافت. بالاخره آن فکر نجات‌بخش به شکل سؤال به ذهن تد و دوروتی رسید؛ سؤال این بود: "مسافران خسته خاک‌آلود و گرمازده هنگامی که از بزرگراه می‌گذرند، بزرگ‌ترین آرزویشان چیست؟"

پاسخ: "یک لیوان بزرگ آب یخ! آب یخ مجانی در درا گاستور وال!"

هر دو به بیرون شهر رفتند و تابلوهایی را که پیام گیرایی روی آن نوشته شده بود، در بزرگراه نصب کردند البته فقط چند تا و این ابتکار نتیجه خوبی داشت. چند مشتری راهشان را به سوی داروخانه کج کردند. تد و دوروتی کمی دلگرم شدند و هر هفته تابلوهای بیشتری را در طول جاده قرار دادند. قبل از پایان تابستان در طول بیست الی سی کیلومتر مسیر بزرگراه در هر سمت این تابلو نصب شده بود: "آب یخ مجانی در دراگ استور وال، داکوتای جنوبی."

جالب این‌که جسارت هاستید و اشتیاق دوستان و مسافران باعث شد تابلوهای « دراگ استور وال» تمام کشور را فرا بگیرد و حتی راه خود را تا پایتخت‌های اروپا و نقاط دوردست جهان باز کند. دیوارهای فروشگاه‌ها از عکس تابلوهای فروشگاه وال در مکان‌های دورافتاده‌ای چون اهرام مصر و قطب شمال و مدار ۳۸ درجه در کره،، پوشیده شده بودند. عکسی از تاج‌محل در هند تابلویی را نشان می‌داد که روی آن نوشته شده بود و «دراگ استور وال به مدیریت تد هاستید، ۱۷۲۶۱ کیلومتر» پیکانی دراگ استور اکنون سال‌هاست فروشگاه‌ها و دراگ استورها از روش آب یخ مجانی استفاده می‌کنند، اما تد و دوروتی اولین کسانی اند که این فکر را عملی کردند. نتیجه؟ همه روزه شش هزار نفر از نقاط مختلف جهان به درا گاستور تد در این شهر کوچک می‌آیند تا بتوانند موفق‌ترین و مشهورترین دراگ استور جهان را از نزدیک ببینند.

از این موفقیت قابل‌توجه چه نتیجه‌ای می‌توان گرفت؟ مسلماً فهمیدید که برخی افراد در مقابل دشواری واکنش احساسی نشان نمی‌دهند، دلسرد نمی‌شوند و دست برنمی‌دارند، بلکه در عوض فکر و دعا می‌کنند و ایمان دارند که به ایده بزرگی برای حل مسئله دست خواهند یافت. بنابراین برای رویارویی با مسائل، علاوه بر دانش و آگاهی، به فکر و ایمان هم نیاز دارید؛ ایمان به این‌که هر مسئله‌ای پاسخی دارد و می‌توانید بر سختی‌ها غلبه کنید و با دشواری‌ها مقابله کنید و بالاخره ایمان به این‌که می‌توانید مسائل خود را حل کنید ایمان نیروی فوق‌العاده قدرتمندی دارد.

بگذارید افکار مثبت همراه با اعتقاد از مغزتان خارج شود تا ببینید با خود چه نتایج مثبتی به همراه می‌آورد. از سوی دیگر، تفکر بدون ایمان و اعتقاد ما را از موفقیت دور می‌کند. پس تفکر با اعتقاد واقعی ما را به نتایج موفقیت‌آمیز می‌رساند.

دستورالعمل غذای خوشبختی

نخست آشپزخانه را سرریز از حال و هوای «خواستن» کنید. سپس ماهیتابه‌ای که خیلی «چسب» باشد روی آتش «دلتنگی» بگذارید و یک ملاقه «عشق» را در روغن «ناملایمات» بریزید تا خوب سرخ شود و به «دوست داشتن» تبدیل شود! بعد قابلمه خالی و بزرگ «خوشبختی» را روی آتش «فراق» بگذارید، بعد به‌اندازه یک کف دست «محبت»، یک قندان « لبخند »، یک قاشق عسل خوری «وفا»، دو فنجان بزرگ «گذشت»، یک ملاقه «آرامش»، یک پیمانه «دل»، یک لیوان بزرگ «خویشتن‌داری» یک قاشق مرباخوری «بخشش»، یک کفگیر «صداقت»، یک قاشق غذاخوری «شکیبایی»، یک پارچ «خوش‌رویی»، یک کف دست « سپاسگزاری»، یک نمکدان، «عشق» یک قاشق چای‌خوری «سکوت»، یک کاسه بزرگ «شادی» و به‌اندازه یک مشت «پوزش» سپس با کفگیر «صبر»، خوب هم بزنید بعد برای آنکه سوپ خوشبختی‌تان سر نرود با «مهربانی» به آن فوت کنید!

خوب است برای خوش طعم شدن سوپ «خوشبختی»، «دلگیری‌ها و دلخوری‌هایتان» را بریزید در آتش «بخشش» تا بسوزند و خاکستر شوند!

بعد یک بغل «خوشحالی»، داخل قابلمه بریزید و یک آغوش پر از «احترام» به آن اضافه کنید. راستی یادتان نرود! یک کف دست «خوش‌بینی» غذای خوشبختی را خیلی خوردنی می‌کند حالا تنها دل مشغولی شیرینتان پخته شدن غذای «خوشبختی» است! اکنون می‌توانید سفره «عشق» را به مساحت «اخلاص» پهن کنید و یک شاخه گل «لبخند» در گلدان «بخشش» که سرریز «اشک شوق» شماست، بگذارید.

حالا با شور، شتاب و شعف این پا و آن پا کنید! بعد برای این‌که دل‌شوره‌تان کم شود «چهارقل» را نذر قدم‌هایش کنید.

بعد در آتش‌گردان دست‌هایتان که از «نار فراق» یار گُرگرفته، یک مشت اسپند به نیت سلامتی یارتان بریزید و با ذکرِ:
خدایا حفظش کن! یا علی، یاورش باش!

بگردانید...

تا یارتان از راه برسد و مهمان نگاهتان شود و همسفره دلتان!
آخ... که چه کیفی دارد با یار سر سفره عاشقی نشستن!
و «خوشبختی» را لقمه‌لقمه نوشِ جان کردن و لحظه‌لحظه «زندگی» را جرعه‌جرعه نوشیدن!
حالا ضبط را روشن کنید تا «بنان» برای الههٔ ناز شما، «الههٔ ناز» ش را بخواند...

باز ای الهه ناز... با دل من بساز...
کاین غم جانگداز... برود ز برم...

تصویر عشق

ای که می‌پرسی نشان عشق چیست

عشق چیزی جز ظهور مهر نیست

عشق یعنی مهر بی‌چون و چرا

عشق یعنی کوشش بی‌ادعا

عشق یعنی مهر بی اما اگر

عشق یعنی رفتنت با پای سر

عشق یعنی دل تپیدن بهر دوست

عشق یعنی جانِ من قربان اوست

عشق یعنی عاشقی بی‌زحمتی

عشق یعنی بوسهٔ بی شهوتی

عشق یار مهربان زندگی

بادبان و نردبان زندگی

عشق یعنی دشت گل‌کاری شده

در کویری چشمه‌ای جاری‌شده

یک شقایق در میان دشت خار

باورِ امکان با یک گل بهار

در خزانی برگ‌ریز و زرد و سخت

عشق، تاب آخرین برگ درخت

عشق یعنی روح را آراستن

بی‌شمار افتادن و برخاستن

عشق یعنی زشتی زیباشده

عشق یعنی گنگی گویاشده

عشق یعنی ترش را شیرین کنی

عشق یعنی نیش را نوشین کنی

عشق یعنی این‌که انگوری کنی

عشق یعنی این‌که زنبوری کنی

عشق یعنی مهربانی در عمل

خلق کیفیت به کندوی عسل

عشق، رنج مهربانی داشتن

زخم درک آسمانی داشتن

عشق یعنی گل به‌جای خار باش

پل به‌جای این‌همه دیوار باش

عشق یعنی یک نگاه آشنا

دیدن افتادگانِ زیر پا

زیر لب با خود ترنم داشتن

بر لب غمگین تبسم کاشتن

عشق، آزادی، رهایی، ایمنی

عشق، زیبایی، زلالی، روشنی

عشق یعنی تُنگ بی ماهی شده

عشق یعنی ماهی راهی شده

عشق یعنی آهویی آرام و رام

عشق صیادی بدون تیر و دام

عشق یعنی بر‌های آزاد نیز
عشق قصابی بدون تیغ تیز
عشق یعنی مرغ‌های خوش‌نفس
بردن آن‌ها به بیرون از قفس
عشق یعنی برگ روی ساقه‌ها
عشق یعنی گل به روی شاخه‌ها
در میان این‌همه غوغا و شر
عشق یعنی کاهش رنج بشر
ای توانا، ناتوانِ عشق باش
پهلوانا، پهلوانِ عشق باش
ای دلاور، دل به دست آورده باش
در دل آزرده منزل کرده باش
پوریای عشق باش ای پهلوان
تکیه کمتر کن به زور پهلوان

عشق یعنی تشنه‌ای خود نیز اگر
واگذاری آب را بر تشنه‌تر
عشق یعنی خدمت بی‌منتی
عشق یعنی طاعت بی‌جنتی
گاه بر بی‌احترامی احترام
بخشش و مردی به‌جای انتقام
عشق را دیدی خودت را خاک کن
سینه‌ات را در حضورش چاک کن

عشق آمد خویش را گم کن عزیز
قوتت را قوت مردم کن عزیز
عشق یعنی مشکلی آسان کنی
دردی از درمانده‌ای درمان کنی

مجتبی کاشانی

ترسو نباش

تصور کنید شخصی در زندگی‌تان هست که ۲۴ ساعته دنبال شماست و تعقیبتان می‌کند و هرجا می‌روید مدام به شما ترس، اضطراب و نگرانی می‌دهد، اعتمادبه‌نفستان را تخریب می‌کند و اجازه نمی‌دهد کارهایی را که می‌خواستید، انجام دهید.

تصور کنید هروقت می‌خواهید تغییری در خودتان ایجاد کنید و دل به دریا بزنید، می‌آید و به شما می‌گوید: "اگر جای تو بودم این کار را نمی‌کردم. اگر تو را برنجانند چه؟ اگر شکست بخوری چه؟ اگر این کار را بکنی و در این راه قدم بگذاری، ممکن است هزار بلا سرت بیایدها!"

حال فرض کنید قبل از گفتگو با دوستان، خانواده یا هرکس دیگر این شخص شما را به کناری بکشد و شما را بترساند که: "اگر چشم بسته اعتماد کنی و سفره دلت را باز کنی، ممکن است دیگر ترا دوست نداشته باشند. مواظب دهانت باش. به هیچ‌کس اعتماد نکن!"

فرض کنید هربار که می‌خواهید کاری کنید یا به یکی از خواسته‌هایتان برسید، این شخص مدام زیر گوشتان ویزویز کند که: "پشیمان می‌شوی! خواهیم دید چه گندی می‌زنی!"

ممکن است اکنون که این نوشته را می‌خوانید در دل بگویید:

"من چنین شخصی را تحمل نمی‌کنم. اجازه نمی‌دهم کسی با من این‌طور رفتار کند."

اما حقیقت این است که شاید خودتان بسیاری مواقع با خودتان همین‌طور صحبت می‌کنید. کسی که چنین رفتاری با شما دارد و این‌طور با شما صحبت می‌کند، همان **ترس** شماست.

ترس، مانند هم اتاقی احساسی عاطفی است که با شما زندگی می‌کند، حرف می‌زند، فریبتان می‌دهد، بازیتان می‌دهد و سعی می‌کند شما را متقاعد کند، برخی کارها را انجام دهید و برخی دیگر را انجام ندهید و دایم به شما هشدار می‌دهد که اگر دست به فلان کار بزنید، پشیمان می‌شوید و برای خودتان گرفتاری درست می‌کنید. ترستان به شما می‌گوید: «نه نمی‌توانی؛ نباید این کار را بکنی.»

ترس، خودباوری و اعتمادبه‌نفس را از شما می‌گیرد و به شما می‌گوید: "دست بگذار. هیچ کاری نکن. اعتماد نکن. به کسی نزدیک نشو و فکر هر اقدام و حرکتی را از سرت بیرون کن. "ترس، زندگی را دست روی دست درست از جلوی چشمتان و در روز روشن، می‌دزدد."

این یک حقیقت است که همواره با ترس رابطه برقرار می‌کنید و این رابطه یکی از مهم‌ترین روابط شما در زندگی است. لحظه‌ای بایستید و از خودتان بپرسید: "چه رابطه‌ای با ترس دارم؟ آیا به او اجازه می‌دهم بر من چیره شود؟ آیا به او اجازه می‌دهم کاری کند که رؤیاهایم را فراموش

کنم؟ آیا به او اجازه می‌دهم که مرا متوقف کند و اجازه ندهد همان انسان نیرومندی باشم که می‌خواهم؟ آیا با ترس‌هایم روبه‌رو می‌شوم؟ یا از هم می‌پاشم و تسلیم آن می‌شوم؟ آیا می‌دانم چگونه هدفم را گم نکنم و علی‌رغم همه تلاش‌هایش برای متوقف کردن و پشیمان کردن من، به آن اجازه ندهم به‌جای من انتخاب کند؟ چه کسی در این رابطه قوی‌تر است؟ من یا ترسم؟"

ترس، یکی از بزرگ‌ترین و نیرومندترین دشمنان شما و نیرویی است که می‌تواند خوشحالی و خوشبختی شما را خراب کند، اما ترس چگونه می‌تواند این کار را بکند؟ ترس ضعف‌هایتان را تثبیت می‌کند و اجازه نمی‌دهد رشد کنید. بین شما و دیگران جدایی می‌اندازد. کاری می‌کند که رؤیاهایتان را فراموش کنید. شما را ایستا، منجمد و راکد نگه می‌دارد و باعث می‌شود نتوانید تمامی توانایی‌های خود را شکوفا کنید.

همین حالا کارهایی در زندگی‌تان هست که یا دوست دارید انجامشان دهید یا به‌هیچ‌وجه دوست ندارید. تغییراتی هست که تمایل دارید در زندگی‌تان رخ دهند، اما اقدامی در این زمینه نکرده‌اید. شاید هفته‌ها، ماه‌ها و حتی سال‌هاست که می‌خواهید یکی از این کارها را انجام دهید، اما همیشه آن‌ها را به تعویق می‌اندازید. چه چیزی شما را بازمی‌دارد؟ ترستان؟

باربارا دی آنجلیس

(اگر قرار است همه حکایت‌ها نکته داشته باشند لطفاً نکات موارد بالا را هم بنویسید)

نیروهای درونی را آزاد کنید

سامرست موام نویسنده مشهور انگلیسی داستانی درباره دربان کلیسای سنت پیتر در لندن دارد که جالب است: مرد بیچاره از روی ناچاری با پس‌انداز ناچیز خود اقدام به بازکردن یک دکه کوچک سیگارفروشی می‌کند و بعد با روبه‌راه شدن وضع اقتصادی‌اش دکه دیگری می‌خرد و سرانجام کار به‌جایی می‌رسد که دکه‌های او به فروشگاه‌های زنجیره‌ای فروش تنباکو مبدل می‌شوند.

روزی رئیس بانکی که آن مرد حساب‌های خود را در آن نگه می‌داشت، به او می‌گوید: "شما با نداشتن سواد به خوب جایی رسیدید، نمی‌دانم اگر باسواد بودید حالا چه کاره بودید؟"

مرد پاسخ می‌دهد: "در کلیسای سنت پیتر لندن دربان بودم."

نکته: در درون هر انسان دنیایی از عظمت و زیبایی نهفته است که در انتظار ظهور است و این انسان نمی‌داند که فلسفه زندگی چیزی جز تجلی و تجربه منابع درونی او نیست.

طوطی مقلّد

مردی تصمیم گرفت سیگارکشیدن را ترک کند زیرا متوجه شده بود مدتی است به‌محض پخش شدن دود سیگار در فضای اتاق طوطی شیرین سخنش به سرفه می‌افتد. او را نزد دامپزشک برد تا مبادا دود سیگار به طوطی صدمه‌ای زده باشد. دامپزشک طوطی را معاینه کرد و گفت: "بیمار نیست، فقط سرفه‌های خودت را تقلید می‌کند."

نکته: حتی طوطی‌ها هنگام تقلید مانند انسان نیستند. انسان حتی بیشتر می‌تواند به طوطی صفتی بگراید. اگر طوطی تکرارکننده و تقلیدگر دیگران است، می‌توان او را عفو کرد و بخشود، اما از انسان‌ها نمی‌توان گذشت. شما را هرگز نمی‌توان به سبب تقلید بخشید، چون در این صورت شما یک مقلد صرف باقی می‌مانید. پس **دست** از تقلید بردارید و بگذارید تقلید گناه نخستین باشد. «گناه» کلمه بسیار قابل تأملی است. گناه به معنی جدا شدن است. اگر شما مقلد باشید، از خود واقعی‌تان جدا خواهید ماند؛ اگر مقلد بمانید، از خدا هم جدا خواهید ماند. چون فقط خودِ اصیل شما می‌تواند با خدا ملاقات کند. خودِ دروغین یا نقاب دروغین نمی‌تواند هیچ‌گونه مواجهه‌ای با خدا داشته باشد. دروغ نمی‌تواند با واقعیت مواجه شود، فقط واقعیت می‌تواند با واقعیت مواجه شود.

مستمع خوبی باش

چند روستایی برای شکار به بیشه می‌روند و یکی از آن‌ها به زمین می‌افتد. به نظر نمی‌رسید که نفس می‌کشد؛ چشمانش بد جوری فراخ شده بودند. یکی از آن‌ها موبایل خود را درمی‌آورد و شمارۀ اورژانس را می‌گیرد. وی دیوانه وار داد می‌زند: "دوستمان مرده، چه کنیم."

اپراتور با صدایی آرام بخش می‌گوید: "راحت باشید، من به شما کمک می‌کنم، اول مطمئن شوید که او مرده است."

سکوت برقرار شد؛ سپس صدای تیراندازی به گوش رسید. بعد صدایی از تلفن شنیده می‌شود که می‌گوید:" خب حالا چی."

نکته: توانایی شما در خوب گوش دادن و خوب شنیدن مکالمات اجتماعی می‌تواند به‌اندازه هر مهارت دیگری به شما کمک کند.

دانیل گلمن، نویسنده کتاب هوش عاطفی، معتقد است توانایی برقراری ارتباط با دیگران یعنی هوش عاطفی دست کم به‌اندازه بهره هوشی یا بیش از آن در موفقیت سهیم است. او مهم‌ترین کیفیت هوش عاطفی را «همدلی» می‌داند و منظور آگاهی و حساس بودن به حرف‌های مردم و منظور واقعی آن‌هاست.

داگ لارسون درباره اهمیت هنر گوش دادن می‌گوید:

خرد پاداش یک عمر گوش دادن است درحالی‌که می‌توانستید سخن بگویید.

هر روز صبح به خود می‌گویم از حرف‌های امروز خودم چیزی یاد نخواهم گرفت. بنابراین اگر می‌خواهم چیزی یاد بگیرم، راه آن گوش دادن است.

لاری کینگ

خلاقیت داشته باش

در خلال جنگ جهانی اول یک آمریکایی به همراه سربازان آمریکایی به ایتالیا می‌رود و با یک مرد ایتالیایی دوست می‌شود.

مرد ایتالیایی در حین عملیات سربازان آمریکایی کشته می‌شود. دوست آمریکایی‌اش پس از شنیدن خبر مرگ او از مقامات نظامی اجازه می‌گیرد تا دوست خود را در گورستانی در امریکا دفن کند که پشت مکان مقدسی که او همیشه برای عبادت آنجا می‌رفت قرار داشت. این اجازه به او داده می‌شود اما هنگام دفن دوست خود با ممانعت مقامات مکان مقدس مواجه می‌شود.

مقامات ضمن ابراز هم دردی اعلام می‌کند که دفن یک ایتالیایی در گورستان ما جایز نیست. به همین دلیل مرد آمریکایی دوست خود را در آن‌سوی نرده‌های گورستان به خاک می‌سپارد.

سال‌ها بعد سرباز بازنشسته‌ای که از این ماجرا باخبر بود به آمریکا سفر می‌کند و به دیدن مرد آمریکایی می‌رود و از او می‌خواهد او را سر قبر دوستش که چند سال پیش او را دفن کرده بود، ببرد. سرباز بازنشسته باکمال تعجب می‌بیند که قبر داخل گورستان قرار دارد، به همین خاطر می‌گوید:

"می‌بینم که اجازهٔ انتقال او از خارج به داخل گورستان را گرفته‌اید."

مرد می‌گوید: "نه نگرفته‌ام. آن‌ها به من گفتند که نمی‌توانم او را آنجا دفن کنم اما کسی به من نگفت که نمی‌توانم نرده‌ها را جلوتر بکشم."

نکته: خلاقیت فقط این نیست که برای سؤالات قدیمی پاسخ‌های نو بیابیم، بلکه باید با طرح سؤالات نو به پاسخ‌های قدیمی تلنگر بزنیم.

مرکز توجه

روزی دریک نیروگاه اتمی مشکل فنی به وجود آمد و سبب شد کارایی عملیات تا حدود زیادی کاهش پیدا کند. مهندسان نیروگاه هر چه تلاش کردند نتوانستند مشکل را شناسایی و برطرف کنند. ازاین‌رو به این نتیجه رسیدند که از یکی از مشاوران مشهور و برجسته در زمینه نیروگاه‌های اتمی دعوت کنند که علت بروز مشکل را تشخیص دهد. مشاور وارد نیروگاه شد، روپوش سفیدی پوشید، وسایلش را برداشت و شروع به کار کرد. او طی دو روزبه بخش‌های مختلف نیروگاه سر زد، صدها شماره گرفت، یادداشت‌برداری کرد و محاسبات مختلفی انجام داد.

در پایان روز دوم از جیبش ماژیکی درآورد و از نردبانی بالا رفت و روی یکی از عقربه‌ها نوشت x و گفت:"اشکال در اینجاست، دستگاه مرتبط با این عقربه سنج را عوض کنید تا مشکل برطرف گردد."

بعد روپوش سفید را از تنش خارج کرد و به فرودگاه رفت و به سمت خانه‌اش پرواز کرد. مهندسان دستگاه را باز کردند و متوجه شدند که علت مسئله دقیقاً خرابی همان دستگاه است. دستگاه را تعمیر کردند و مشکل برطرف گردید. حدود یک هفته بعد مدیر نیروگاه نامه‌ای از مشاور دریافت کرد که برای کارش ده هزار دلار مطالبه کرده بود. مدیر نیروگاه از رقم صورتحساب تعجب کرد و این در حالی بود که آن نیروگاه چندین میلیارد دلار می‌ارزید و مشکلی که پیش‌آمده بود هزینه سنگینی را بر کارخانه تحمیل نموده بود. مدیر با خود گفت: مشاور

چندروزی به اینجا آمد و بررسی کرد و دست آخر روی یکی از عقربه سنج‌ها یک علامت x گذاشت و به خانه‌اش برگشت.

به نظرش رسید که ده هزار دلار دستمزد برای این میزان کار زیاد است. مدیر نیروگاه به مشاور نامه‌ای بدین مضمون نوشت: " صورتحساب شما را دریافت کردیم. ممکن است ریزِهزینه‌هایتان را بفرستید؟ به نظر تنها کاری که کردید، گذاشتن علامت x روی یکی از عقربه سنج‌هاست و ده هزار دلار برای کاری در این سطح بیش‌ازاندازه زیاد است."

چند روز بعد مدیر نیروگاه صورتحساب جدیدی از مشاور دریافت کرد. در این صورتحساب آمده بود: "برای نوشتن علامت x روی عقربه یک دلار و برای انتخاب این‌که x روی کدام عقربه سنج علامت‌گذاری شود ۹۹۹۹ دلار."

نکته: این داستان ساده اصل مهمی را برای موفقیت و رسیدن به خوشبختی در زندگی نشان می‌دهد. این‌که بدانیم کجا علامت x بگذاریم نکته مهمی است که موفقیت یا شکست شما را رقم می‌زند. همان مرکز توجه شماست. این کاری است که در این زمینه می‌توانید انجام دهید تا به بهترین نتیجه ممکن برسید. توانایی شما در انتخاب زمان، مکان و فعالیت برای گذاشتن علامت x روی آن، بیش از هر عامل دیگری بر زندگی‌تان تأثیر دارد. فرآیند مرکز توجه در هر یک از زمینه‌های زندگی از هفت اقدام تشکیل می‌شود. این هفت اقدام نظامی از برنامه‌ریزی راهبردی شخصی را سبب می‌شوند تا بدانید در کدام بخش از زندگی شخصی خود علامت تأکید x بگذارید.

ارزش‌ها: در هر زمینه از زندگی ارزش‌ها، فضیلت‌ها، کیفیات و ویژگی‌های مهم برای شما کدامند؟

پنداره: اگر پنج سال دیگر این زمینه زندگی شما عالی و بی کم‌وکاست می‌شد، چگونه به نظر می‌رسید؟

هدف‌ها: برای این‌که پنداره ایده آل خود را خلق کنید چه اقداماتی باید صورت بدهید؟

دانش و مهارت‌ها: در چه زمینه‌هایی باید در آینده به حد عالی برسید تا به هدف‌هایتان دست‌یابید و پنداره خود را تحقق بخشید؟

عادت‌ها: به کدام عادت و اندیشه و اقدام احتیاج دارید تا تبدیل به کسی شوید که به هدفی که برای خود تعیین کرده‌اید، برسید؟

فعالیت‌های روزانه: باید اقدام به چه فعالیت‌هایی کنید تا به کسی که می‌خواهید تبدیل شوید و به هدف‌های موردنظرتان برسید؟

اقدامات: برای خلق پنداره ایده آل خود کدام اقدام یا اقدامات را به عمل می‌آورید؟

اولین شانس را دریاب

مرد جوانی در آرزوی ازدواج با دختر کشاورزی بود. کشاورز گفت برو در آن گوشه از زمین بایست من سه گاو نر را آزاد می‌کنم اگر توانستی دم یکی از این گاوها را بگیری من دخترم را به تو خواهم داد. مرد قبول کرد.

اولین درِ طویله باز شد؛ بزرگ‌ترین گاو بود؛ باورکردنی نبود، بزرگ‌ترین و خشمگین‌ترین گاوی که در تمام عمرش دیده بود. گاو با سم به زمین می‌کوبید و به‌طرف مرد جوان حمله برد. جوان خود را کنار کشید تا گاو از مرتع گذشت. دومین در طویله باز شد، گاوی کوچک‌تر از گاو قبلی بود؛ با سرعت حرکت کرد. جوان پیش خود گفت:

منطق می‌گوید این را رها کنم چون گاو بعدی، حتماً کوچک‌تر است و این یکی ارزش جنگیدن ندارد. سومین در طویله هم باز شد و همان‌طور که فکر می‌کرد ضعیف‌ترین و کوچک‌ترین گاوی بود که در تمام عمرش دیده بود. پس لبخند زد و در موقع مناسب روی گاو پرید و دستش را دراز کرد تا دم گاو را بگیرد؛ اما گاو دم نداشت!

نکته: زندگی پر از ارزش‌های دست یافتنی است اما اگر به آن‌ها اجازه ردشدن بدهیم ممکن است دیگر هیچ‌وقت نصیبمان نشود. برای همین سعی کنید همیشه اولین شانس را دریابید.

تولد دوباره ۷

کشیشی بود که بسیار حرف می‌زد و چون حوصله اعضای کلیسا را سر برده بود از او خواسته بودند آنجا را ترک کند. کشیش درخواست کرد یک فرصت دیگر به او بدهند.

یکشنبه بعد اعضا جمع شدند و در کمال شگفتی یکی از بهترین موعظه عمرشان را از او شنیدند. پس، از مراسم همه دست او را به گرمی فشردند. یکی از افراد مسن جمع به کشیش گفت: "شما باید همین‌جا بمانید و البته باید اضافه حقوق هم دریافت کنید."

کشیش پذیرفت. سپس مرد مسن گفت:

"این بهترین موعظه‌ای بود که من شنیدم. ولی یک‌چیز را به من بگو، وقتی‌که شروع به صحبت کردی دو انگشت دست چپ خود را بلند کردی و در پایان، موعظه دو انگشت دست راست ات را، معنی و اهمیت این حرکات چه بود."

کشیش پاسخ داد:" این علامت نقل‌قول (گیومه) بود."

نکته: فرزانه‌ای ژرف‌نگر می‌گوید: تا کودک نشوید نمی‌توانید وارد ملکوت الهی شوید. کودک شدن به چه معناست؟ می‌گویند کودکان معصوم‌اند زیرا هنوز باورها و اندیشه‌های غلط و ناروا در ذهن و روح آن‌ها رخنه نکرده است. کودک شدن یعنی عاری شدن از تمام افکار ناصوابی که همچون بند محکم ما را احاطه کردند و فرصت حیات واقعی را از ما گرفته‌اند. زندگی ما واقعی نیست زیرا هیچ‌کدام از اعمال وگفتار و تصمیمات ما متعلق به ما نیستند. ما نه بر اساس حقایقی که حاصل تجربیاتمان در طول سفر زندگی است، بلکه بر پایه اندیشه‌های عاریتی دیگران زندگی می‌کنیم. زندگی ما دفتری است که هرچند توسط ما نوشته می‌شود، اما نقل‌قول‌های دیگران است. لذا، دانش واقعی نه با فراگیری اطلاعات بیشترکه با فراموشی دانسته‌های گذشته ایجاد می‌شود. مولوی می‌گوید: زین خرد جاهل همی باید شدن.

و این معنای تولد دوباره است. هنگام تولد ما هیچ اندیشه‌ای نسبت به هیچ‌چیز نداریم. یک‌بار دیگر باید متولد شد. این به مفهوم خلاقیت و ساختن خود و زندگی‌مان است. زندگی بر اساس دانسته‌های عمدتاً غلط و عاریتی گذشتگان چیزی جز مرگ تدریجی نیست.

شکست

چهار میمون را در اتاقی قرار دادند. از سقف آن اتاق خوشه‌ای موز آویزان بود. یکی از میمون‌های گرسنه شروع کرد به بالارفتن از ستون تا چیزی برای خوردن به دست آورد؛ اما به‌محض این‌که دستش را برای کندن موز بالا برد، ناگهان سیلی از آب سرد بر سر او فروریخت. زوزه کشان و به‌سرعت از بالای ستون به پایین جست و دیگر برای سیرکردن خودش تلاش نکرد. این مسئله برای همه میمون‌ها تکرار شد و همه آن‌ها بعد از چندین بار تلاش، بالاخره تسلیم شدند. سپس یکی از میمون‌ها را از اتاق بردند و میمون جدیدی را به‌جای او آوردند. به‌محض این‌که میمون تازه وارد شروع به بالارفتن از ستون کرد، میمون‌های دیگر او را به زور گرفتند و از ستون پایین کشیدند.

بعد از چندبار تلاش برای بالارفتن و هر بار مواجه شدن با ممانعت سایر میمون‌ها، سرانجام این میمون نیز منصرف شد و دیگر سعی نکرد از ستون بالا برود.

محققان میمون‌های گروه اصلی را یکی پس از دیگری با میمون‌های جدید عوض کردند؛ اما میمون‌های گروه اصلی هر بار پیش از آنکه میمون جدید به موز برسد، او را به‌پایین کشیدند. در آن هنگام اتاق پر شده بود از میمون‌هایی که هرگز آب سردی روی آن‌ها ریخته نشده بود. این گروه بدون آنکه علت آن را بدانند، دیگر برای بالارفتن از ستون تلاش نمی‌کردند!

اجازه ندهید شکست از شما چنین میمونی بسازد!

نکته: گاهی ما انسان‌ها بدون آنکه از مسئله‌ای آگاهی داشته باشیم، دیگران را از انجام آن کار منع می‌کنیم! انسان موفق کسی است که برای انجام کارها آگاهی لازم را داشته باشد و با ایمان به درستی آن پیش برود!

جوزف شوگرمن، روان‌شناس مشهور، می‌گوید:

اگر حاضر باشید شکست را بپذیرید و از آن نکته‌ای بیاموزید، اگر مایل باشید که شکست را یک نعمت بدانید، می‌توانید قدرتمندترین نیروهای موفقیت را در خدمت بگیرید.

و اچ استانلی جاو، نویسنده و متفکر معاصر، معتقد است:

از شکست نهراسید و وقت زیادی را صرف توجیه آن نکنید، از شکست‌های خود درس بگیرید و به سروقتِ چالش بعدی بروید.

شکست خوردن اشکالی ندارد، اگر شکست نخورید رشد هم نمی‌کنید!

تواضع داشته باشیم

در زندگی قدیس فرانچسکوی رخدادی زیبا وجود دارد. او که همواره سوار بر الاغ در رفت و آمد بود تا تجارب خویش را با دیگران قسمت کند، اکنون در حال مرگ است. همهٔ مریدانش پیرامونش گرد آمدند تا آخرین سخنانش را به گوش جان بشنوند. آخرین کلام یک انسان همیشه بهترین چیزی است که در عمرش به زبان می‌آورد، زیرا حاصل تمام تجربهٔ زندگی‌اش است؛ اما شاگردان آنچه را که به گوش خود شنیدند، باور نکردند. قدیس فرانچسکوی شاگردانش را مخاطب قرار نداد، بلکه رو به الاغش کرد و گفت:

"برادر، من بی‌اندازه به تو مدیونم. تو بدون آنکه هرگز لب به شکایت باز کنی و نَق بزنی، مرا بر پشت خود به اینجا و آنجا بردی. پیش از آنکه چشم بر هم بگذارم و این دنیا را ترک کنم، تنها خواسته‌ام این است که مرا ببخشی و حلالم کنی. من با تو رفتاری انسانی نداشته‌ام."

این آخرین کلام قدیس فرانچسکوی بود ... درخواستی فوق‌العاده که ... الاغ، می‌شود: الاغ جانم، برادرم... و طلب گذشت و بخشش از یک الاغ.

نکته: همهٔ افراد خواهان سربلندی و سرافرازی در زندگی هستند. همهٔ انسان‌ها از این‌که در جامعه احساس «بلندمرتبگی» و «رفعت» داشته باشند لذت می‌برند. برای رسیدن به این فضیلتِ «والا» باید راه «وارونه‌ای» را طی کرد.

بدین معنی که راه وصول به «رفعت» و «سربلندی» ورود به رفتار «فروتنانه» و «خاشعانه» است؛ اما این رهیافت ناسازوار، نشان دهندهٔ ظهور یک پدیدهٔ ناهمسازگون است.

زیرا چگونه تواند بود که در فرود « فراز» حاصل آید و در تواضع «کرامت و سربلندی» پدید آید؟ راز این رهیافت متناقض نما زمانی آشکارمی‌شود که به مهم‌ترین عوامل ظهور فروتنی یعنی عزت، شرف، خویشتن‌داری و مهرورزی پی ببریم.

آن‌کس که به «مقام رفیعِ فروتنی» نائل آمده است عزت و سربلندیِ خویش را از درون احساس کرده، زیرا تکبر که در مقابل تواضع قرار دارد ناشی از حسِ خودکم بینی است که از درون احساس می‌شود. راه رفعت از فروتنی می‌گذرد و راه سربلندی از خودشکنی و خودزدایی می‌گذرد.

تکبر چیزی جز واکنش دفاعی و جبران کنندهٔ حقارت و زبونی از درون نیست. کسی که این چنین به دفاع بیمارگون از شعف‌های خود می‌پردازد، بسیار خطرناک می‌شود. او برای دفاع از مقبولیت خویش سعی می‌کند دیگران را نفی کند. او برای توجیه معایب خود به فرافکنی و مکانیزم های اختلال زای دیگر روی می‌آورد. چنین موجودی از این جهت خطرناک می‌شود که همواره برای پوشش دادن به کاستی‌ها و حقارت‌های خود، دیگران را تحقیر می‌کند. با دروغ و تهمت و کینه‌ورزی شخصیت دیگران را تخریب می‌کند.

کسی که خود را کوچک بشمارد، دیگران را از آماج آسیب‌های خود خارج نمی‌کند. او همیشه حالتی دفاعی برای نقاب زنی بر حقارت‌های خود دارد، ازاین‌روست که رفتار و افکار او با کنایه‌ها و نیش‌های گزنده همراه است.

اما آن‌کس که خود را دوست دارد و از ژرفای وجود خویش به خود احترام می‌گذارد، به همان میزان دیگران را دوست می‌دارد و حرمت دیگران را در نگاه و کلام و رفتار خویش دارد. انسانی که خود را کریم و شریف می‌داند، حرمت و شرافت دیگران را نیز رعایت می‌کند. انسانی که حرمت خود را نگه می‌دارد، توان نگه‌داشتن حرمت دیگران را نیز دارد. او می‌داند حرمت دیگران تکریم خود است و تکریم خود با حرمت دیگران معنا می‌گیرد. او یکباره در می‌یابد که به تمامی جهان و هر چه در آن است حرمت می‌نهد. در نزد انسان بزرگ همهٔ طبایعِ وجود و عناصر هستی، از جامدات و جانداران، همه و همه، جلوه‌های زیبای هستی و نعمت‌های بی‌کران خداوندی هستند.

نطق آب و نطق خاک و نطق گل

هست محسوسِ حواس اهلِ دل

آب و باد و خاک و آتش زنده‌اند

با من و تو مرده، با حق زنده‌اند

پس رفعت و سربلندی انسان در احترام گذاشتن و کرامت بخشیدن به همهٔ موجودات است. آن هم به منظور نشان دادن احساس کرامت و حرمتی که انسان وارسته و والا برای دیگر موجودات قائل است. این نوع نگرشِ والا را می‌توان در آرا و اندیشه‌های انسان‌های فرزانه مشاهده کرد.

بنابراین، فروتنی و تواضع یک معامله بده - بستانی در روابط اجتماعی نیست، بلکه نوعی رفتارِ همراه با کرامت و رغبت به همهٔ موجودات است. فروتنی که موجب رفعت و سربلندی می‌شود با سادگی، زیبایی، صمیمیت و خلوص همراه است. تواضع کیفیتی است.

آکنده از سهولت و روانی و یک رنگی. هیچ‌گونه تلاش و کوششی برای متواضع شدن صورت نمی‌گیرد، بلکه حالت فروتنی در عمیق‌ترین و نامرئی‌ترین لایه‌های وجود آدمی متجلی می‌شود. زیبایی تواضع در آهنگ گفتار و جوارح و ارکان بدن نمایان است و زبان تواضع را در قالب نسایدن، به‌طور وجودی و ناهوشیار نشان می‌دهد.

اما باید مراقب بود که «توانعِ نمایی» خود پوششی برای پنهان کردن «تکبر درونی» نشود. تواضع اگر از روی نقش و ادا و به منظور خودنمایی و مقبول جلوه دادن خود، به شکل ظاهری صورت گیرد، بسیار زشت‌تر از تکبر خواهد بود.

گفته شده یک‌بار دیوژن به دیدار سقراط رفت. دیوژن مثل یک فقیر زندگی می‌کرد؛ همیشه لباس‌های کثیف با وصله‌ها و سوراخ‌های بسیار می‌پوشید. حتی اگر لباس تازه‌ای به او هدیه می‌دادند، دوست نداشت از آن استفاده کند - ابتدا کثیف و کهنه و پاره‌اش می‌کرد، بعد آن را می‌پوشید. وی به دیدار سقراط آمد و شروع کرد در مورد بی نفسی سخن گفتن؛ اما چشمان تیزبین سقراط می‌بایست بی‌پرده باشند تا متوجه شود این مرد، انسان بی نفس نیست. شیوهٔ صحبت کردن او در باب تواضع بسیار نفسانی بود.

گزارش شده سقراط گفته است: "از میان لباس‌های کثیف و از میان سوراخ‌های لباس‌هایت، من هیچ‌چیز دیگری جز نفس را نمی‌توانم ببینم. تو از فروتنی حرف می‌زنی، اما آن حرف از عمق مرکز نفس می‌آید."

پس بدون علاج ریشه درمان ...اقه بی‌فایده است؛ بدونِ سبب شناسی نمی‌توان به نشانه‌های ظاهری تکیه کرد؛ بدون علت یابی از درون نمی‌توان به عیب برون پی برد.

ریشه بسیاری از حسادت‌ها، کینه‌ها و دشمنی‌ها در فقدان فضیلت تواضع است. اگر فضیلت تواضع به معنای راستین و حقیقی آن وجود ادمی را زینت بخشد، دیگر هیچ نیازی به ریبایی برون

نیست؛ اگر زیستن در پرتو فروتنی و عزت شکل بگیرد، ریشه بسیاری از رذیلت‌های اخلاقی خشک می‌شود و انسان از بار سنگین هوای نفس آزاد می‌شود.

تواضع و فروتنی بلندمرتبه‌ترین رهیافت ارتقای خویشتن برای پیمودن پله‌های ملاقات با خداوند است. هرقدر عمق تواضع بیشتر باشد، ارتفاع و اعتلای وجود عظیم‌تر و گسترده‌تر خواهد بود. به قول فرزانه‌ای ژرف‌نگر:

تمام رودخانه‌ها به دریا می‌ریزند،

چون دریا از آن‌ها پایین‌تر است.

اگر می‌خواهی مردم را اداره کنی،

باید خود را پایین‌تر از آنان قرار دهی.

اگر می‌خواهی مردم را رهبری کنی،

باید چگونه پیروی کردن از آنان را یاد بگیری.

از این فرازهای شگفت‌انگیز در بازیابی معنی واژگون نمای فروتنی و رفعت چنین برمی‌آید که راه اعتلای وجودی، نه در تکبر بلکه در تواضع است.

به قول مولوی:

اندر این ره سوی پستی ارتقاست.

سخن آخر

باشد تا روزی بیشتر از این‌ها بدانیم و چیزهایی بخوانیم و بنویسیم که پس از خواندن و نوشتن آن‌ها این احساس در ما بیدار شود که **انسان‌تر** شده‌ایم و فراموش مکن که پیروِ دلِ خود باش. کاری را انجام بده که درست، خوب و حقیقی است؛ حتی اگر دیگران قدردانِ کارِ درست، خوب و حقیقی تو نباشند. زیباتر ساختنِ جهان، منوط به تأیید و قدردانی دیگران نیست. دربند نتیجه کارِ خود نباش؛ دلِ خود را در کارِ خود بگذار.

اگر مأیوس شوی و از راه بمانی، بسیاری از کارهایی که باید توسط تو به انجام برسند، بر زمین خواهند ماند. انسان وار زیستن مستلزم شجاعت است. هیچ بهانه‌ای نمی‌تواند تو را از انسان وار زیستن بازدارد. آری، ممکن است آدم‌ها طورِ ی نباشند که تو دوست داری، ممکن است خودخواه و بی‌عقل باشند؛ مهم نیست. باوجود همه این‌ها، دوستشان بدار.

ممکن است کارهای خوبِ امروزِ تو فردا فراموش شوند؛ مهم نیست. از انجامِ کارهای خوب شانه خالی نکن. بدون چشمداشت دوست بدار و عمل کن. عشقِ تو، بزرگ‌ترین پاداشِ توست. عشقِ تو، رنگ و رایحه و طعمِ شیرینِ زندگی تو خواهد بود. بنابراین، با عشق ورزیدن پیشاپیش به پاداشِ خود رسیده‌ای. عشق ورزیدن تو را آزاد و آرام می‌کند. عشق ورزیدن به‌خودی‌خود ارزشمند است. اگر هرکدام از ما از موهبت عشق ورزیدن بهره‌مند شویم، دنیای ما دنیایی بهتر و زیباتر خواهد شد. از این منال که دنیا، دنیای دیوانه است.

آری، تو درست می‌گویی؛ دنیا، دنیای دیوانه دیوانه است.

شکوِه و شکایت تو در این دنیای دیوانه دیوانه حادثه نیست. تسلیم شدنِ تو حادثه‌ای تماشایی نیست.

حادثه‌اینجاست: اگر دنیا، دنیای دیوانه است، تو همت کن و به آن معنایی ژرف و زیبا ببخش. تو می‌توانی در دنیای تهی از معناهای ژرف و زیبا، خود را بیافرینی، بدین‌سان می‌توانی، از جبر دنیای دیوانه رهایی پیدا کنی. ممکن است کسی قدردان کار، اندیشه و احساسِ پاک و زیبای تو نباشد.